小女官大主意 2

林漠 著

風文創 983

目錄

第二十一章

松林小徑中十分涼爽，宋甜根本不用打傘。

出了松林，穿過中線的松林大道，到了萬碧湖畔，日頭這才大了起來。

宋甜忙撐開傘，沿著湖邊小徑往蘭亭苑方向走去。

她正走著，忽然聽到有人叫「宋女官」，循著聲音看去，原來是藍冠之。

藍冠之在湖邊大楊樹下坐著釣魚，遠遠見一名女子過來，白紗衫，繡花青比甲，纖腰一束繫了條杏黃紗裙，瞧著跟小仙女似的打著傘走了過來。

定睛一看，發現是宋甜，他忍不住就打了個招呼，見宋甜看過來，忙招了招手。

宋甜走了過去，先跟藍冠之福了福。「見過藍指揮使。」

因為天熱，藍冠之和宋甜一樣，沒有穿官袍，而是穿了件青絲絹道袍，腳上則是涼鞋淨襪，瞧著頗為閒適。他懶洋洋坐在那裡，抬手揖了揖，眼睛明亮，笑容燦爛。「宋女官，我就不和妳行俗禮了！」

宋甜很欣賞他的灑脫不羈，笑著道：「藍大人不必客氣。」

藍冠之見宋甜裙襬微動似是要走，有心留她多說幾句話，便開口問道：「宋女官，明日是休沐日，妳準備做什麼？」

宋甜駐足。「不是說四月二十要出發進京了嗎？我預備回家看看。」

藍冠之這會兒也顧不得釣魚了，沒話找話道：「宋女官家住在哪裡？」

「我家就在臥龍街。」宋甜急著回去，笑吟吟屈膝福了福，道：「藍大人，我就不打擾您釣魚了。」

說罷，宋甜轉身離開了。

藍冠之忙道：「不打擾不打擾！」

宋甜卻似沒聽見一般，徑直往前去了。

這時琴劍和藍冠之的小廝藍六一起走了過來。

藍六手裡提著水桶。「二公子，我把水桶提來了，您釣幾條魚了？」

琴劍則看著宋甜的背影，口中問道：「藍大人，方才和您說話的瞧著像是宋女官？」

藍冠之正在換魚餌，口中道：「可不就是宋女官，我瞧她似乎長高了一些。」

也比先前更好看了。以前看著就是可愛美麗的小妹妹，如今有點少女應有的風韻了。

琴劍掇了張小凳子在一邊坐了下來，似不在意地繼續問：「宋女官和您聊什麼呢？我看她並不是愛搭話的人呀！」

藍冠之瞟了琴劍一眼，道：「沒聊什麼。就是順嘴一問她明日做什麼，她說她要回家探望家人。」

琴劍又閒談了幾句，這才施施然離開了。

松風堂內的小演武場上正熱鬧非凡。

趙臻也不嫌熱，正帶著幾個從宛州各衛挑選出來的年輕侍衛在習練騎射。

一邊大遮陽傘下，棋書正坐在那裡，旁邊楊木八仙桌上放著涼茶、杯盞、手巾之類。

琴劍走過去，和棋書一起看一會兒，見趙臻射完箭筒的箭，騎著馬過來了，忙道：「王爺，天氣這麼熱，您過來喝杯茶吧！」

趙臻從馬上下來，自有侍衛接過馬韁繩，牽走了馬。

琴劍把茶盞奉上，趙臻喝著茶，琴劍便在一邊小聲自言自語。「剛才路上遇到宋女官了，她好像是回蘭亭苑了。」

聞言趙臻頓了頓，抬頭往東南邊隔一道牆的摘星樓看了一眼。

摘星樓三樓的窗子和平時下午一樣，雙扉緊閉。

他雖然每日下午都在演武場活動，不過宋甜一直待在藏書樓，這段時間倒是從未見過面。

琴劍自是看到趙臻的動作，繼續道：「明日休沐，聽藍大人說，宋女官要回家探親。」

趙臻揚眉道：「藍冠之怎麼知道宋女官要回家探親？」

琴劍忙道：「小的也不知，小的只是遠遠看見宋女官提著提盒，在湖邊和藍大人說話，待小的過去時，宋女官已經往蘭亭苑那邊走去了。」

趙臻慢慢把一盞茶全喝了，把空茶盞遞給琴劍，看向還在習練騎射的侍衛們，吩咐棋書。「今日的騎射習練就到此為止，你去傳我的話，讓他們先回去喝茶、吃果子，歇半個時辰，然後換了水靠，去萬碧湖那邊習練水性去。」

棋書答應了一聲，自去安排。

趙臻在一樓沖了澡，換上夏日穿的青紗道袍、淨襪、涼鞋，徑直往樓上去了。

宋甜回到摘星樓，在紫荊的服侍下正用薄荷香胰子淨手洗臉，忽然聽到窗子那邊傳來「啪」的一聲脆響，便匆忙洗好臉，吩咐紫荊。「妳把這些拿下去就不用上來了，我歇一會兒再走。」

紫荊離開之後，宋甜這才拔開窗閂，打開窗子。

她一打開窗子，對面松濤樓三樓虛掩的窗子也打開了，一個清俊少年出現在窗內，微濕的長髮用白玉簪綰著，目若明星，肌膚似雪，唇若塗脂，身上穿著青紗道袍，瞧著頗為清爽，正是趙臻。

宋甜盯著看了又看，道：「你剛才是不是在太陽底下曬了？」

趙臻的肌膚甚是白皙，不過一進入夏天，他略在太陽底下曬兩次，就會漸漸黑起來。奇怪的是，他每次曬過太陽出了汗，肌膚都會白得晶瑩，然後第二天再看，就發現他的臉變黑了。不過他黑得快，白得也快，捂個幾日不見太陽，臉就會漸漸白回來。

趙臻不太在意自己這張臉，「嗯」了一聲，道：「是不是我變黑了？變黑也沒什麼，男人黑一點好看。」

「……我覺得你白一些好看。」

趙臻笑了，他笑起來極好看，鳳眼瞇著，圓潤的鼻頭皺皺的，似春風拂過，似碧水瀲灩。「我又不是小白臉！」

看著宋甜潔淨清爽的臉，趙臻又道：「對了，妳是不是有事找我？」

宋甜沈溺在他的笑容裡，一時有些失神，聞言忙回道：「是呀！你怎麼知道我找你有事的？」

趙臻耐心解釋道：「妳平日都在藏書樓那邊，白日根本不回這裡，今日突然回來，可不就是找我有事？」

宋甜不禁也笑了，道：「我給你做了幾雙鞋襪，不過怎麼給你呀？」

東西太多了，又是白日，若是扔過去，動靜太大了。

趙臻說了聲「我有法子」，便從窗口消失了。

片刻後，趙臻拿了一根小廝用來掛燈籠的竹竿過來了。
他把竹竿放平，往宋甜這邊的窗口探了過來。
宋甜沒想到趙臻所謂的「我有法子」竟是指這個，覺得甚是有趣，便把提盒拿起，掛在竹竿上，然後抬起竹竿，提盒就自動滑了過去。
趙臻取下提盒，收了竹竿，知道該走了，卻依舊有些戀戀不捨，想了想，道：「妳今晚要回家嗎？」
宋甜「嗯」了一聲，道：「要出發去京城了，我回去安排一下。」
趙臻沈吟，道：「那我明日去妳家看看去。」
宋甜驚訝。「你……怎麼去？豫王駕臨宋府，這件事可是會轟動宛州城的。」
趙臻抬眼看她，鳳眼流光溢彩，分明是有了有趣的念頭。「妳明日上午在家等著就是。」
宋甜知道他主意多，便笑著道：「我住在深宅之內，我倒是要看看，你明日如何能見到我。」
兩人說完話，宋甜關上窗子，又回藏書樓去了。
一直到了天黑透，宋甜才帶著紫荊，乘坐王府的馬車，往臥龍街去了。

馬車停在宋府二門外。

才十二歲的小廝宋柏守著大門，原本負責守門的小廝宋榆並不在門口。

宋甜也不讓宋柏去通稟。「就你一個人，你還是看著大門吧！」

她扶著紫荊下了馬車，徑直進入二門，見凌霄花棚下掛著燈籠，有一個婆子正在凌霄花棚下納涼，便叫過來吩咐道：「妳去尋二娘，就說我往三娘那裡去了。」

二娘最聰明不過，一定知道她的用意。

婆子答應了一聲，往蘭苑尋二娘張蘭溪去了。

宋甜帶著紫荊，也不打燈籠，繼續往西偏院方向走去。

張蘭溪卸妝罷，正要解衣上床歇息，得了消息，心裡卻疑惑道：大姑娘為何回來得這般急，也不事先讓人通稟一聲？

婆子又道：「二娘，大姑娘帶了紫荊，往西偏院去了。」

張蘭溪點了點頭，也不再妝扮，只讓錦兒帶著燈籠領路，快步向西偏院走去。

宋甜到了西偏院的角門外，停下腳步，側耳傾聽裡面的動靜。

西偏院裡隱隱傳來男女笑聲。

宋甜抬手從髮髻上拔下銀簪子，從門縫裡探進去，輕輕撥弄著門閂，只聽「咔噹」一聲，門閂落了下來。

她輕輕推開角門，帶著紫荊走了進去。

院子裡的葡萄架四周掛著月白薄紗，葡萄架下擺著睡榻，旁邊石桌上放著盞水晶燈，影影綽綽如仙境般。

魏霜兒正在睡榻上與宋楡癡纏，忽然聽到旁邊傳來「啪啪啪」的鼓掌聲，頓時嚇得魂飛魄散，竟不能動彈了。

宋楡渾身打顫，也僵在了那裡。

宋甜掀開薄紗走了進來，笑吟吟扯了薄被，把魏霜兒和宋楡遮上，這才道：「三娘好興致！」

她從荷包裡掏出兩個褐色小藥丸。「三娘先服下這丸藥，咱們再說話。」

魏霜兒反應了過來。「我若是不服呢？」

宋甜幽幽道：「二娘正在趕來，應該到角門外了吧？若是三娘乖乖服了，我倒是可以去攔住二娘。」

魏霜兒心知若是張蘭溪來了，此事便要鬧大，自己在宋府的處境就尷尬起來，當下道：「給我吧！」

她含在舌下先不嚥就是。

宋甜卻不信她，直接把藥丸塞進魏霜兒口中，又端起一邊盛酒的銀壺，對準魏霜兒直接灌了下去。魏霜兒猝不及防，差點被嗆住，那粒藥丸就被酒液給沖了下去。

宋甜笑容燦爛，聲音低低。「我的三娘，我家可是祖傳的招牌『毒藥宋』，這藥妳服下去，今夜就會瀉肚，以後每月十五，妳尋我要解藥就是。」

說罷，她不再理會魏霜兒和宋榆，帶著紫荊揚長而去。

魏霜兒恨恨坐在那裡，見宋榆猶在顫抖，抬腳就把宋榆踹了下去。「沒用的東西！」

宋榆光著身子落在磚地上，顧不得疼，抽抽噎噎哭了起來。

宋甜在角門外截住了張蘭溪，笑容可愛。「二娘，我看完三娘了，正要去看二娘呢，您正好陪我用些宵夜。」

她說著話，挽著張蘭溪的胳膊，帶著張蘭溪離開了。

張蘭溪發現宋甜自從做了豫王府的女官，就變得與先前不同了。

以前的宋甜沈默安靜，雖然生得好看，卻不聲不響、不爭不搶，如一枝硃砂梅靜靜地在牆角開放。

如今的宋甜話雖依舊不多，卻愛笑了，而且說話做事很有主見。

譬如現在，張蘭溪明明心裡很想去西偏院看看發生了什麼事，卻不由自主被宋甜有說有笑給帶走了。

到了蘭苑，張蘭溪招待宋甜在明間喝茶。

夜已經深了，錦兒也不叫醒小丫鬟綺兒，自己張羅了幾樣果碟送了上來，又奉上了宋甜愛用的清茶。

張蘭溪起身，把一碟雪白的酥油鮑螺送到了宋甜面前，道：「這是我親手揀的，總共沒做幾個，妳嚐嚐吧！」

宋甜笑盈盈道：「我得先用香胰子淨手。」

她的指頭捏過毒藥丸子，得好好洗洗。細細洗完手，宋甜才拈了一個酥油鮑螺吃了，只覺如甘露沁心，入口而化，甜美異常，便又吃了一個。

張蘭溪又奉上清茶。「咱家人都愛用果仁泡茶，只妳愛喝清茶，這是我兄弟從渝州帶回來的蒙頂甘露，妳嚐嚐。」

她兄弟張頌行走豫州、楚州和渝州做行商，常常帶些當地特產回來。

這上好的蒙頂甘露，是前幾日她兄弟從渝州回來，帶給她的渝州特產，張蘭溪十分珍愛，收了起來，極少拿出來請人品嚐。

宋甜端起茶盞嚐了一口，茶味甚好。

她覺得觸感似乎與普通茶盞不同，就著一邊的白紗罩燈去看，發現是上好的哥窯冰裂紋茶盞，心中頗為感慨。

前世的她，哪裡曾吃過張蘭溪親手揀的酥油鮑螺？嚐過張蘭溪珍藏的蒙頂甘露？用過張蘭溪收藏的哥窯冰裂紋茶盞？

不過時移世易罷了。

先前沈默軟弱、任人欺凌的她，只能永遠埋葬在過去了，為了保護自己想要保護的人，她一定要強大起來。

飲罷茶，宋甜起身告辭，帶著紫荊離開了。

張蘭溪一直把宋甜送到蘭苑的角門外，目送宋甜和打著燈籠的紫荊消失在花木深處，這才轉身回去。

錦兒服侍張蘭溪重新梳洗，口中道：「二娘，大姑娘嘴巴可真緊，咱們白賠了好茶、好點心，卻什麼都沒問出來。」

張蘭溪用手巾拭去臉上的水，低聲道：「咱們這府裡沒有秘密，等明日再打聽吧！」

東偏院金姥姥見宋甜回來，歡喜得很，眼睛發亮，雙手在圍裙上直搓，圍著宋甜直打轉。「大姐兒，妳餓不餓？要不要吃宵夜？」

宋甜正餓得慌。「姥姥，我好餓，妳快去弄宵夜吧！」

金姥姥忙生火做宵夜去了。

宋甜有些累，回房躺在榻上歇一會兒。

紫荊見她額角晶瑩，分明是汗跡，就坐在一邊給她打扇，絮絮問道：「姑娘，妳給三娘吃的是什麼藥啊？」

宋甜合目養神，輕聲道：「是讓她不能生下私生子的藥。她日夜與人廝混，萬一生下孩兒，我可不就做了便宜姊姊？屆時我爹做了便宜爹爹，我家的產業也後繼有人了。」

按照她爹的性子，說不定會為了有男丁繼承家產，冒認了魏霜兒和別人的私生子。

再說了，前世宋志遠就是死在魏霜兒床上的。

那一夜發生了什麼，誰也不知道，魏霜兒是推得乾乾淨淨。

距離前世宋志遠暴亡，只剩下兩年時間了。

這個爹雖然各種不著調，卻畢竟是宋甜的親爹。且今世兩人關係多了幾分情，讓宋甜眼睜睜看著宋志遠被人暗害暴亡，她到底不忍心。

紫荊好奇地問道：「姑娘，妳為何會有這種藥？」

她以為姑娘一直折騰的都是一般毒藥。

宋甜不由得笑了。「我家祖傳的方子。」

她家祖傳的那本藥譜裡有不少方子，其中就有絕育藥的配方。

前世宋甜一直過得寂寞，就把這用在蟲鼠身上的方子加以改良，從而可以讓人服用。她煉製的絕育藥分男人和女人，味道還不一樣，男人服用的是茶香的，女子服用的加了蜂蜜，甜甜的。

魏霜兒每服用一次解藥，藥性就會加強一些，只要連續服用一段時間，就徹底絕育了。

紫荊的聲音漸漸變得遙遠空曠，宋甜一頭跌入了黑甜鄉……

金姥姥做好宵夜送了過來。

紫荊叫醒宋甜。「姑娘，宵夜做好了。」

宋甜一臉迷茫坐了起來。

紫荊見狀，用涼水浸濕手巾，一把捂在宋甜臉上——宋甜瞬間清醒了過來。

金姥姥怕宋甜等得著急，只做了青菜雞蛋熗鍋麵，配了四碟小菜，一碟她自己做的糟鯉魚，一碟薄荷葉拌杏仁，一碟芫荽拌變蛋，還有一碟切好的鹹鴨蛋。

這都是宋甜自小愛吃的飯菜，她瞧了心情一下子好了起來，拿起筷子先挾了幾片薄荷葉，吃下去整個人清醒了許多。

金姥姥做的熗鍋麵實在是太美味了！

宋甜把一碗麵都吃完，連湯也喝光，這才覺出自己吃得太撐了，見紫荊還沒用完，就在庭院裡散步消食，等著紫荊。

她這庭院簡單得很，窗前是一大叢月季花，院子裡種了許多梧桐，空餘地方都被金姥姥開闢成菜園子——方才吃的薄荷葉和芫荽就是金姥姥菜園裡所出。

宋甜把東偏院逛了一圈，有些發愁。

趙臻說他明日要過來看看，可這院子如此簡陋，有什麼可看的？

紫荊用罷飯就過來叫宋甜。「姑娘，都過子時了，咱們還去藥庫嗎？」

宋甜這會兒精神得很。「去啊！為什麼不去？」

這次去京城，她得提前準備許多用得著的藥呢！

今晚月色很好，一輪明月掛在夜空。

從藥庫出來，宋甜和紫荊連燈籠都不用打，一人提著一個包袱走在女貞木小徑中。

紫荊掂了掂手裡的包袱，有些心虛。「姑娘，咱們拿走這麼多生藥，葛二叔他們不會發現吧？」

宋甜篤定得很。「沒事，我和我爹提過一句，說我會去藥庫拿些生藥用。」

紫荊又問：「姑娘，妳說的那個藥，對身子有沒有壞處？」

宋甜笑了，道：「是藥三分毒，自然是有壞處的，服下一丸，得先拉半夜肚子。」

紫荊有些失望，「哦」了一聲，不再說話了。

宋甜聽出了紫荊聲音中的遺憾之意，忙道：「怎麼了，紫荊？」
紫荊看著前方樹枝樹葉在地上撒下的黑魆魆的影子，低聲道：「這種藥若是對人身體無礙就好了。有些女子，生了不少兒女了，可還是會懷上，不得不生下來，若養不起，往往會把小孩子塞進便桶裡溺死，或者等長大一些再賣了——若是有這種藥，不想要孩子了，服下去後就不會懷孕，那該多好。」
她原來的名字叫多妞，就是因為爹娘嫌她多餘，養到六、七歲就把她賣了。不過她還算幸運的，因為她後面的弟妹都被溺死了。
宋甜聽了，原本雀躍的心情一下子沈重下來，又增添一股使命感。
對啊，她若是能煉製出無毒的這種藥，豈不是能幫到很多女子？
宋甜把右手提著的包袱換到左手，攬著紫荊的肩膀，輕輕道：「以後有了空，我會試著改良這種藥的。」
紫荊一向盲目相信宋甜，當即笑了起來。「那我等著——不過用的藥材可不能太貴了，不然一般人買不起的。」
宋甜「嗯」了一聲，道：「放心吧，我曉得。」
臨睡前，紫荊問宋甜。「姑娘，宋榆會不會連夜逃跑？」
宋榆畢竟是紫荊喜歡過的人，她還是有些擔憂。

宋甜閉著眼睛道：「宋榆不會走的，他太老實了。若是宋槐那奸詐小廝，大約會拐了一筆貨款，到運河碼頭登上夜行船，連夜往江南去了，闖蕩一番，十年後誰知會走到什麼地步？宋榆只會傻乎乎等著主子處置他。不過被我嚇了這麼一次，以後他怕是不敢再幫三娘了，也不敢再和三娘勾搭了。」

她又安撫道：「妳放心，我不會把他和三娘的事告訴爹爹的。三娘就離不得男人，沒有宋榆，還會有別人。爹爹也不是什麼好人，何必害了宋榆呢？就讓這件事靜悄悄過去吧！」

紫荊「嗯」了一聲。

宋甜又道：「妳明日一大早，就去門房找宋榆。妳告訴他，以後西偏院的人若是讓他往外傳遞書信信物，或者找人，就讓他悄悄回稟我，我就不把昨夜之事告訴爹爹了。」

紫荊答應了下來，躺在榻上漸漸睡著了。

宋甜一時還睡不著。

她側身躺在紗帳內，先是想著藥的事，想了會兒，接著腦海中浮現白日午後在摘星樓窗子那兒見趙臻時他的模樣，嘴角不由自主翹了起來，輕輕嘆息道：「他可真好看啊，若是回了京城，怕也是京城第一美男子，不，應該是大安朝第一美男子……」

想著想著，宋甜不由自主也進入了夢鄉。

第二十二章

初夏的早晨涼爽得很。

張蘭溪端坐在蘭苑堂屋理事。丫鬟、媳婦、婆子、小廝和夥計進進出出，有的是領對牌，有的是領銀子，有的是來回話，有的是來送帖子，整個蘭苑人來人往，井然有序。

魏霜兒扶著冬梅立在月亮門裡，眼睜睜看著蘭苑這邊的熱鬧繁華景象，冷笑一聲道：「咱們回去吧！」

回到了西偏院，冬梅這才問魏霜兒。「三娘，昨夜的事，咱們總不能就這麼算了？」

昨夜她吃了幾杯酒，早早就回房睡下了，半夜被叫起來，這才得知了大姑娘闖進來做的事。

魏霜兒拉了整整一夜，整個人都快虛脫了。

她恨恨道：「宋甜這小蹄子逼我服下了毒藥，我現在還能怎麼辦？」

冬梅沒作聲。

她其實懷疑宋甜給三娘吃的根本就是瀉藥，不是什麼毒藥。再說了，三娘在男女之事上的確太放縱了，萬一弄出肚子來，待老爺回來，那可怎麼交代？

藉此和宋榆斷了也好。

冬梅和紫荊好，知道紫荊喜歡宋榆，她如何能跟宋榆好？況且，她本來就不喜歡宋榆，三娘還非要讓她和宋榆睡。

魏霜兒倚著軟枕靠在螺鈿寶榻上想心事。

這個螺鈿寶榻原本是吳氏的，吳氏被休離開之後，魏霜兒就纏著宋志遠，讓他吩咐人把這張螺鈿寶榻搬到了自己屋裡。

過了半晌，魏霜兒在心裡嘆了口氣。

蔡大郎那殺千刀的到底什麼時候回宛州啊！若是有他在，尋個宋甜回家的時候，讓宋榆夜裡放人進來，直接殺入東偏院，把宋甜砍死在床上，再把宋榆弄死，到時候死無對證，多麼完美？

在心裡計議一陣子後，魏霜兒坐了起來，叫冬梅過來，吩咐道：「我寫一封信，妳拿去給宋榆，讓他到書院街專賣西洋貨的賴家商棧，把這封信給賴家商棧的人，他們知道怎麼把信捎過去。」

反正宋榆不識字。

可冬梅卻是識字的，見信封上寫著「蔡大郎親啟」五個字，吃了一驚。

難道蔡大郎還活著？不都說蔡大郎被老爺和三娘合夥弄死了嗎？

她素來深沈，雖然心中驚異，面上卻是不顯，道：「三娘，那我給妳研墨。」

宋榆清早時剛和紫荊說過話，正面色蒼白眼皮浮腫坐在大門內側的長凳上，見冬梅也來了，一下子彈了起來，眼睛四處張望，生怕被別人看到，口中結結巴巴道：「妳……妳來做什麼？」

他真心喜歡的是冬梅，卻稀裡糊塗的就被三娘給弄到榻上去了，如今被大姑娘捉了姦，後悔也晚了，只能怪自己。

冬梅蹙眉瞅了宋榆一眼，真心覺得他畏畏縮縮，不像個頂天立地的男子漢，自己一眼都瞧不上。她從懷裡掏出一封信，塞進了宋榆衣襟裡。「你幫我個忙，把這封信送到書院街專賣西洋貨的賴家商棧。」

宋榆想要不收，驀地想起紫荊交代的話，便沒再說話。

這時小廝宋柏在門口一迭連聲的叫。「宋榆哥，雲千戶到了！」

冬梅先前在席上是見過雲千戶的，知道他是雲參將的弟弟，家裡頗有權勢，人也長得高大精神，當時曾多次顧盼自己，心裡一動，當下掀開門房簾子走了出去。

「我家老爺進京去了，如今家裡只有女眷，千戶若有急事，我便去向二娘代為稟報。」

雲千戶手裡牽著兩匹馬，見先前曾在席上見過的俏麗丫鬟出來搭話，不由得微笑起來，道：「家兄從冀州邊境讓人送來幾匹馬，我想著過來讓宋兄看看，既然宋兄不在，那我改日再來打擾。」

說罷，他深深看了冬梅一眼，作了個揖，轉身認鐙上馬，騎著一匹馬，牽著另一匹馬離去了。

冬梅目送雲千戶離開，心道：這才是真正的男子漢呀！

宋榆跟了出來，把冬梅的這番張致都看在眼裡，知道她始終不待見自己，從來都是想要攀上高枝。待冬梅一走，他就讓宋柏看著大門，自己專走僻靜小道，到東偏院找紫荊去了。

紫荊接過信，讓宋榆在金姥姥那裡等著，自己先去見宋甜了。

宋甜將信翻來覆去看了又看，發現除了封皮上「蔡大郎親啟」五個字，別的也看不出什麼。

她思索片刻，想到了前世跟隨趙臻時看到過小廝們打開信封的法子，起身走到廊下茶閣，把信封封口處對準正煮水的茶壺壺口，用噴出的熱氣蒸一下，沒多久就把封口處的漿糊蒸化開了。

宋甜小心翼翼揭開封口，取出了裡面的信紙。

信紙只有一張，上面只寫四個字——「妻危，盼歸」。

難道蔡大郎還沒有死？魏霜兒還和他保持著聯繫？若是蔡大郎還活著，為何會願意自己的妻子給別人做妾？魏霜兒讓蔡大郎回來，到底有何意圖？前世爹爹的暴亡，到底是不是魏霜兒下的毒手？

宋甜訝異，心思千迴百轉，她知道，這件事太複雜了，須得她抽絲剝繭，慢慢料理。

她把信紙裝進去，將信封重新封好，交給紫荊。「把信給宋榆，讓他繼續去送信。對了，再拿一兩碎銀子，就說我賞他的。」

紫荊很快就回來了。「姑娘，宋榆往書院街送信去了。」

宋甜伸了個懶腰，道：「咱們倆去園子裡轉轉去。」

她和紫荊剛走出東偏院，張蘭溪的小丫鬟綺兒就氣喘吁吁跑了過來。「大姑娘，豫王府的一位沈女官來了，二娘正在接待，請您過去！」

豫王府什麼時候有一位沈女官了？

宋甜一愣。紫荊也愣住了，忙看向宋甜。

宋甜回過神，杏眼亮晶晶的。「我這就過去。」

走兩步，她回身吩咐紫荊。「妳去讓金姥姥準備午飯，讓她別忘了做一道炒紅薯泥。」

紫荊答應了一聲，忙轉身去傳話了。

宋甜則隨著綺兒往外走去。

還沒走到蘭苑明間，宋甜便看到一個身材高䠷，略有些單薄的人正立在明間外面的廊下。那人頭戴三山帽，身穿青素直身，腰間懸掛綴著紅線牌穗的內臣牙牌，正是王府常見的小太監打扮。

聽到宋甜腳步聲，那人轉身看了過來。

宋甜凝神看去，這才發現這個小太監鳳眼朱唇，兩頰略帶些嬰兒肥，雙手負在身後，正皺著眉頭不耐煩地看著自己——不是趙臻又是誰？

宋甜頓時歡喜起來，大眼睛裡盛滿笑意，快步走了過去，趁綺兒進去通稟，用極輕的聲音問道：「你怎麼過來了？」

趙臻原本只是好奇心強，想看看宋甜住的地方，可如今被琴劍打扮成小太監，他還是覺得有些抗拒，正在心煩，這會兒看到宋甜，見她大眼睛亮閃閃的，小圓臉白裡透紅跟個蘋果似的，胸臆間的煩悶頓時一掃而空，低聲道：「進去周旋兩句，再去妳院子。」

宋甜對著他眨了眨眼睛。「等著我！」

恰在這時綺兒掀起了細竹絲門簾。「大姑娘，進來吧！」

宋甜進了明間，發現二娘張蘭溪正陪著一個年紀小小、施粉塗朱的女官坐著，仔細一看，竟是琴劍，忍不住笑了起來，上前見禮。「下官見過沈女官。」

琴劍矜持地抬了抬手，道：「起來吧！」接著便起身看向張蘭溪。「多謝招待。下官這就去宋女官院裡坐坐。」

張蘭溪忙挽留幾句，見這位年紀小小卻濃妝豔抹的沈女官去意已決，便送她們出去。

到了東偏院門外，沈女官矜持地吩咐張蘭溪。「二娘不必客氣，由宋女官陪著下官就是。」

張蘭溪含笑福了福，帶著錦兒和綺兒，立在那裡目送宋甜陪著沈女官往東偏院去了。

錦兒待宋甜一行人走遠了，這才輕輕道：「二娘，方才那個太監哥哥生得好俊哪！」

張蘭溪也笑了，用繡花帕子拭了拭唇角，道：「的確很俊，而且氣質清冷，貴氣十足——大約是侍候貴人慣了，沾染了貴氣吧！」

綺兒羨慕極了，在一邊咬著手指頭。「大姑娘在豫王府，也像沈女官穿大紅通袖袍和湖藍色馬面裙嗎？看起來好體面。」

張蘭溪笑了，道：「如今大姑娘做女官，侍候的是貴人不說，一年還有六十兩銀子的俸祿，就算以後年數夠了退下來，每年的俸祿也照舊，一般的知縣，一年的俸祿也不過五十兩銀子。」

雖然，知縣一般也不靠俸祿生活。

聽了張蘭溪的話，錦兒和綺兒更羨慕了。

錦兒道：「唉，我若是像大姑娘一般能讀書識字就好了……」

綺兒忙道：「我也是！」

張蘭溪笑了。「咱們大安朝，有幾個女子能讀書識字的？正如此，女官才稀罕。」

見宋甜等人早消失在繁茂的花木間了，她轉身往回走，口中道：「不是說安夥計押著十車貨物從運河碼頭回來了嗎，怎麼還沒來交帳？綺兒妳去前面問問。」

宋甜陪著「沈女官」走在前面，「小太監」走在後面。

她到底忍不住，扭頭往後看，被小太監瞪了一眼，嚇得一縮脖子，不敢再看了。

進了東偏院，宋甜一下子活泛起來，吩咐金姥姥。「先把大門閂上，妳再去炒菜準備午飯。」

金姥姥盯著宋甜的嘴巴，看懂了便答應了一聲，關上大門，插上門閂，自去準備午飯了。

宋甜笑盈盈看向趙臻，口中道：「沈女官，小公公，咱們到明間說話吧！」

琴劍伸手一抹臉，調皮一笑。「我跟著紫荊姊姊燒水沏茶去！」

他搭訕著跟著紫荊去茶閣了。

趙臻負手立在那裡，遊目四顧，看院中景致。

方才在蘭苑，竿竿瘦竹，青青幽蘭，筆硯瓶花，琴書瀟灑，十分雅致齊整。

而宋甜這院子，院子只幾株梧桐，一叢月季，半院蔬菜，柱子紅漆剝落，牆壁斑斑駁駁，很是蕭條破敗。

他不禁看向宋甜。「這就是妳住的院子？」

宋家不是宛州首富嗎？為何讓獨生女住如此破敗的院落？

宋甜感受到了他的怒意，伸手牽著他的手，一邊往明間那裡走，一邊低聲道：「我五歲沒了娘，親爹又那樣子，什麼都得我自己爭取，不過以後我就把豫王府當做自己的家了，這裡好不好，我才不在意呢！」

聽到宋甜說她要把豫王府當做自己的家，趙臻不知為何，如甘露灑心，涼爽舒適之極，方才那點不快不翼而飛，慨然道：「嗯，我會一直養著妳的。」

宋甜聞言，又驚又喜。「當真？」

她原本就不打算成親生子，若是能賴著趙臻、賴著豫王府，無論何時也都有個去處。

趙臻略有些靦覥。「自然是真的。」

宋甜仰首看他。「真的要一直養著我？」

趙臻耳朵紅了。「嗯。」

宋甜歡喜雀躍。「擊個掌！」

趙臻瞅了她一眼，伸出了右手。

宋甜蹦了起來，「啪」的一聲，和趙臻擊了個掌，然後拉著他進了明間，口中道：「我若是活到了八、九十歲，你也得讓你兒孫養我！」

不管是她，還是趙臻，這一世，他們都要活到八十歲，活到九十歲，活成老人瑞，以彌補前世少年夭折之痛。

趙臻這下連脖頸都紅了，鳳眼水汪汪的，不看宋甜，只看屋內擺設，口中道：「那是自然。」

宋甜自認為後半輩子有了靠山，歡喜得很。「我帶你看看我這裡。」

她牽著趙臻的手，帶著他往西暗間走。「東暗間是我的臥室，沒什麼可看的；咱們去看西暗間。」

宋甜掀開西暗間門上掛的簾子，裡面還有一道掛著鎖的木門。

她用鑰匙開了鎖，推開了木門，一股濃重的藥味立刻撲面而來。

趙臻原本以為會看到清雅的書房，誰知隨著宋甜進去，才發現這間屋子猶如藥房，多寶槅上擺著一個個盛藥的小罐子，桌子上則擺著各種切刀、石臼，角落裡還有幾個藥爐，甚至還有排氣的銅管。

他看向宋甜。「妳這是——」

宋甜從來沒帶人來看過，這會兒像小孩子獻寶，牽著趙臻往前看，口中道：「我家祖傳的行當是走街串巷賣毒鼠藥餌，宛州有名的『毒藥宋』，如今我承繼了家裡的老行當。毒藥我還算比較拿手，雖說不能讓人七步倒，也差不離了。」

她將趙臻領到多寶槅前，還繼續說著。「不過我在解毒上不是很擅長，如今正在研究催吐藥、解毒藥和讓人服了不孕的藥。對了，我這裡還有兩瓶能讓人服了後暫時暈倒的藥，你要不要？」

看著這滿屋滿架的毒藥，趙臻面無表情，內心震撼。

他眼神複雜地看向宋甜——宋甜的愛好可真奇特啊！

宋甜為人一向淡淡的，可是只要確定對方待她真心好，她就恨不得把心掏出來給對方，只可惜前世除了趙臻、紫荊和金姥姥，以及舅舅一家人，沒人對她好，而她前世性子悶、能力也不足，導致她一顆熱騰騰的真心只能蒙塵。

到了這一世，她熱忱依舊，尤其是面對趙臻的時候。

宋甜從多寶槅上拿下一個白瓷瓶，拔開塞子，倒出一粒暗紅色的藥丸，放在手心裡讓趙臻看。「就這一粒，化在食物或者茶酒中讓人服下，一盞茶工夫絕對睡倒，你把他褲子脫了，掐他的大腿根，他都醒不了。」

「……我脫人家褲子、掐人家大腿根做什麼？」

見宋甜眼巴巴看著自己，趙臻的心一下子軟了下來，湊近宋甜的手，觀察著她右手掌心那粒藥丸子。

此時趙臻近在咫尺。
宋甜能聞到他身上清澈的少年氣息，看到他濃長的睫毛，還有白皙肌膚上的小茸毛……哎，他的鼻梁怎麼那麼高，鼻頭卻很圓潤，明明很矛盾，卻完美地融合在一起，再加上鳳眼，自帶一種神佛般的氣質。還有他的臉頰，湊近細看的話，有一層白色小茸毛，看起來好軟啊！
趙臻一邊觀察，一邊道：「若是能把這種藥製成液體，裝在小瓶子裡，需要人暈倒時，或灌入口中，或浸濕帕子捂住口鼻……會不會更方便？」
宋甜的左手都伸到趙臻臉頰邊上了，聽到趙臻的話，馬上收了回來。「咦，你這個想法很好呀，讓我理理思緒！」
趙臻剛才發現了宋甜左手的企圖，忿忿道：「妳老摸我臉做什麼？」
宋甜一邊把藥丸重新裝入瓶中，一邊道：「因為你的臉軟啊！」她轉頭看趙臻，把臉湊了過去，笑咪咪的。「要不，你摸回來？」
趙臻轉過身不理她了。
宋甜把藥瓶的塞子塞上，開始在多寶槅上選取要帶的藥，口中道：「咱們這次去京城，這瓶藥得帶上，我再帶一瓶毒藥，還有我研製到一半的解毒藥，還有不孕藥……」
聽了第二次不孕藥，趙臻忍不住道：「妳要不孕藥做什麼？」

宋甜扭頭看趙臻，她也發現這個藥對自己沒什麼用。

思索片刻後，宋甜想到了紫荊的話，解釋道：「我打算改良這種藥，減輕藥的毒性，以後那些不願意生很多兒女的夫婦，就可以服用這藥來避免生育。」

趙臻當即道：「如此甚好。等妳製出來，咱們開間藥坊大量生產，賣給全大安的藥鋪。」

聽到趙臻說「咱們」，宋甜歡喜極了，道：「好！咱們一起發財！」

趙臻見她笑得眼睛彎彎，甚是可愛，伸手去撫她的腦袋，發現髮髻礙事，便撫了撫她的後腦勺。「以後妳就跟著我，我護著妳。」

宋甜笑咪咪道：「那我以後就跟著你混啦！臻哥你可要多多照拂我呀！」

聽宋甜叫他「臻哥」，趙臻覺得好玩，伸手在宋甜後腦勺拍了拍。「嗯，臻哥會照顧甜妹的。」

說完，他覺得實在是幼稚，噗哧一聲笑出來。「咱們也太幼稚了！哈哈哈哈！」

前世宋甜哪曾見他笑得這樣暢快過，立在那裡，仰臉看著他笑，眼睛卻濕潤了。

她轉過身，悄悄拭去淚水，嘟囔道：「倒是沒人叫我『甜妹』，我爹偶爾會叫我『甜姐兒』，你叫我『甜姐兒』吧！」

趙臻笑得眼睛都濕了，道：「我可比妳大兩歲，還是叫妳甜妹吧！」

宋甜瞅了他一眼，也沒再多說了。

午飯簡單而美味，四菜一湯一甜點——四菜分別是青蒜苗炒臘肉、紅燒兔肉、清炒菜薹和酥炸小魚，一湯是老母雞湯，甜點是金姥姥擅長的洛陽家鄉菜炒紅薯泥。

趙臻的確是餓了，雖然飯菜比起王府粗糲，卻也吃了不少。

用罷午飯，他吩咐琴劍。「賞金姥姥一錠銀子。」

琴劍當即掏出一錠銀子給了金姥姥。

金姥姥眉開眼笑過來謝恩。

宋甜常常給她散碎銀子，她手裡也攢了二十多兩了，不過誰會嫌銀子扎手呢！

宋甜對趙臻說道：「金姥姥是我娘的奶娘，既老且聾，以後我得養她的老，我若是去了別處，就帶她一起走。」

趙臻沒意見。

別說一個金姥姥，讓他再多養幾十個人、上百個人也無所謂。反正，現在他就養著將近十萬個人呢！

用罷午飯，趙臻就要離開了。

他耐心地和宋甜解釋。「我聽說城西賀家營有一位百步穿楊的射箭高手，我打算去領教一番，若名副其實，就收入麾下。」

宋甜知道前世他麾下有一員愛將，名叫賀承恩，箭術高超，人稱小李廣，曾在兩軍對壘中連珠三箭，射中了遼軍的主將，立下大功，當下便含笑道：「那我祝你心想事成。」

趙臻走到了東偏院大門口，忽然扭頭問宋甜。「妳和金校尉關係如何？」

宋甜認真地想了想，道：「舅舅待我，比我爹還親，舅母也很疼我。」

趙臻記在心裡，提點宋甜。「妳下午去一趟金校尉家，問他要不要跟著金百戶前往遼東。」

他很欣賞金校尉的兒子金海洋，是一定要派金海洋到遼東軍衛歷練的，至於金校尉，得看看宋甜的想法——萬一她捨不得金校尉夫妻離開呢？

宋甜又驚又喜，連連點頭。「好！我待會兒就過去問。」

第二十三章

得知沈女官要走，張蘭溪和魏霜兒都趕來送客。

宋甜陪著她們立在二門外，目送豫王府的馬車載著「沈女官」和「小太監」離去，心中沒什麼離情別緒——反正再晚一點，她也回豫王府了。

魏霜兒立在宋甜身側，想到宋甜給自己服的毒藥，心中既懷疑，又怨恨，銀牙暗咬，只得打算尋機再盤問宋甜。

誰知還沒等她開口，下人房那邊便喧鬧吵嚷起來。

張蘭溪忙吩咐錦兒。「去看看怎麼回事？」

沒多久錦兒就一臉惶急地跑回來了。「夥計錢興的娘子和婆婆嘔氣，吞了一把毒鼠藥餌下去，這會兒口吐白沫，整個人都在抽動，眼看快不行了……」

宋甜聞言，忙低聲吩咐了紫荊幾句。紫荊聽罷，提著裙子就往東偏院那邊跑。

宋甜則跟著張蘭溪她們去了下人房。

她家大門內西邊的夾道裡建了一排小院子，有家眷的夥計可以帶家眷居住。

錢興家院門開著，小小的院子整潔得很，這會兒一個青衣婦人正口吐白沫躺在地上，旁邊圍了一群夥計媳婦，一個小女孩在旁邊哭，偏偏一個婆子立在一旁，猶自恨恨道：「……想用服毒來威脅妳婆婆，妳是豬油蒙了心，想得美，妳死了，我讓我兒子用破席一捲，把妳送到化人場燒了，骨殖撒在池子裡！」

張蘭溪忙問媳婦們是怎麼回事。

趁著夥計、媳婦們七嘴八舌答話，宋甜走過去，蹲在地上開始驗看中毒婦人的狀況。

魏霜兒見她翻看婦人的眼皮，又去掰婦人的嘴，也納悶她什麼時候會這些。

宋甜驗看一番後，確定婦人服了毒鼠藥餌，好在毒性不算強，及時救治還有一線生機，當下吩咐道：「快去泡棉油皂水！」

一般人家用不起香胰子，都是自製棉油皂洗衣。

一個年紀大些的媳婦忙去準備棉油皂水。

宋甜把棉油皂水灌進去，正在兩個夥計媳婦的幫助下扶著服毒婦人嘔吐，紫荊就拿了兩個小瓷瓶氣喘吁吁跑了過來。

宋甜在紫荊的幫助下，餵服毒婦人吃下催吐藥丸，繼續催吐。

張蘭溪和魏霜兒都不知宋甜居然有這個本事。

因嫌院子裡氣味骯髒，她倆用帕子掩著嘴，卻仍立在一邊看著。

宋甜看婦人吐得差不多了，這才餵她服下了解毒藥，又讓人在婦人身下鋪了褥子。

她這些藥從未在人身上做過試驗，不知道效果如何，不過婦人到了這個地步，若是不救，就只有死路一條了。

宋甜看了一邊撫著娘親哭得抽噎的小女孩，心裡一陣難過。沒娘的孩兒會有多可憐，她自己可是最清楚了。為了讓這個小女孩能有親娘照拂，她盡人事聽天命，博一把就是。

這時候一陣腳步聲傳來，一名高個子青年踉踉蹌蹌衝了進來，見婦人躺在褥子上，臉色發青雙眼緊閉，當即撲了上去。「茜紅，茜紅啊！妳如何拋了我去啊——」

他娘在一邊道：「哭什麼哭？她還沒死呢！」

宋甜徹底惱了，抬手一個耳光甩在婆子的臉上，喝道：「小廝呢？拿我的名帖，把這虐待兒媳婦的婆子送到衙門去！」

婆子捂著被打得發麻的臉，低著頭不敢吭聲了。

一旁有夥計媳婦道：「咱家大姑娘是八品的女官，她的帖子，衙門的大人是必然接的！」

幾個小廝一擁而上，拖著婆子就往外帶，她兒子錢興還要去攔，被宋甜一腳踹了回去。

「先顧你媳婦吧，你娘死不了！」

虐待兒媳，逼出人命，按照《大安律》，也不過是打三十板子罷了。

錢興沒想到嬌花般的大姑娘居然如此慓悍，也不敢攔了，只顧去看自己媳婦，哭哭啼啼。「茜紅，妳快醒了吧！妳走了我和繡姐兒怎麼辦？繡姐兒沒了娘怎麼辦？娘一定會打罵咱們繡姐兒的……」

也許是牽掛女兒的緣故，那服毒婦人竟然慢慢睜開了眼睛，甦醒過來。她的丈夫和女兒歡喜極了，撲過去大哭起來。

宋甜上前又驗看了一番，發現毒已經解了，心中歡喜，顧不得滿臉滿身的汗，吩咐錢興道：「我先回去，你找個人照顧你媳婦，然後去東偏院找我拿藥。」

錢興拉著女兒起來，齊齊給宋甜跪了下來，哽咽著說：「多謝大姑娘救命之恩！」

宋甜累得不想說話，帶著紫荊慢慢走了。

張蘭溪和魏霜兒也一起出來。

看著宋甜單薄嬌弱的背影，魏霜兒這下子信了——原來宋甜是真的可以下毒，也能解毒啊！

回到東偏院，宋甜挑選了些解毒、養胃和補身子的藥物，待錢興過來，當面交給了他，叮囑道：「這瓶藥是解毒的，一次一粒，一日三次；這瓶藥是養胃的，一次八粒，一日三次；這些是補身子用的，用雞湯燉了給你娘子補補身子。」

錢興接了過來，跪下給宋甜磕頭。「多謝大姑娘。」

宋甜看著錢興，也知他的難處，心裡難受，道：「你以後好好待你娘子，畢竟是要白頭偕老的人，若你娘想再欺負你娘子，就搬出我來嚇她。」

錢興又磕了好幾個頭。「小的都記住了，小的一家三口感念大姑娘恩德！」

錢興剛離開，魏霜兒就來了。

宋甜把一瓶「解藥」給了她，幽幽道：「三娘，只要妳不害我爹，我就會讓妳身體康健，好好活著。」

魏霜兒雙目如電看向宋甜。

她和蔡大郎謀奪宋家家業的計謀，已經佈置好幾年了，宋甜到底知道多少？

宋甜觀察著魏霜兒的反應，知道自己的猜測是對的，魏霜兒和她的丈夫蔡大郎，絕對是想謀奪宋家產業！

前世吳氏害了宋甜，霸占全部家產，自以為得計，卻原來還有魏霜兒蔡大郎黃雀在後。

如今她還沒有證據，等爹爹回來，再和爹爹商議此事。

宋甜笑了，道：「我累了。三娘請回吧，我就不送了。」

她實在是不想和這條吐信的毒蛇待在一處。

魏霜兒晃了晃手中的瓷瓶，確定裡面只有幾粒藥，心中暗恨，冷笑一聲離開了。

宋甜看著她趾高氣揚的背影，心中有些納悶。

為何秦英蓮、魏霜兒這樣的人，明明是她們出手害人，卻理直氣壯一點不覺得心虛？別人阻止她了，她還覺得對方可恨？

宋甜渾身黏膩難受，便讓金姥姥閂上大門，她痛痛快快洗了個澡，在梧桐樹下的竹榻上躺下午睡。

金姥姥人老了睡眠少，坐在一邊給宋甜打扇。

宋甜睡醒之後，起身和紫荊一起收整一箱子藥物、藥材、藥具，又給金姥姥留下了十兩銀子，這才乘坐馬車往王府後巷金宅去了。

金雲澤今日休沐在家，正陪著金太太在院子裡葡萄架下喝茶說話，聽說宋甜到了，兩口子忙起身去迎。

眼看著日頭偏西，宋甜急著回去見陳尚宮銷假，便開門見山道：「舅舅、舅母，我有話要與你們說。」

金雲澤笑了。「咱們去葡萄架下坐下說，茶點都是現成的。」

宋甜留下紫荊守在車裡，自己跟著舅舅、舅母進了二門。

她一邊走，一邊問金太太。「怎麼沒見表哥、表嫂？」

金太太笑著道：「今日妳表哥休沐，陪妳表嫂去岳家了。」

見葡萄架下的小桌子上除了茶壺、茶盞，還有一盤櫻桃，宋甜拈了一粒嚐了嚐，覺得又酸又甜甚是可口，便又吃了兩粒，這才道：「王爺預備調表哥去遼東軍衛，讓我問問舅舅，要不要也和表哥一起調到遼東軍衛去。」

金雲澤一聽，當下看向宋甜，神情嚴肅。「甜姐兒，王爺為何讓妳來問？」

金太太也擔心地看著宋甜——宋甜如今才十四歲，到七月才及笄，畢竟年齡太小了。

宋甜知道舅舅、舅母擔心，大大方方解釋道：「我投靠了王爺，打算以後好好效忠王爺。」

金雲澤品了品宋甜的話。「投靠……」

宋甜點了點頭。「對，是投靠。以後我會好好做事，成為王爺手底下像陳尚宮這樣的得力女官。」

金雲澤這下子徹底懂了，宋甜這是想效法陳尚宮，效忠豫王，走女子的仕途之路。

想到宋甜那個糟心的爹爹宋志遠，他不知道說什麼好了——有這樣一個爹，做女官走女子仕途之路，是宋甜最好的選擇了。

沈默片刻，金雲澤端起茶盞飲了一口，這才看向金太太。「妳呢？妳是打算留在宛州，還是跟著大郎兩口子去遼東軍衛？」

他和妻子這些年琴瑟和諧相濡以沫，一直很尊重妻子的意見。

宋甜在一邊補充了一句。「舅母，遼東那邊冬日甚是寒冷，有時重陽節過後沒多久就下雪了。」

金太太思索良久，道：「我放心不下大郎……」

她只有金海洋一個獨生子，自然是兒子到哪裡，她到哪裡了。

宋甜見舅母甚是堅定，忙道：「即使去了遼東，將來立下功勛，獲得升遷，還是能奉調回來的。」

只是前世直到她死去，舅舅和表哥也沒有再回宛州。

金太太看向金雲澤，眼神中滿是祈求。「老爺，咱們還是跟著大郎吧！」

金雲澤也下了決心，點頭回應，接著看向宋甜。「甜姐兒，那妳幫舅舅向王爺說一聲，我願意跟著妳表哥一起調往遼東。」

馬車晃晃悠悠駛出了王府後巷。

紫荊見宋甜倚在車壁上，半日沒說話，神情甚是落寞，便問道：「姑娘，妳怎麼了？」

宋甜輕輕道：「我好羨慕表哥。」

舅舅、舅母多疼表哥啊，表哥去哪裡，他們就跟到哪裡。她爹可不會這樣。

她爹如今雖是口口聲聲最疼她，將來百年後家產都是她的，可一旦有了兒子，肯定馬上就會把她拋到腦後。

前世不就是這樣嗎？

吳氏還只是懷孕而已，還沒生下兒子呢，她爹就信心滿滿，認為自己既能令吳氏有孕，也能令別的女人有孕，早晚會子孫滿堂，因此馬上改了聲口。

她回宛州探親，她爹絕口不提家產之事，反而應和著吳氏，當著她的面，口口聲聲「女醫說太太肚子裡懷的是男胎」、「家業都是妳弟弟的」、「嫁出去的閨女潑出去的水，妳已出嫁，好好敬愛長輩，侍奉女婿，不要老往娘家跑了」……

她這個爹真讓人心寒啊！

馬車從角門駛入豫王府，一直行到垂花門前才停了下來。

宋甜帶著從家裡帶出來的那個大箱子換乘轎子，吩咐抬轎的太監。「先去藏書樓。」

到了藏書樓前，宋甜下了轎子，拿出一個小銀錁子給抬轎的太監，吩咐他們把大箱子抬到三樓，鎖進三樓書庫，這才打發轎夫去了。

宋甜帶著紫荊到了和風苑。

太陽已經落山，天色漸漸暗淡下來，和風苑的婆子們正忙著掛燈籠。

宋甜還沒走到大花廳，就聽到了隱約的笛聲，走近了發現大花廳周圍放下了簾櫳，四周花木掩映，裡面掛著好幾盞白紗燈，燈光透出，再加上綠蔭深處傳來陣陣蛙鳴，晚風送來薔薇花香，當真如仙境一般。

丫鬟掀開紗簾，宋甜走了進去。

大花廳內擺著一張大八仙桌，陳尚宮坐在主位，高女官、辛女官和朱清源、姚素馨各在兩邊打橫。

宋甜含笑上前，給陳尚宮行了禮，又和四個女官見了禮，這才在對席坐了下來。

王府膳廚的菜餚自與金姥姥的風格不同，十分精緻，酒也是上好的桂花甜酒。

自從秦英蓮被送走，姚素馨待宋甜親近了許多，她起身執壺給宋甜斟了一盞酒，笑容甜美。「宋女官，今日妳來得最遲，得罰酒三杯，來，我先敬妳一杯！」

宋甜知姚素馨這是在提醒陳尚宮自己今晚遲到之事，微微一笑，並不狡辯，端起酒杯一飲而盡，然後道：「今日我被家事絆住了，因此來遲，是我的錯，請尚宮責罰。」

陳尚宮正含笑看宋甜和姚素馨你來我往，聞言忙道：「那就罰妳再飲兩杯。」

宋甜也不推讓，爽快地又飲了兩盞酒。

待宋甜飲足了三盞酒，陳尚宮這才笑吟吟道：「宋女官，按照府規，銷假的期限是今晚酉時三刻，這會兒才到酉時三刻，所以妳並沒有遲到。」

宋甜忙撒嬌。「尚宮妳騙我——妳也得罰酒三杯！」

她上前執壺給陳尚宮添滿酒盞。陳尚宮笑得眼睛瞇起，端起酒盞一飲而盡。

宋甜忙又斟滿。「尚宮，還有兩盞呢！」

陳尚宮笑著直擺手。「哎呀，夠了夠了！不能再飲了！」

眾人見宋甜哄得陳尚宮開心，也都笑了起來。

姚素馨臉上帶著溫婉的笑，眼中卻毫無笑意。

宋甜這小蹄子，實在不簡單，堪稱是她的勁敵。也罷，過幾日就要出發進京了，到時候再說。

宋甜等人陪著陳尚宮品笛飲酒，一直過了戌時，這才各自散了。

回到摘星樓，宋甜卸妝洗漱罷，倚著靠枕，歪在窗前榻上對著白紗罩燈看書。

窗子上早揭去了雪浪紙，如今糊著輕薄透氣的碧色蟬翼紗，晚風透入，十分舒適。

誰知舒適沒多久，隔牆就開始熱鬧起來，很快沸反盈天。

宋甜熄了白紗罩燈，打開窗子悄悄往外看去，卻發現小演武場上燈火通明，無數軍衛正簇擁著趙臻在習練騎射，馬蹄聲、鳴鏑聲、箭射中靶子的聲音、喝彩聲絡繹不絕。

細看了一會兒之後，宋甜發現原來趙臻正跟一個三十來歲的人在學騎射。

那人瞧著極不顯眼，身材不高，卻極慓悍，每每射中箭靶，引來陣陣喝彩，聽聲口正是趙臻今日去拜訪的那位小李廣賀承恩。

宋甜看了一盞茶工夫，覺得甚是枯燥，便關上窗子又去看書了。

過了大約一個時辰，她起身要去睡，發現隔壁小演武場已經安靜了下來，軍衛們都散了，只有趙臻跟著賀承恩，一遍又一遍地在練習騎馬射箭。

宋甜熄了燈，倚在窗口看著。

前世也是這樣，趙臻貴為皇子，卻如同苦行僧一般，不管是研讀兵書，還是跟著賀承恩習練騎射，抑或是一年四季每日清晨鍛鍊身子，他都埋頭堅持著。宋甜光看著就覺得枯燥乏味，可是趙臻卻興致勃勃，一遍又一遍地閱讀，一遍又一遍地練習，一天又一天地鍛鍊身子。

前世宋甜就想問他。

你身為皇子，貴為親王，為何如此能吃苦？為何如此能堅持？你付出這麼多，為的是當國家有難，你能救國於危難，可是有人領情嗎？

趙臻，你知道嗎？不管是你的父親永泰帝，還是你的兄長韓王趙致，他們只會在你浴血疆場時在旁窺伺，等你殲滅敵人，勝利在即時，他們便會出手害了你，輕而易舉地摘取勝利果實……

小演武場上依舊燈火通明，可是習練的人只剩下趙臻了。

棋書和琴劍各舉著一個靶子快速移動著，趙臻騎在馬上，用雙腿控著馬，繼續射箭。

棋書實在是累得受不了了，見王爺猶自興致勃勃，便低聲問琴劍。「我的哥，怎麼才能讓王爺歇歇？我快累死了……」

琴劍比棋書更累，他喘著氣道：「我倒是有一個辦法……」

棋書忙道：「那你快點啊！」

琴劍當下放下箭靶，一鼓作氣跑到趙臻身邊，牽住了馬轠繩，低聲道：「王爺，都過子時了，您一直習練，隔牆摘星樓的人怕是難入睡呀！」

趙臻原本正要再從箭筒裡取箭，聞言當即仰首看向不遠處的摘星樓。

摘星樓早熄了燈火，沈浸在黑暗之中。

他凝神細看，發現宋甜居住的三樓窗子是敞開的，當下吩咐道：「好了，把燈籠都收了，我去松濤樓沐浴更衣。」

把侍候的人都打發走之後，趙臻徑直上了三樓，打開窗子，輕輕咳嗽了一聲。

宋甜果真沒睡，聽到趙臻的聲音，她探出頭來，向對面看去。

十五之夜，一輪圓月高懸夜空。

皎潔月光中，倚在窗口的趙臻俊美有如天神一般。

宋甜想起白天的戲言，輕聲道：「臻哥，你累不累？」

聽到宋甜叫自己「臻哥」，趙臻心裡說不出的暢快，道：「累呀！我兩條胳膊都抬不起來，手也磨了──」他左手撫摸著右手數了數，又用右手撫摸著左手數了數，最後道：「手也磨了七、八個泡。」

自從母妃去世，趙臻就再沒向人訴過苦了，有什麼事都憋在心裡，如今面對著宋甜，他不知為何忍不住傾訴起來。「騎馬騎了太久，我的大腿根也好疼，不知道破皮沒有……」

宋甜靜靜聽他說著，眼睛濕潤了。

待趙臻說完，她吸了吸鼻子，又問他。「既然這麼苦，你為何還要堅持？」

你明明可以做一個耽於享樂尊榮富貴的安樂王爺，這樣你的父兄也不會忌憚你，你也不會死於非命……

趙臻倚在窗子上，想了好一陣子，這才道：「我不想……不想像……像廢物一樣活著，我想做一些事情。」

他見過他的幾位皇叔，一年又一年，無所事事，在封地內作威作福，整日飲酒玩耍，納妾生孩子，一個人竟然可以繁衍出了幾十個上百個兒子、女兒──這跟配種的公豬又有什麼區別？甚至不如公豬呢！畢竟這些王爺還得耗費民脂民膏養活著。

趙臻不想這樣過，他生在大安朝，得百姓奉養，他想為這個國家做些什麼，為百姓做些什麼，將來在青史上留下一筆……

趙臻接著道：「我不愛讀書，只愛騎射軍事，所以我想做一個武功、騎射、兵法都特別厲害的將軍王，可是想要樣樣都做到好，就必須不斷地學、不斷地練，不過我不怕，我可以吃苦。」

第二十四章

宋甜聽罷，眼淚撲簌簌往下落。

她抬手拭去淚水，道：「那我以後陪著你，無論你去哪裡，都帶著我，好不好？」

這樣即使他像前世一樣奉召前往邊關抵禦外敵，她也能讓要害他的人無機可乘。

趙臻默然片刻，道：「好。」

宋甜眼淚落得更急，她擤了擤鼻子，道：「不許說話不算話！」

趙臻道：「嗯。」

宋甜待情緒平靜了一些，這才道：「我今日去舅舅家問了，舅舅、舅母都打算跟著我表哥去遼東。」

趙臻記在了心裡，然後問宋甜。「妳去過京城嗎？」

宋甜道：「我沒去過京城。」

其實她不但去過，還在京城生活過兩年時間。那是她永遠都不願回想的一段時光。

趙臻笑了，道：「等到了京城，咱們喬裝改扮，我帶妳去逛朱雀門夜市。」

宋甜前世還真沒去過朱雀門夜市，當即答應了下來。

兩人又絮絮說了一會兒話。

趙臻擔心宋甜渴睡，道：「夜深了，妳早些睡吧，我沖個澡也回去睡了。」

宋甜答應了一聲，看了看對面趙臻，伸手要關上窗子，忽然聽到趙臻叫了聲「甜姐兒」，忙探頭出去道：「還有事？」

趙臻方才鬼使神差般叫了聲「甜姐兒」，這會兒臉正熱熱的，沈吟了一下道：「女孩子夏季是不是喜歡用素紗裝飾屋子，並在屋裡擺設各種瓷玉擺件？」

宋甜在她家裡的住處實在是太過簡陋，他想讓她在王府住得舒服些，屋子漂亮些。

「那是自然。」宋甜笑了。「你問這個做什麼？」

趙臻道：「沒什麼。睡吧。」

他先關上了對面的窗子。

宋甜在床上躺下，想起方才趙臻問的那句話，心裡還有些納悶。

不過想到過幾日要出發去京城了，宋甜不由得猜想。

難道趙臻在京城有喜歡的女孩子？他這次回去要送那個女孩子禮物？

前世宋甜的魂魄跟著趙臻的時候，他還沒有娶王妃，也沒見他有喜歡的女孩子，難道他那時已經被喜歡的女孩子給拋棄了，所以不肯娶王妃，也沒有納妾……趙臻生得好看到這種地步，居然也會被喜愛的女孩子拋棄，可見老天真是公平呀！

宋甜想著想著就睡著了。

第二天上午，宋甜正帶著兩個婆子巡視藏書樓，紫荊忽然到了，把宋甜拉到一邊，低聲道：「姑娘，王爺賞了許多東西，如今都放在一樓！」

宋甜想著是眾女官都有的，便道：「先放那裡吧，等晚上我回去再說。」

紫荊湊到宋甜耳邊，輕輕道：「姑娘，王爺賞咱們的比別人多的多，我怕太惹眼。」

宋甜沈吟了一下，道：「那就先收到一樓的那個庫房裡吧！」

在摘星樓她總共有兩個庫房，一樓的庫房放普通物件，三樓的小庫房放重要物件。

紫荊似乎不太滿意宋甜的決定，皺著眉頭噘著嘴離開了。

到了晚上，宋甜回到摘星樓，看到了那些賞賜，才知道紫荊為何會皺著眉頭噘著嘴離開了——這些賞賜太貴重了，還真不適合放在一樓。

她拿著月仙記錄的簿冊翻開看，還沒看完，眼睛就瞪圓了。

碧色蟬翼紗五疋，玉色蟬翼紗五疋，白縐紗五疋；哥窯冰裂紋瓷器一箱，官窯瓷器一箱；獨玉擺件一箱，翡翠擺件一箱；赤金首飾一匣，珍珠首飾一匣——趙臻這是想做什麼？

月仙在一邊款款道：「女官不必憂慮，王爺賞賜單子上寫的是『房屋器物五箱』，而且別的女官也都是『房屋器物五箱』。」她略有些含蓄地補充道：「只是別的女官得的都是些普通白紗、彩布、火浣布和瓷器。」

前世我可沒發現趙臻愛賞王府女官東西啊……

宋甜記得前世時，眾多王府女官，趙臻眼中似乎只看得見陳尚宮。

宋甜索性不再多想，問月仙。「有沒有人來打探王爺賞咱們什麼？」

紫荊在一邊「哼」了一聲道：「怎麼沒有？抬送賞賜的小廝前腳離開，姚女官的丫鬟寶珠後腳就來問了！」

宋甜好奇地看著紫荊。「那妳怎麼回答的？」

紫荊悻悻道：「我說沒得姑娘您的話，我們不敢拆開封條。寶珠還不肯走，我和月仙不理她，最後把她活活給冷淡走了。」

月仙在一邊抿著嘴直笑。

宋甜抬手在紫荊肩膀上拍了一下，道：「妳倆做得對，我得賞妳們。」

她打開賞賜的首飾匣讓紫荊和月仙挑選。

紫荊選了對赤金燈籠墜子，月仙選了個金馬鐙戒指。

見二人選好，宋甜又挑了個珍珠戒指給紫荊，挑了對珍珠墜子給月仙。

女孩子哪有不喜歡首飾的？

紫荊和月仙都開心極了，忙對鏡戴了，過來給宋甜看。

宋甜覺得她們戴著甚是好看，也喜歡得很，道：「那五疋白縐紗做紗裙好看，妳們一人做一條紗裙，內襯就用碧色潞綢或者紫色潞綢，做出來必定好看。」

紫荊道：「我們還是先用玉色蟬翼紗給姑娘妳做一條，若是好看，我們再給自己做。」

宋甜和月仙都笑了起來。

這會兒姚素馨也剛回到她居住的秋雨閣。

得知寶珠沒從摘星樓打聽到什麼，姚素馨慢悠悠道：「沒有就沒有唄！宋甜那妮子倒是會御下，當真不可小覷。」

寶珠是姚素馨從晉州老家帶來的，自是親近，當下開口問姚素馨。「姑娘，咱們這次進京，王爺會不會給省親假？要給的話，姑娘也可以回去看看了。」

姚素馨的父親姚慶林，如今擔任京畿祥符縣的知縣，家就在祥符縣後衙。

提到京城，姚素馨腦海裡馬上浮現出韓王趙致俊美的臉龐來。

趙致的桃花眼永遠含笑，心卻那樣冷、那樣硬，偏偏她就喜歡他的薄情寡義自私狠毒。

姚素馨道：「陳尚宮的兒子在禮部當差，王爺一定會給假讓陳尚宮母子團聚，不出意外的話，到時候我們這些小女官也會跟著得假的。」

寶珠滿是崇拜地看著姚素馨。「姑娘可真聰明！」

姚素馨瞟了她一眼，不禁笑了。

寶珠這丫頭做別的不行，拍馬屁倒是在行。

轉眼到了四月二十。

天還沒亮，宛州北城門大開，豫王一行車馬浩浩蕩蕩出了城，往京城方向行去。

傍晚時分，豫王一行進入方城縣仙臺鎮。

豫王府長史蔡和春提前帶了總管沈勤林到仙臺鎮安排，徵用仙臺鎮富戶崔舉人的宅子。

蔡和春繼續到前面安排行程。

而豫王府護衛指揮使藍冠之帶著王府親衛住在外院護衛。豫王則帶著親隨住在內院上房，陳尚宮和辛女官住在東跨院，宋甜和姚素馨住在西跨院。

在馬車裡坐了整整一日下來，宋甜累得腰痠背疼，眼睛都要睜不開了，匆匆洗漱罷就睡下了。

崔舉人這座宅子，高牆厚瓦，闊朗涼爽，院中花香細細，宋甜很快就在紗帳裡睡著了。

不知睡了多久，宋甜朦朦朧朧醒了過來。

她躺在床上，聽著隔壁叮叮咚咚的琴聲，漸漸清醒過來。

紫荊還沒睡，正和月仙在廊下乘涼，聽到屋裡動靜，忙進來看。「姑娘，妳醒了？」

宋甜「嗯」了一聲。

這時月仙也進來了，用托盤端著一碟子櫻桃。「女官，這是崔舉人家樹上結的櫻桃，您嚐嚐吧！」

宋甜嘴裡發乾，不肯嚐酸的，便道：「我渴了，給我倒杯溫開水。」

宋甜坐起來喝水，聽到外面琴聲依舊在持續，便道：「什麼時辰了？誰在彈月琴？」

紫荊「嗤」的一聲笑了。「亥時三刻了，姚女官還在彈月琴呢！」

宋甜喝完水，又躺了回去，心道：姚素馨這次還真是選對路數了，趙臻的確很喜歡聽曲，前世到了邊陲戰場，聽到士兵吹笛，他可是能立在那裡聽半日的。

紫荊一下子不見就溜出去了，過了一會兒進來神神秘秘道：「姑娘，姚女官被王爺派人召去了！」

宋甜懶得動彈，側身躺在哪裡，「哦」了一聲。

趙臻是清俊少年，姚素馨是美貌少女，不考慮其他的話，兩人倒也相襯。前世不見趙臻召人服侍，難道這一世他終於開竅了？

紫荊見自家姑娘毫無競爭意識，有些恨鐵不成鋼，忙道：「我再去廊下看看！」

宋甜懶洋洋道：「妳把那碟櫻桃拿出去吃了吧，對了，記得重新擦牙漱口。」

紫荊端著那碟櫻桃急匆匆出去了。

月仙坐在窗前榻上陪宋甜，終於忍不住道：「女官，王爺若是、若是收了姚女官，您——」

宋甜在黑暗中笑了，道：「姚素馨倒也能配得上王爺。」

姚素馨確實長得漂亮，就算是宋甜，也覺得她好看。再說了，王爺漸漸大了起來，房裡總會有人的，不是姚素馨，也會有別人……

宋甜想了一會兒，覺得怪沒意思的，便閉上了眼睛，繼續醞釀睡意，卻發現再也睡不著了，心裡有些說不清的煩，在床上翻騰了幾下，心道：姚素馨過去多久了？趙臻喜歡的是姚素馨這種類型嗎？

東跨院內，陳尚宮也還沒有睡，正和辛女官在廊下乘涼。

得知姚女官被王爺派人召去了，陳尚宮納悶道：「為何是姚素馨？為何不是宋甜？宋甜多好啊！」

她知道王爺還是童子哥，早晚會有這麼一天，可像宋甜那樣甜美可愛的多好，為何是選姚素馨這種妖妖調調的？

辛女官執壺給陳尚宮斟滿酒，含蓄地道：「宋女官年紀小，看著跟小姑娘似的，王爺許是把她當做妹妹疼愛。」

聽辛女官這麼一說，陳尚宮覺得有理，便搖著團扇道：「且等著看吧！」又問辛女官。

「讓人準備避子湯了嗎？」

「已經讓人準備了。」辛女官答罷，頗為感慨。「尚宮，跟韓王府相比，咱們豫王府可真是清淨，下官還是第一次讓人準備避子湯。」

陳女官過了一會兒方嘆息道：「咱們王爺年紀小，正長身子呢，這種事差不多就行，王爺以後若是寵愛姚素馨過逾，我少不得要去規勸。」

內院上房內，趙臻正和藍冠之在下棋。

外面廊下，姚素馨抱著月琴坐在圈椅上，等著王爺的吩咐。

少頃，琴劍出來傳話。「姚女官，王爺命妳把剛才在西跨院彈的那套【八聲甘州】的〈花遮翠樓〉再彈一遍。」

姚素馨答了聲「是」，輕舒玉指彈奏起來。

明間內，趙臻只穿著素絹直身，立在那裡用手打著節拍。

藍冠之坐在圈椅內，手裡擎著一盞酒，一邊飲酒一邊聽琴。

姚素馨正在彈撥，忽聽裡面傳出悅耳的男聲來。「我說這裡彈錯了吧？你還不信！」

她一下子愣住了，不由又撥錯了一個音。

裡面那聲音極年輕，馬上又道：「聽，又彈錯了！」

姚素馨心道：這應該是王爺的聲音啊，難道王爺房裡還有別人？

恰在這時，房裡那好聽的聲音又道：「棋書，你去傳孤的話，姚女官有兩處彈錯了，把她的月琴拿進來。」

姚素馨脹紅著臉，把月琴遞給了棋書。

片刻後，明間內傳來叮咚琴音，接著就傳來豫王的聲音。「姚女官，妳聽清楚了麼，這一處應該這樣彈。」

姚素馨只覺得臉熱辣辣的，低低答了聲「是」。

趙臻是忍受不了彈琴出錯的，又彈奏了幾下，然後道：「還有這一處，妳也彈錯了！」

姚素馨的臉被說得都要滴血了，咬了咬嘴唇，答了聲「是」。

趙臻又道：「彈琴講究高低緊慢按宮商，輕重疾徐依格調，妳技藝是好的，但是不夠流暢，沒有情感；沒有情感，就只能落到下乘，有了匠氣，而難成大師。」

姚素馨呆呆立在廊下，原先的雄心壯志如一場煙花，「呲」的幾聲過後，只餘幽微火藥氣息，別的都消散了。

碰上這樣一個不解風情的小男孩，任誰有天大的本事，也難成事！

見趙臻說教個沒完沒了，藍冠之酒也不喝了，抬手捂著嘴，竭力不讓自己笑出聲來。

這「水晶簾動微風起，一架薔薇滿院香」的夏夜，面對琴聲嬌娥，王爺原本該花前月下的，他卻開始教嬌娥彈琴——真是恁事不懂的小孩兒啊！

趙臻說完，道：「好了，妳拿了琴下去吧，以後切莫再彈錯。」

姚素馨接過棋書遞過來的琴，又福了福，抱著琴沿著走廊急急離開了。

宋甜翻來覆去難以入睡，索性開始想改良解毒藥的事。

她先前一直用金姥姥的兔子試驗，這次救治錢興娘子，是第一次在人身上做試驗，這可是難得的經驗，須得好好總結。

宋甜心中正在盤算，紫荊一陣風走了進來。「姑娘，姚女官抱著琴回來了，腳步甚急，似是不太開心！」

聞言宋甜「嗤」了一聲。「妳還知道人家開不開心！」

紫荊辯解道：「她才出去一盞茶工夫，就這麼抱著琴回來，能開心嗎？再說了，她抱著琴幾乎是跑回來的，難道會很開心嗎？」

宋甜笑道：「好，妳有理！」她又道：「快睡吧，明日還要趕路。」

她閉上眼睛，舒展四肢，放鬆躺在床上，想到姚素馨沒有得手，不由得咬著下唇笑了。

說來趙臻到底把宋女官叫去做什麼？總不會是教姚女官彈琴吧？她記得前世趙臻會彈琵琶、月琴和箏，會打牙板，就連簫笛也都能吹奏，還真說不定呢！

想到前世之事，她不知不覺又睡著了。

陳尚宮和辛女官得知王爺把姚女官叫去是為了糾正姚女官的琴藝，都有些錯愕。最後陳尚宮笑了起來。「王爺還小呢，他不懂。也罷，讓人把避子湯倒了吧！」

早上宋甜正在梳妝，月仙從外面走了進來，抿著嘴直笑。

宋甜見狀，含笑瞟了她一眼。「有話就說唄！」

月仙如今越發和宋甜親近了，就低聲道：「女官，我方才聽月芝說，昨夜王爺把姚女官叫去，指出她彈琴出的幾處錯誤，就又讓她回去了。」

月芝正是侍候辛女官的丫鬟。

宋甜原本在戴耳墜子，聞言笑得手都顫了，耳墜子也戴不成了。「王爺可真是——」

真是傻乎乎的小男孩呀！

出發的時候，太陽還沒出來，遠處青山隱隱，近處樹蔭濃密，倒是涼爽得很。

藍冠之陪著趙臻出了二門，小廝牽著馬跟在後面。

二門外停著一排馬車，丫鬟們正服侍眾女官登車。

藍冠之認出前方正扶了丫鬟上車的小女官正是宋甜，當下定眼看去，卻見宋甜登上了馬車，手中的一方白綾繡花帕子卻被風吹了下來，飄飄悠悠就要落地。

他一個箭步衝了上去，在帕子落地前抓住帕子，然後直起身子，把帕子遞過去。「宋女官，妳的帕子。」

宋甜這時已經坐進了馬車裡，見狀也吃了一驚，接過帕子，含笑點了點頭。「多謝藍大人。」

藍冠之見她肌膚晶瑩剔透，雙目盈盈，雙唇嫣紅，好看得很，不由得笑著回答。「宋女官不必客氣。」

宋甜微微頷首，放下了車簾。

趙臻負手立在後面，總覺得斯情斯景十分的不順眼，也不等藍冠之了，從棋書手裡接過韁繩，認鐙上馬，一夾馬腹，縱馬向前馳去。

眾親衛呼嘯一聲，追了過去。藍冠之見狀，忙也上馬追了過去。

趙臻似乎有心與藍冠之賽馬，一直向前疾馳。

藍冠之緊隨其後，打馬追趕。

兩人你追我趕，眾親衛緊緊跟隨，漸漸拉開了與車隊的距離。

這天晚上，豫王府總管沈勤林帶著王府衛兵護著眾女官住進蔡和春安排的裏縣驛站，而趙臻和藍冠之則帶著親衛住進了百里之外的許州州衙。

許州知州沈正，正是定國公第四個兒子，趙臻的親舅舅。

當晚趙臻剛洗過澡出來，沈正就過來了。

沈正從衣袖裡掏出一個小小的匣子，摁開匣蓋，遞給了趙臻。「阿臻，你來看看這是什麼。」

趙臻看著匣子裡的幾塊石頭，已經認出是鐵礦石原石，卻不動聲色看向沈正。「四舅，這是什麼，我竟不知？」

沈正當年的同窗好友劉安，如今在宛州淅川縣做教諭。

前些時候劉安經過許州，來他這裡作客，說豫王趙臻在宛州淅川縣的深山裡有一座礦山，只不知是鐵礦、銅礦、金礦還是銀礦。

沈正查看古代典籍，斷定趙臻在淅川縣深山裡的礦山，應是鐵礦，因此特意來試探他。

此時見趙臻裝傻，沈正笑了起來，道：「這是我的屬下在平頂山發現的鐵礦石，你幫舅舅看看成色如何。」

趙臻也笑了，笑得天真可愛。「舅舅，我哪裡懂這些？你若是問我曲譜或者箭術之類，我倒是還懂一些。」

沈正知道趙臻防備自己，防備定國公府的人，心中嘆息，口中卻道：「你不知就算了。如今我已稟明朝廷，大約八月分就會開始大規模開採，到時候煉出生鐵，倒是可以送你幾車。」

端妃是他的親姊姊，蕭貴妃則是他的表姐，自從端妃亡故，蕭貴妃盛寵，定國公府表面上兩碗水端平，其實心早偏到了蕭貴妃及其所出的韓王趙致那裡，也怪不得趙臻不信他。

也罷，日久見人心，趙臻總有一天會知道，定國公府並不是所有人都支持韓王的，至少他這個做舅舅的，還是會支持自己的親外甥。若是趙臻願意，他很樂意親上加親，把嫡長女嫁給趙臻做王妃。

按照家族的安排，雖然決定闔家支持韓王，卻也得悄悄在豫王這裡下一些注，萬一將來得勢的是豫王呢？

趙臻笑吟吟起身，拱手道：「多謝舅舅。」

沈正轉移了話題。「五月十五萬壽節，你預備了什麼賀壽禮？」

第二十五章

趙臻喜歡這樣輕鬆的話題，整個人都放鬆不少。

「父皇富有四海，我也沒什麼能入父皇的眼，就準備了幾樣宛州特產、一尊獨玉觀音、一尊紫晶彌勒佛，另有一些從寶天曼深山中得來的珍異蘭草。」

反正無論他和趙室送什麼，永泰帝都不會滿意，所以也不用特別費心，過得去就行。

沈正笑了。「阿臻為陛下準備的禮物，還是很用心的。」

趙臻抿著嘴笑。「我一直很孝順的。」

沈正忽然又道：「我聽說德慶的小姨子在豫王府做女官，被攆了出去？」

德慶是沈正大哥的長子、定國公的嫡長孫沈德慶，沈德慶的續弦大秦氏，乃是秦英蓮的姊姊。

趙臻看向沈正，鳳眼中帶著試探之意。「這樣的小事，舅舅如何知道？」

沈正有些無奈。「你也知道，你外祖母最是疼愛長孫媳婦，大秦氏的妹子被趕回家，大秦氏不知道在你外祖母面前吹了什麼風，你去見你外祖母時，若是你外祖母說話難聽，你多少包涵些。」

趙臻沒再說話，右嘴角翹了翹。

他貴為皇子，大安的親王，看定國公夫人臉色，那是看在母妃面上孝順外祖母，如今卻還得去看定國公府一個孫媳婦的臉色，這是把他當什麼了？定國公府未免太看不起他，也太高看他們自己了。

沈正知道趙臻一向倔強高傲，自己這番話怕是適得其反，忙笑著轉移話頭道：「阿臻，舅舅得了一張好弓，你看看怎麼樣，若是喜歡，舅舅就送給你。」

趙臻忽然笑開了，臉上似有春風拂過。「那我先謝謝舅舅。」

送走沈正，趙臻把從沈正那裡得的那張好弓遞給藍冠之看。「冠之，你看看這張弓怎麼樣？」

藍冠之看弓的時候，趙臻輕輕道：「讓人查一查，這段時間有沒有從宛州來的人拜訪我四舅舅。而後你不要隨我進京了，從魯山入山，走山路前往礦山，把礦山內外肅查一遍，以防有人洩漏風聲。若找到了洩密的人，先不要動，以後再——」

他手指併攏，往下一砍。

藍冠之點了點頭，口中卻大聲道：「此弓甚好。王爺，不如讓小廝在庭院裡豎上靶子，末將陪你比試一番？」

說罷，他用極低的聲音道：「王爺，我先護送你入京，然後再神不知鬼不覺地離開。」

趙臻把玩著一把匕首，輕聲道：「怕什麼？我現在對趙致又沒有威脅，他會在我身邊安插人，卻還不至於弄死我。」

藍冠之低聲道：「王爺，一路山高林深，誰知有沒有別的宵小，我還是護送你進京吧！」

兩人商量已定，果真吩咐沈正派來服侍的小廝在客院庭院裡插上箭靶，高掛燈籠，比試箭術去了。

得知趙臻深夜不睡，還在庭院裡和藍冠之比試箭術，沈正不禁搖頭。

他有時也看不透，他這個外甥，到底是玩心重，還是在韜光養晦。

天還沒亮，城門剛開，趙臻帶著藍冠之，在眾王府親衛簇擁下離開許州後衙，呼嘯著出城往北而去。

沈勤林是個謹慎人，既然王爺提前進京了，為了車隊中的寶物安全，他也不急著趕路，一路天亮出發，傍晚棲止，一直到了五月初三，這才慢悠悠帶著車隊進入京城，行入位於福安巷的豫王府。

宋甜等女官都被安置在豫王府內院東側的幾個院落裡。

沐浴更衣後，宋甜帶著月仙前去見陳尚宮。

陳尚宮住在東偏院正房內，這會兒也剛沐浴罷出來。

等姚素馨和辛女官也都過來了，陳尚宮這才道：「王爺不在王府，我就斗膽做一回主，凡是女官都給假五日，各位若是在京城有親眷，登記後就可以前往探望。」

辛女官先出列登記，她要去羊尾巴胡同探望已經出嫁的姊姊一家人。

姚素馨待辛女官出列，這才道：「啟稟尚宮，我父親如今擔任京畿祥符縣的知縣，既然尚宮給假，我打算去探望父親，以盡孝道。」

陳尚宮點了點頭，看向宋甜，含笑問道：「宋女官，妳呢？」

宋甜想了想，道：「啟稟尚宮，我爹爹如今也在京城。我家在南城柳條街有一個宅子，我就去那裡看看吧！」

她家雖然在柳條街有一個小小院落，不過宋志遠每次來京城，多是在相好家落腳，宋甜也無法肯定能不能在宅子裡見到她爹。

不過，宋甜有事需要見她爹，她必須想辦法把她爹給找出來。

陳尚宮點了點頭，吩咐大丫鬟給三位女官安排車馬，送她們離府探親。

宋甜留月仙在王府，帶著紫荊乘坐豫王府的馬車出了王府，去往南城柳條街。

柳條街街如其名，窄而潔淨的街道上種植著不少古柳樹，十分清幽。

王府派來的馬車停了下來，車夫問道：「陳女官，這家外面寫著『宋宅』，是這家嗎？」

宋甜掀開車簾往外看了看，道：「正是這家。」下了馬車後，宋甜待紫荊給車夫一個小銀錁子做賞銀，才道：「你五天後再來這裡接我。」

車夫離開之後，宋甜和紫荊這才上前敲門。

應門的是一個十三、四歲的小廝，並不認識宋甜。

宋甜開門見山道：「我是從宛州老宅來的。你去請田嬤嬤過來說話。」

片刻後，一個瘦小精幹的老婆子過來了，見了宋甜，她先是一愣，接著試探著道：「是……大姑娘嗎？」

宋甜微笑。「田嬤嬤，是我。」

留在京城看宅子的，正是宋志遠的奶娘田嬤嬤。

自從幾年前買了京城宅子，宋志遠就把田嬤嬤留在京城看宅子了，田嬤嬤也好幾年沒見過宋甜，沒想到這一見就長成大姑娘了。

她一把握住了宋甜的手，上上下下打量著，還沒開口，眼睛先流下淚來，一邊用帕子拭淚，一邊道：「幾年不見，大姑娘就長大成人了，還這麼好看，跟老爺年輕時長得一模一樣……」

宋甜真心無法覺得這句「跟老爺年輕時長得一模一樣」是在誇自己。

宋甜忙提醒道：「田嬤嬤，咱們進去說話吧！」

田嬤嬤這才意識到自己忘情了，忙給宋甜屈膝行禮。「老婆子見過大姑娘！」

宋甜扶了田嬤嬤起來，一起進了院子。

這個宅子麻雀雖小五臟俱全，也是個三進院落，分為前院、後院和園子。園子裡有一個小小的賞景樓，宋甜前世便在那裡住過，很喜歡那裡的幽靜，這次過來，故地重遊，便又住了進去。

田嬤嬤一向閒不下來，即使賞景樓沒人住，平日也帶著小廝和小丫鬟打掃得乾乾淨淨。

宋甜安頓下來以後，這才問田嬤嬤。「田嬤嬤，我爹呢？」

田嬤嬤臉上顯出些尷尬之意來，結結巴巴道：「大姑娘，老爺他……他……」

她這個奶兒子，風流得很，即使來到京城，也有好幾個相好的，如今自然是在相好家住著。可這等事情，哪裡好意思在大姑娘面前說起？

宋甜見狀，卻直接道：「爹爹是去見他哪一個相好了？」

田嬤嬤見宋甜挑明了，便知她清楚，於是道：「老爺應該是去鯉魚巷賀宅了。」

宋甜揚眉道：「賀蘭芯？」

田嬤嬤點頭。「老爺這次自從到了京城，就與她拆解不開了。」

宋甜略一思索，道：「田嬤嬤，妳派個人去賀宅尋我爹，就說我有要緊事情須和我爹商議，讓他先回家一趟。」

田嬤嬤忙答應了下來。「大姑娘，論說老爺也該回自己家住幾日了，妳先歇一歇，我這就親自去請老爺。」

她怕派丫鬟小廝過去請，老爺還不肯回來，打算親自過去，免得大姑娘等得焦躁。

宋甜笑盈盈道：「田嬤嬤，妳一定得把我爹給押回來，我真有急事要和他商議。」

她想和她爹商議做海上生意的事。

田嬤嬤慨然應允，雇輛馬車，徑直往鯉魚巷賀宅尋宋志遠去了。

到了鯉魚巷賀宅門前，田嬤嬤跳下馬車就去敲門。

應門的是個才留頭的小丫鬟，認出了田嬤嬤，笑嘻嘻道：「田嬤嬤，您是尋宋老爺的嗎？他帶著宋梧、宋桐往朱雀橋東邊的杭州酒樓飲酒去了。」

田嬤嬤心裡不是很信，就道：「我們大姑娘進京了，有急事要見我們老爺，妳這小姑娘可別騙我——我還是進去見見你們娘子吧！」

小丫鬟賭咒發誓。「田嬤嬤，我真的沒有騙妳，我賭個咒，我若是說謊，叫我一個毛孔裡生一個天皰瘡。」

田嬤嬤見她起的咒誓甚毒，忙道：「也罷，我這就過去看，若是尋不著，我就還過來找。」

上了馬車，田嬤嬤交代車夫。「去朱雀橋東邊的那個杭州酒樓。」

車夫應了一聲，駕著馬車往朱雀橋那邊去了。

田嬤嬤趕到朱雀橋，已是掌燈時分，朱雀橋兩岸皆是臨水酒肆，燈火輝煌，琴聲悠揚，歌喉宛轉，舞態蹁躚，熱鬧非凡。

到了杭州酒樓，田嬤嬤下了馬車，給車夫些碎銀子結了車錢，這才去和酒樓前迎客的小二打招呼。「我是宛州提刑所宋提刑的家人，家裡有急事，要尋我家老爺。」

小二甚是熱情。「這位嬤嬤，宋提刑在三樓雅間與人飲酒，我帶妳上去，讓他家小廝通稟！」

田嬤嬤年紀雖大，腿腳卻甚是麻利，隨著小二上到了三樓，在雅間外的閣子裡見到了宋梧和宋桐兩個小廝。

宋梧見田嬤嬤上來，忙迎過來壓低聲音道：「田嬤嬤，妳來這裡做什麼？老爺在裡面正與客人飲酒呢！」

聽到雅間裡有女子在歌唱遞酒，田嬤嬤忙道：「大姑娘來了，說有急事要見老爺。」

宋梧皺著眉頭道：「田嬤嬤，這裡面的客人非同小可——」

宋桐見他哥做事不爽利，把他哥擠到一邊，道：「田嬤嬤，妳且等著，我進去通稟。」

宋桐回身掀開細竹絲門簾，鑽了進去。

雅間裡宋志遠正陪著兩個人飲酒，這兩人一個肌膚黝黑輪廓分明甚是英俊，身穿藍潞綢圓領袍子，腰圍黑玉帶，卻是青州有名的海商林七；另一個約莫二十四、五，肌膚白皙，眉眼如畫，十分俊秀，青絲絹道袍，涼鞋淨襪，做書生打扮，正是黃蓮。

旁邊有四個唱的；兩個在旁遞酒，兩個彈唱。

宋桐徑直走到宋志遠身側，附耳低聲稟報。「老爺，大姑娘去了柳條街宅子，有急事要與您商議，正在宅子裡等著您。」

宋志遠還沒說話，旁邊黃蓮耳朵極好，聽得清清楚楚，當即笑吟吟道：「咦？宋兄，你家大姐兒進京了？」

宋志遠進京這些時候，使出渾身解數奉承黃蓮，已經跟黃蓮發展成為可以穿著便服與他出來吃酒遊逛的好兄弟了。

他也不避諱，便直接回道：「小女也來到了京城，說是有急事要與我商議。」

林七是青州巨商，做的是海上生意，性子最為豪爽，當即道：「既如此，宋兄先回去探望令嬡，生意之事，咱們擇日再聊。」

黃蓮點頭道：「宋兄，這海上生意，你我一同入股，須得細細計較，擬定文書，不急在一時。」他接著又道：「我也好久沒見大姐兒了，隨你一起去看看吧！」

待黃蓮戴上遮塵的眼紗，三人就一起下了樓。

宋志遠與黃蓮在杭州酒樓與林七拱手作別，目送林七認鐙上馬，在眾隨從簇擁著打馬去了，這才也上了馬，並轡而行，往柳條街去了。

宋桐騎著匹小馬跟著宋志遠。

田嬤嬤騎著宋梧的小馬，由宋梧牽著馬韁繩，慢悠悠綴在後面。

宋甜知道她爹一時半會兒回不來，便帶著紫荊在樓下乘涼。

宋家這園子雖小，卻甚是齊整，小樓後綠樹成蔭，小樓前則有一個小小池塘，養著幾尾錦鯉，池塘旁種著一簇簇月季，正值花期，香氣襲人。

紫荊在池塘前擺了張醉翁椅，宋甜躺在上頭，端著盞用冰鎮過的蜜煎梅湯慢慢喝著，享受著這晚風習習花香細細的夏日晚上。

宋甜正愜意的時候，卻聽到一陣腳步聲，接著便是她爹的聲音。「大姐兒！」

宋甜懶洋洋回道：「爹，我在這裡。」

宋志遠急急走了過來。「妳何時來到京城的？找爹爹有甚事？」

宋甜且不急著回答，先吩咐紫荊。「給爹爹斟一盞蜜煎梅湯。」

紫荊輕咳了一聲。

宋甜抬頭看去，這才發現爹爹是與一個書生打扮的人一起過來的。她忙坐了起來，就著池畔樹上掛的燈籠一看，認出是黃蓮，不由得吃了一驚。

他如何穿著便裝到這裡來了？作為殿前太尉，黃蓮在朝中也算官高爵顯，為何會如此裝扮來到她家，還直入內院？

宋甜心中困惑，倒是把初見黃蓮時的緊張給忘記了，起身福了福，算是見了禮。

黃蓮見池塘邊石桌上壺盞俱全，便道：「這裡涼爽，咱們就在這裡說話吧！」

宋志遠想著黃蓮是太監，也無須避諱大防，吩咐紫荊再去取兩個潔淨茶盞來，親自執壺給黃蓮斟了一盞，又給自己斟了一盞，先飲了一口，長舒了一口氣，道：「這蜜煎梅湯倒是解酒佳物。黃兄，你嚐嚐怎麼樣。」

黃蓮端起茶盞，嚐了一口，覺得清爽適口，便道：「甚好。」

宋志遠吃了幾口，這才看向宋甜。「大姐兒，妳尋爹爹到底有什麼事？」見宋甜看自己，他笑著解釋道：「妳黃叔叔如今與我是八拜之交，說話不必避諱他。」

黃叔叔？

宋甜愣了愣，懷疑她爹喝醉了，端起瓷壺給黃蓮和宋志遠都添滿茶盞，一邊思索，一邊組織語言。「萬壽節在即，豫王進京為陛下賀壽，我們這些王府屬官自然就跟著過來了。我多時未見爹爹，心中甚是掛念，這才讓田嬤嬤去尋爹爹。」

宋志遠見旁邊放著把團扇，拿起來自己搧了幾下，又自然地給黃蓮搧了幾下，口中道：「我經由妳黃叔叔，認識了青州大海商林七，林七在八月分要組船隊前往西洋，我和妳黃叔叔打算入股。」

宋甜聽了，又喜又驚。

喜的是她爹果真要做海外生意了，她先前通過船隊私下買入大量鐵火槍給豫王，增強豫王實力的計劃有了眉目；驚的是黃蓮突然與她爹如此交好的原因，前世可一直是她爹在巴結黃蓮的。

黃蓮聰慧絕倫，當即看出了宋甜心中所想，笑盈盈道：「大姐兒，我與妳爹甚是投契，已義結金蘭，妳沒有叔伯，把我當親叔叔就是。」

他端起茶盞飲了一口蜜煎梅湯，又道：「今日叔叔出門甚急，無甚準備，明日再命人把見面禮送來。」

宋甜又端起瓷壺，給黃蓮斟滿。

她倒是了解黃蓮，他雖是權宦，卻無甚惡名，前世待她也好，只是……事情太過突然，防人之心不可無，還是得小心提防的好。

又聊了幾句後，宋志遠邀請黃蓮到外院書房煮茶清談，黃蓮卻笑著拒絕了，解釋道：「明日陛下大朝，到五更我得進去服侍，今日就不叨擾了。」

宋志遠送罷黃蓮，想到宋甜方才似是心事重重，便又回轉過去，要和宋甜說話。

這時，田嬤嬤親自下廚做好醒酒湯送了過來。

宋志遠一邊喝醒酒湯，一邊坐在水邊與宋甜說話。

宋甜吩咐紫荊。「妳去旁邊看著。」

待紫荊過去了，宋甜這才問她爹。「爹爹，這位叫林七的海商，送你什麼禮物沒有？」

宋甜記得前世在她爹爹的書房抽屜裡，曾見過一把青州海商送她爹的鐵火槍，正是這位叫林七的海商送的。

宋志遠聞言，放下銀調羹，捲起衣袖道：「林七送了我一把西洋鐵火槍，甚是厲害，能打穿箭靶，妳要不要試一試？」

宋甜前世也曾試過的，自然知道鐵火槍的威力，便道：「爹爹，你這把西洋鐵火槍送給我吧！」

宋志遠頗有些不捨，看著宋甜眨了眨眼睛。

宋甜經歷了兩世，對她爹的性子極為了解，知道要想讓她爹這吝嗇鬼出血，須得開門見山，強詞奪理，溫良恭儉讓那些禮節在她爹這裡是一點用都沒有，因此當即道：「爹爹，你不是說等你百年，你所有的都是我的，怎麼還不到百年，你說話就不算話了？」

宋志遠沈吟道：「這鐵火槍甚是危險……」

「爹爹，你不就是小氣嘛！找什麼理由？」宋甜哼了一聲。「林七既然是大海商，自然不會只有這麼一把，你再問他要一把，再要個幾十發火藥給我，我要好好練習，將來好隨你去做海上生意！」

宋志遠聞言有些心動。

他懷疑自己情場過於得意，以致失去了生育能力，此生也就宋甜一個閨女了。等宋甜女官役滿，離開豫王府回家，他正好四十來歲，正是把家業交給宋甜的時機，若是海上生意順暢，到時候說不定宋甜也要參與進來……

心中計議已定，宋志遠叫來宋桐，把鑰匙給了他，吩咐道：「把我書房櫃子裡鎖的那個皮匣子給拿來。」

皮匣子拿到後，宋志遠打開匣子，珍而重之地取出鐵火槍，上了火藥，演示給宋甜看。

宋甜有過前世經驗，手腳俐落，看了一遍便學會了，當場演示給宋志遠看。「爹爹，你看，我學會了！」

宋志遠道：「這裡有兩發火藥，妳要不要試試？」

「爹爹，鐵火槍聲音不小吧？咱們這宅子又淺，萬一被人聽到，怪麻煩的。」

宋志遠覺得有理，起身便要離開。

宋甜忙跟了上去。「爹爹，你見了林七，記得多問他要些火藥，別告訴他是給我要的。」

宋志遠擺了擺手。「知道了。」

宋甜又道：「爹爹，我有五日的假，要在這宅子裡住，這幾日你不要出去亂竄！」

宋志遠有些無奈，可還是答應了一聲，步履瀟灑往前去了。

臨睡前，宋甜在燈下擺弄著這把鐵火槍，不禁想起了趙臻。

也不知趙臻這會兒在哪裡……她打算將這把鐵火槍和這兩發火藥都送給趙臻，看他能不能找能工巧匠仿造出來。

第二十六章

早上，宋志遠派人去早市買了東京風味羊肉炕饃和杏仁茶，讓田嬤嬤去後面叫宋甜。

宋甜老早起來了，正在研究那把鐵火槍，聽說有她愛吃的羊肉炕饃和杏仁茶，忙隨著田嬤嬤往前廳去了。

羊肉炕饃肉香四溢焦香酥脆，甚是美味，杏仁茶順滑醇厚，香甜可口。

宋甜正陪著她爹大快朵頤，小廝宋桐進來回稟。「老爺，黃大人命黃公子來送給大姑娘的見面禮。」

宋志遠忙道：「甜姐兒，妳去屏風後迴避一下。」

黃蓮的姪兒畢竟與宋甜年貌相當，到底得避諱些。

宋甜卻知道，她是不必避諱黃子文的，因為黃子文絕對不會看上她，他如今正與麗香院頭牌鄭銀翹打得火熱難拆難解。

前世此時，若不是被逼娶宋甜，黃子文早為麗香院頭牌鄭銀翹贖了身，兩人雙宿雙飛快活度日去了。待他把宋甜從宛州迎回京城，鄭銀翹已被定國公長子沈剛贖了身，接回國公府做姨娘去了，國公府深宅大院，他與鄭銀翹此生再難見面。

黃子文不敢恨他的叔父黃太尉，不敢恨定國公的兒子沈剛，只敢恨宋甜。他認為是宋甜毀了他的幸福，所以恨宋甜徹骨，待找到鄭銀翹的姪女鄭嬌娘，便要把宋甜賣入娼門，以消此恨。

該面對的總要面對，不然會形成佛家所謂的心魔。宋甜決定坦然面對。

宋志遠拿著宋桐遞過來的宛紅帖看。

宋甜也湊了過去，卻見上面寫著：謹具金緞二端、紅緞二端、珍珠一匣、赤金頭面一套、內造玉梨酒二罈、內造玫瑰花餅二罐。眷生黃蓮頓首拜。

宋志遠看著手中的帖子，口中嘆息著。「甜姐兒，單憑這禮單，就能看出妳黃叔叔待妳還是很慈愛的。」

宋甜點頭道：「這裡面都是女孩子喜歡的。」

這時候小廝已經引著黃子文到了外面，宋志遠忙帶了宋甜出去迎接。

他們剛出去，一個十八、九歲的青年便走上前來，錦衣玉帶，面如敷粉，唇若塗朱，形容俊秀，舉止謙恭，正是黃太尉的姪子黃子文。

黃子文早看見了宋志遠身側立著一個十四、五歲的女孩子，鼻子長得與宋志遠有些像，臉小小的，眼珠子卻又大又黑，烏雲罩頂，面無表情，一副別人欠了她幾千兩銀子的模樣，嚴肅得很，應該是叔叔提到的宋志遠的獨生女宋甜。

他喜歡輕佻輕浮些的女人，不喜歡這種莊嚴肅穆的書呆子，因此一看就很不喜歡。想到叔叔口口聲聲誇讚這個宋甜，頗有讓他娶宋甜之意，黃子文心中甚是煩躁，看宋甜越發厭惡起來，面上卻乖覺恭謹，與宋志遠略說了幾句，待茶湯兩換，便告辭離開了。

宋甜在廳外叫住了一個叫宋柳的小廝，給了他五錢銀子，低聲交代了幾句。

宋柳點了點頭，一溜煙跑出去了。

黃子文離開柳條街宋宅，騎著馬去了朱雀橋邊的麗香院。

他的積蓄都花在了麗香院，如今身上只餘幾兩碎銀子。

到了朱雀橋邊，遠遠能看到麗香院的半門了，黃子文下了馬，把馬韁繩扔給小廝，又扔給他一錢銀子，吩咐道：「尋個地方待著，酉時來接我。」

說罷，黃子文理了理衣領，拿出荷包，打開看了看——荷包裡面是半包晶瑩潔白的南海珍珠和一對赤金鑲寶鐲子。他翹起嘴角得意地笑了，收緊繫帶，把荷包收到衣袖裡，昂首搖擺著往麗香院走去。

叔叔不肯給他銀子，他就自己找銀子。這些珍珠，是從給宋家的那匣珍珠裡拿出來的。這對赤金鑲寶鐲子，也是從給宋家的那套赤金頭面裡取出來的。

宋家那妮子就算發現珍珠少了、一套頭面裡少了對鐲子，也斷斷不會去尋他叔叔說的。

他這般神不知鬼不覺就給銀翹弄了些愛物，倒是不錯。

宋柳目送黃子文進入麗香院，見有一個小丫頭從麗香院出來，手裡挎著一個籃子，似乎是要去買東西，便迎上前去和小丫頭搭訕了幾句，問道：「我們家公子這幾日和李家嬌鸞姑娘好上了，怎麼今日又去妳家了？」

那小丫頭見宋柳清秀可喜，瞥了他一眼，道：「你家公子是哪一位？」

宋柳跟著小丫頭走了幾步，口中道：「我家公子就是殿前太監黃公公的姪兒啊！」

那小丫頭翻了個白眼，道：「你家公子在我家銀翹姊姊面前，跟條西洋哈巴狗似的，連我家銀翹姊姊的腳底板都願意舔——你說他和別家姊姊好上了？我才不信呢！」

宋柳又閒話了幾句，待那小丫頭去買包子了，這才回柳條街去了。

宋志遠正在書房裡算帳，見宋甜進來，便道：「甜姐兒，我瞧妳黃叔叔這姪子不錯，妳覺得怎麼樣？」

宋甜徑直走過去，打開盛珍珠的匣子讓她爹看。「爹爹，你看這珍珠怎麼只有半匣？」她又打開那套赤金鑲嵌寶石的頭面。「這套頭面裡少了一對鐲子——這黑緞底座上原本是有嵌鐲子的地方的，如今空著。」

宋志遠沈吟道：「總不可能是小廝偷了……」

宋甜輕笑一聲，道：「爹爹，我讓宋柳跟著黃子文去了，待會兒你聽宋柳怎麼說。」

宋柳滿頭大汗進來行禮。「啟稟老爺、大姑娘，黃公子去了朱雀橋那邊的麗香院，我打聽了一下，他的相好是麗香院的頭牌鄭銀翹。」

宋志遠聽罷，看向宋甜，見宋甜杏眼亮晶晶的，滿臉喜孜孜地看著自己，不由得笑了。「妳不就是怕爹爹把妳許配給黃子文嗎？放心吧，妳如今在豫王府做女官，在妳服役期滿前，爹爹不會胡亂給妳許配人家的。」

宋甜可不信她爹會說話算話，可是有這句保證，總比沒有好，便順著轉移了話題。「爹爹，你不是還在提刑所居著官，怎麼一直待在京城不回去了？」

宋志遠眼睛看著帳本，口中道：「我跟李提刑說好了，先讓他一總管著，待我回去再謝他。」

他又道：「待這幾日敲定了跟黃太尉入股林七這次出海的事，我就回宛州去。」

宋甜沈吟了一下，問道：「爹爹，你預備投入多少銀子？」

宋志遠抬眼看向女兒，意識到既然想要培養她，就得開始讓她接觸這些了，便道：「我和妳黃叔叔商議好了，一人投三萬兩，湊夠六萬兩入股。這次若是成了，下次我就派幾個得力大夥計跟船，載上咱們自己的貨物一路發賣，回程時都買成西洋貨，上岸後運回宛州和京城發賣。」

宋甜輕輕道：「爹爹，畢竟是三萬兩銀子，你既然決定做這生意，不如派兩個信得過有能力的大夥計先跟著走一趟，看看林七他們是怎麼做生意的，先熟悉熟悉。」

宋志遠聽了，覺得有理，便道：「待我晚些時候去見妳黃叔叔，和他商議一下。」

宋甜好奇。「黃太尉就那麼容易見？」

黃太尉身為御前得寵大太監，他的外宅雖然低調，門檻卻高，不是誰都能進去的。

宋志遠端起茶盞嚐了一口，笑道：「如今我可是太尉府上的座上賓，我直接去見管家，管家自會帶我去見妳黃叔叔。」

宋甜見她爹被黃太尉哄得得意洋洋忘了形，口口聲聲稱黃太尉為「妳黃叔叔」，知道她爹就這性子，便隨口捧了她爹幾句，又道：「爹爹，你在延慶坊是不是開了家新鋪子？」

宋志遠吹噓了起來。「我費了許多功夫，聘請到一個會造西洋鏡子的工匠，在延慶坊開了一個西洋鏡鋪子，前鋪後坊，薄利多銷，生意還算不錯。」

宋甜忙道：「爹爹，你帶我去看看吧！」

宋志遠滿口答應下來。「正好，妳挑選一套鏡子，然後爹爹再帶妳去吃黃河鯉魚。」

父女二人一拍即合，又都是急驚風，一盞茶工夫後，宋志遠騎著馬，護著宋甜的馬車，一起往京城最繁華的延慶坊去了。

馬車在鏡子鋪前停了下來。

宋甜扶著紫荊下了馬車，仰首看著上方「富貴鏡坊」的招牌。

「爹爹，為何不叫『宋記鏡坊』？」她家的生意，招牌一向都叫宋記。

宋志遠湊近女兒，用極低的聲音道：「這個鋪子，朝中徐太師的管家徐桂也入了股，倒是不好叫宋記了。」

宋甜扭頭看她爹。她意識到，前世她爹暴亡後，這個鏡坊無影無蹤，怕是直接落入了徐桂，或者是徐桂背後的徐太師徐永亨手裡。

宋甜壓低聲音問道：「咱們投入了多少？他們投入了多少？」

宋志遠眼睛看著四周，低聲道：「咱們投了一萬八千兩，他們投了二千兩，分帳是五五分帳。」

宋甜杏眼瞪得圓溜溜。

宋志遠嘆息道：「這就是有權有勢的好處，妳好好奉承豫王，若是能抱上豫王的金大腿，以後咱們做生意就不用被人敲詐了。」

就算不能登堂入室做側妃或者小妾，做豫王的情人也好呀！

宋甜和她爹在這方面十分不投契，於是默然不語。

宋志遠招呼女兒。「進去看看吧！」

富貴鏡坊從掌櫃到夥計，再到後面鏡坊製鏡的師傅，都是宋志遠請來的，見到宋志遠自是恭敬熱情。

掌櫃得知跟著宋志遠過來的這位美貌少女正是宋志遠的獨生女宋大姑娘，當即道：「大姑娘先看看，若是有入眼的，就讓夥計包起來，給您送到宅子裡去。」

宋甜去看那鏡子，發現耀眼光潔，對著臉照，猶如一汪秋水相似，纖毫畢現，的確比銅鏡清晰得多。

她選了三套鏡子，讓夥計送到柳條街宅子裡去。

宋志遠帶著宋甜去後面看製鏡師父製鏡，口中卻問宋甜。「如何要三套？是想送給上司陳尚宮嗎？」

宋甜笑盈盈瞅了他一眼。「爹爹，你真聰明！」

三套水銀鏡，她預備送給陳尚宮一套，再送給上次秦英蓮事件幫她的辛女官一套。

至於姚素馨，宋甜就是不送她。

宋志遠見女兒會給上司送禮了，歡欣異常，拍手道：「甚好甚好！」又道：「咱家這水銀鏡，和專賣西洋貨的鋪子裡的鏡子也差不離了，送禮倒也使得。對了，豫王有沒有寵愛的房裡人？倒是可以送幾套過去，也是妳的人情。」

宋甜忙道：「爹爹，我自有計量，你不要管。」

看罷鏡坊，眼看著快到午時，宋志遠便帶了宋甜，步行去了前面河邊的一家大酒樓，預備請宋甜嚐嚐正宗的黃河鯉魚。

這家酒樓極為別緻，前面門面三層，專門招待普通客人，後面卻是一個花木扶疏的院落，院中臨河建著一個個閣子，四面垂著細竹絲簾子，作為待客的雅間。

宋志遠帶著宋甜往預定好的雅間走，宋桐和紫荊跟在後面。

宋志遠指著前面遠一些的臨河閣子道：「前面被紅石榴花圍著的那個閣子，就是咱們預定的雅間。」

宋甜還是第一次見識這樣的酒樓，不像酒樓，較像是花園，心中很佩服。

她正遊目四顧，卻見近處的那個閣子門簾掀起，幾個青衣人簇擁著幾個衣飾華貴的年輕人走了出來，當先一個玄紗袍白玉帶，身材高挑，清俊異常，正是豫王趙臻。

趙臻也看到宋甜了，吃了一驚，素日眼尾上挑略顯細長的鳳眼瞬間瞪圓。「妳怎麼在這裡？」他看向宋甜身側的宋志遠。「這位是——」

宋甜見後面兩個人也跟著出來了，一個年約二十四、五歲，中等身量，也算得英俊；另一個身材高挑，桃花眼瓜子臉，十分俊美風流——正是太子趙室和韓王趙致，忙回道：「這是我爹。」

她知道趙臻兄弟三人乃是微服前來，不便多說，匆匆福了福，拽著她爹往前面閣子去了。

宋志遠曾隨著知州江大人前往豫王府覲見過，自是見過趙臻的，不過他見趙臻的時候，趙臻高踞承運殿，頭戴親王冠冕，身穿親王禮服，威儀赫赫，因此他一時沒認出趙臻來，待進了閣子，口中兀自道：「哪裡來的小白臉？甜姐兒妳怎麼認識的？男人長這麼好看不可靠……」

他自己憑藉英俊出眾的外形馳騁情場，卻不願意招個像自己這樣的女婿，因此坐下後還嘀咕著。「這小白臉的爹娘怎麼生他的？居然能好看到這種地步……對了，我瞧著他的形容略有些像豫王……」

宋甜待在閣子裡服侍的女侍出去，這才低聲道：「爹爹，這就是豫王。」

宋志遠登時張口結舌。

從樊家酒樓出來，趙室、趙致和趙臻三兄弟戴上眼紗，在眾護衛簇擁下騎馬去了趙致在京城西郊的莊園。

這個莊園說是莊園，其實是一個占地廣闊景致極美的皇家園林，名喚金明池，金明池的「金池夜雨」是京城十景之一。

趙致十六歲生辰時，永泰帝把金明池這座皇家園林，賜給了趙致做生辰禮物。

華美絕倫的皇家園林，如今成了趙致的私家莊園。

進了金明池，趙臻兄弟三人都放鬆之極，去掉眼紗，約了個彩頭，到賽馬場開始賽馬。

這場賽馬，贏的自然是趙臻。他酷愛騎射，得空便去習練，騎術一向高明。

趙致吩咐小廝把作為彩頭的一千兩銀票交給琴劍，含笑道：「阿臻，每次賽馬你都贏，快把我的王府小銀庫給贏空了，我可到哪裡打饑荒去？」

趙臻左手背在身後，右手拿著馬鞭甩著玩，神情放鬆，口中道：「每次給父皇寫青詞，贏的人不都是二哥你嗎？父皇賞你那麼多東西，只差沒把他老人家的宮中內庫給你了，你還要打饑荒？」

他不愛讀書，更不會寫那些勞什子狗屁不通的青詞，偏偏父皇喜歡，常常約下彩頭，命他們兄弟三人當場寫，只是每次贏的人都是韓王趙致。

趙臻說著話，鳳眼眼波流轉，看向大哥太子趙室，又轉向二哥韓王趙致。

他不懂青詞，可大哥懂啊，大哥不但懂，而且寫得很不錯——東宮那些侍讀學士，都說大哥所寫青詞乃是上品。

趙室臉上還帶著笑，眼中的笑意卻漸漸消逝。他為了討好父皇，在青詞上下了不少功夫，自認為兄弟三人中數自己寫得最好，可是每次在父皇面前評較，最後贏的都是老二趙致。

幼時他還不解，長大後如何還不明白，父皇就是偏心唄！

老三趙臻一向沒心沒肺，不知難過，可趙室卻一直很難過。

大家都是父皇的兒子，為何父皇只疼愛關懷趙致？明明自己才是嫡長子，是太子，是皇位繼承人。

趙致總覺得趙臻是在挑撥太子和自己的關係，卻又不能肯定。畢竟趙臻不愛說話，偶爾開口了，也總是直來直去沒有什麼心思。

他微微一笑，道：「我命人拿了帖子去請朝中那幾個風流博浪的年輕官員了，待人到齊，再讓人在船上擺上筵席，安排幾個絕好的女子服侍，咱們兄弟今日與朝中年輕俊傑泛舟湖上，品酒作詩，賞鑒美人，如何？」

趙室沒有拒絕。

他身為儲君，朝中年輕俊彥卻都圍在韓王趙致周圍，確實令他煩心。趙室想看看，趙致到底是如何籠絡那些前途光明的年輕官員的。

趙臻卻甩著馬鞭，把馬鞭甩得噼啪直響。「我不耐煩作詩，最煩那些酸文假醋的文官，你們玩吧！我要回王府。」

趙致笑容狡黠。「阿臻，你是不是要去會今日在樊家酒樓見的那個小美人？她是你府裡的小女官吧？長得可真是精靈可愛，跟小仙子似的！」

他早讓人探聽了，那個美貌少女，正是趙臻王府中的小女官，名喚宋甜，其父宋志遠乃是宛州提刑所副提刑，也是宛州有名的富商。

趙臻似沒聽出趙致話中的威脅之意，哼了一聲，徑直道：「你們去玩那酸溜溜的把戲吧，我要走了！」

他灑然一揖，搖著馬鞭往前走了。琴劍和棋書忙牽著馬跟了上去。

趙致桃花眼微微瞇著，看著趙臻認鐙上馬，打馬遠去。

他這個三弟，到底是真的對皇位權勢沒有興趣，還是假的對皇位權勢沒有興趣，他一直看不透，不過早晚他會弄個清清楚楚。這幾日得尋個時間，見一見安插在豫王府的姚素馨，好好問問她趙臻在宛州的情況。

離開金明池莊園後，趙臻徑直回了福安巷的豫王府，在房裡鍛鍊了半日身子，洗好澡又開始讀宋甜讓他讀的戚繼光所著兵書《練兵實記》和《紀效新書》。

他讀得很慢，不懂的地方就做下標記，預備去向藍冠之的父親請教。

待到天黑透，趙臻叫來琴劍和棋書，喬裝改扮後三人溜出了正院，神不知鬼不覺從豫王府後巷棋書的家出了王府。

自從聽到宋甜的那句「爹爹，這就是豫王」，接下來的這段時間，宋志遠一直呆呆地坐在那裡。

宋甜也不管他，叫了女侍進來，自顧自點了幾樣酒樓的招牌菜餚，要了一壺京城有名的玉梨春酒，又吩咐女侍沏一壺雀舌芽茶送過來。

女侍很快就送了茶過來，給宋甜和宋志遠一人斟了一盞。

宋甜端起茶盞嚐了嚐，覺得口感清淡，回味卻甘甜，的確是上好的雀舌芽茶，便慢慢品著，等著她爹回過神來。

宋志遠肉身坐在那裡，神魂卻在經歷飛馳人生。

從宋甜被豫王寵幸開始，經過宋甜成為豫王侍妾，被封為豫王側妃，生子，豫王登基，宋甜封妃，宋甜的兒子成為太子這些過程，最終的結局是宋甜的兒子、他的外孫成為新皇，他則作為新皇的外祖父，得意洋洋地享受徐太師和黃太尉的奉承……

這時候外面傳來一陣整齊的腳步聲，接著四個女侍就各自端著托盤走了進來。

侍女侍把菜餚湯饌都擺好，宋甜也不要她們侍候，讓紫荊給了賞銀，吩咐她們退了下去。

宋甜又安排紫荊和宋桐在閣子外安桌用飯。

待閣子裡只剩下父女二人，宋甜這才招呼她爹。「爹爹，醒醒吧！」

第二十七章

宋志遠這才清醒了過來，接過宋甜遞來的銀箸，隨意挾了些菜吃了，又喝下兩盞酒，這才感嘆道：「豫王生得可真好看啊，這就是所謂的龍章鳳姿吧！」

宋甜也不理他，只顧自己吃。

這家酒樓的黃河鯉魚有好幾種做法，宋甜點了糖醋鯉魚和酸辣魚片湯，糖醋鯉魚湯汁酸甜鮮美，魚皮焦脆，魚肉細膩，酸辣魚片湯又酸又辣又鮮，實在美味極了。

宋志遠想到方才豫王主動和宋甜說話，看宋甜的眼神越發慈愛起來，還主動拿起湯勺給宋甜添湯，聲音也溫柔了許多。

「甜姐兒呀，豫王素日喜歡什麼？」

他打算投豫王所好，讓豫王重視宋甜一些。

宋甜把銀調羹放下，又去挾素菜，口中道：「豫王喜歡騎馬射箭。」

宋志遠馬上道：「那我弄幾匹名馬送給豫王！」

宋甜當即道：「爹爹，豫王的馬，都是精挑細選的名馬，普通馬他不喜歡。」

「……寶劍贈英雄，我若是送他名刀名劍呢？」

宋甜抬眼見爹爹眼巴巴看著自己，笑咪咪道：「爹爹，我不是說了嗎？豫王很喜歡我，你待我好，豫王自然心裡歡喜了。」

宋志遠打量著女兒，心道：豫王生得跟天仙似的，眼光必定也高，甜姐兒雖然美貌，卻幼稚得很，豫王怕是把她當好玩的小孩子看，故意逗她，還是不要信她為妙。甜姐兒才十四歲，往後日子多如樹葉兒，慢慢再往後看吧，不宜操之過急……

晚些時候我先去見黃蓮，向黃蓮請教豫王在陛下那裡是否得寵，再安排接下來的行動……

父女倆各懷心思用罷午飯，坐在雅間裡品茶，吩咐宋桐去結帳。

宋桐很快回來了。「老爺，掌櫃說有人替咱們把帳給結了，小的問是哪家貴人，掌櫃卻不肯說。」

宋志遠疑心是豫王吩咐人結的帳，覺得豫王多少對宋甜有好感，心中甚是歡欣，面上卻頗為平靜，帶著宋甜離開酒樓，回柳條街去了。

宋甜想著爹爹中午飲了差不多兩壺玉梨春，就把宋志遠送到外書房，吩咐宋梧安頓宋志遠在書房歇下，然後才帶著紫荊回了後面園子。

睡罷午覺起來，宋甜待在房間裡研究改良解毒藥方，一下午沒出去。

上次在宛州家裡救治服毒自盡的錢興娘子，對宋甜來說是極難得的經驗，她路上想了一路，如今終於有時間有地方來改良配方了。

到了用晚飯時候，田嬤嬤帶了小丫鬟來給宋甜送晚飯。

宋甜有些詫異。「我爹不在家嗎？」

若是她爹在家，田嬤嬤一般是在前面服侍她爹用飯的。

田嬤嬤一邊擺飯，一邊道：「老爺睡醒起身，就去黃太尉府上了，臨去交代不要預備他的晚飯。」

爹爹去見黃蓮，難道是和黃蓮商議派大夥計到林七船上的事？

西間門上未掛門簾，田嬤嬤一眼看到裡面書案上擺著兩排油紙，油紙上都是些色澤各異的碎末，忙道：「姑娘，西間書案上那些碎末子是什麼呀？」

宋甜原本正在出神，聞言忙笑著道：「是我學著配藥呢，田嬤嬤妳別管我。」

她心裡記掛著那些還未配好的藥，只匆匆用了幾口，便讓人收拾下去，自己又進了西間開始忙碌。待終於重新配好解毒藥，這才鬆了一口氣，趴在榻上讓紫荊給她捶背按腰。

她坐得太久，以至於腰痠背痛，頗為難受。

紫荊一邊用胳膊肘碾壓宋甜的背，一邊道：「姑娘，老爺給的那個皮匣子，我按照妳的吩咐，鎖在咱們要帶回王府的那個皮箱裡了。」

宋甜「唔」了一聲。

紫荊又道：「姑娘，明日妳帶我逛街去，好不好？」

宋甜滿口答應了下來。「京城女子引領全大安女子衣飾妝容的風尚，明日咱們去逛一逛，看一看，買些新衣服、新首飾、新香膏脂粉。」

兩人正絮絮說著話，外面忽然傳來一陣急促的腳步聲，接著便傳來小丫鬟桃枝的聲音。「大姑娘，外面有個姑娘來見您，田嬤嬤讓我來通稟！」

宋甜心跳忽然有些快，她一骨碌爬了起來，理了理裙子就要往外走，口中道：「桃枝，那姑娘長什麼模樣？」

桃枝福了福，道：「那姑娘個子挺高，長得挺好看，就是瞧著冷冷的，不愛搭理人！」

宋甜心跳更快了，臉頰也熱熱的，她急急下了臺階，往前疾走。「是我一個頂好的閨中膩友，我這就去接她！」

宋家宅子不大，宋甜很快就跑到了二門那裡。二門那裡掛著一對燈籠，田嬤嬤正陪著一個身材高䠷的女孩子在說話。

從側面看，那女孩子身上穿著白綾豎領對襟窄袖衣，深藍繡花褙子，繫了條玄丁香色織金裙子，身材細條，體態端莊清貴。

宋甜單是看到側影，就知道是誰了，當即喜孜孜道：「臻姊姊，你來看我了！」

那女孩子聞言，轉身看了過來，鳳眼朱唇，肌膚白皙，清麗之極，簡直是宋甜見過最好看的「女孩子」了。

宋甜這些日子都是一個人，有一段時間沒見「她」了，今日見到也只是匆匆一瞥，因此激動得很，也不管「臻姊姊」其實是「臻哥哥」，一把撲了上去，把這位「臻姊姊」抱在懷裡，雙臂環住「臻姊姊」纖瘦的腰，把臉埋進他的頸窩。

「臻姊姊，我好想你！」她真的好想趙臻啊！

趙臻僵在了那裡，雙手直直垂下。

宋甜這小姑娘，也太熱情了吧？看來她真的是很想我啊！也許她是把我當哥哥了？嗯，有這樣一個妹妹，似乎也不錯。

被宋甜緊緊擁抱著，趙臻覺得胸臆之間滿滿當當的，白日因為在金明池而產生的不平、憤懣、難過，都一掃而空。

恰在這時，外面傳來一陣說話聲，接著便是宋桐的聲音。「老爺喝醉了，田嬤嬤快來接老爺！」

宋甜顧不得別的，拉著「臻姊姊」的手就往裡跑，口中道：「田嬤嬤，我帶臻姊姊往後面去了，妳讓爹爹別來打擾我們！」

田嬤嬤答應了一聲，忙吩咐紫荊帶著「臻姊姊」的兩個丫鬟去園子裡，自己到外面迎接宋志遠去了。

宋甜牽著趙臻的手，一直回到樓上自己的房間，這才鬆開了手。

她先把趙臻安頓在窗前的榻上，然後走到樓梯口，吩咐紫荊送茶點果子上來。

京城宅子是田嬤嬤當家，田嬤嬤心裡只有兩個人——宋志遠和宋甜。在她老人家心裡，宋志遠毋庸置疑地排在第一位。沾了宋志遠的光，宋甜排在了第二位。

因此在京城宅子裡，宋甜這邊的供應是一應俱全，不過片刻，紫荊就端著托盤上來了，全是宋甜愛吃愛喝的。

宋甜知道趙臻愛吃櫻桃，便把那碟紅盈盈的櫻桃放到他那邊，接著想起他愛吃甜食，又把那碟桂花糕放在趙臻那邊，剩下的小黃杏和炒板栗則放在自己這邊。

紫荊則下樓招待做丫鬟裝扮的琴劍和棋書。

宋甜端起銀壺，給趙臻斟了一盞杏仁茶，見他端起飲了一口，先問道：「這杏仁茶是不是很好喝？」

趙臻眼睛看著她，點了點頭。

宋甜瞇起眼睛笑了。「這是田嬤嬤自己做的，我覺得挺好喝，想著你也喜歡，就讓人送上來了。」

趙臻有一段時間沒怎麼吃甜食，覺得這杏仁茶甜而不膩，口感順滑，便又飲了一口。

宋甜一直笑吟吟地看著他，待他把一盞杏仁茶飲完，便又執壺添滿，然後道：「臻哥，你這些日子在忙什麼？我好久沒見你了。」

趙臻笑了。「中午時，不是剛在樊家酒樓見過？」

宋甜擺弄著茶盞中的小銀湯匙。「那算什麼見過啊？就只看了你一眼罷了！」

那一刻，簾子掀開，趙臻從閣子裡出來，簡直如雪白牡丹花在月下綻放，讓她不由自主屏住了呼吸。

趙臻心裡盛的事情太多，唯有閒暇時才偶爾會想到宋甜，聽宋甜這麼一說，他也說不清心裡是什麼滋味，一顆心似在春風中飄搖，又似在溫水中浮蕩，飄飄悠悠，沈沈浮浮。

屋子裡靜了下來。

外面晚風吹著白楊樹葉，發出清脆的噼啪聲，不知何處傳來的叮咚琴聲，還有女子隱隱約約的柔媚吟唱聲。

「……俏冤家扯奴到窗外，一口咬住奴粉香腮，雙手就解香羅帶。哥哥等一等，只怕有人來……」

趙臻聽力極好，聽得面紅耳赤，忙去看宋甜，見她正專心致志用小銀剪給自己剝炒栗子，也不知道聽見沒有。

他立刻起身關上窗子，心道：甜姐兒還小，這樣的豔曲，可不能讓她聽到。

宋甜把剝好的栗子放在小碟子裡，把小碟子擱到趙臻面前的小炕桌上，然後道：「你嚐嚐這個，據田嬤嬤說，這是山裡產的栗子，特別特別甜。」

趙臻拈起一粒栗子吃了，這才緩緩道：「這段時間，我進宮給父皇和皇后娘娘請安，跟著太子和韓王去嵩山打獵泡溫泉，還跟著太子聽了幾日課，晚上就歇在了東宮——東宮有一位侍讀學士，其父曾在戚繼光麾下管理書信文書，我正好向他請教戚繼光的治軍用兵之道……」

自從母妃去世，趙臻就一直像沒了籠頭的小野馬似的，隨心所欲東遊西逛，反正永泰帝不大理會他，皇后也不大管他，他還是第一次認認真真和人交代自己的行蹤。

宋甜靜靜聽著，手裡慢慢剝著一個板栗，待趙臻說完，她把剝好的板栗塞進了趙臻嘴裡，笑盈盈道：「我從我爹那裡弄到了一個好玩的什物，一直想給你看呢！」

心裡卻想著：趙臻的嘴唇好軟啊，好想再摸一摸！

不過宋甜問她爹要了這物件，就等著向趙臻獻寶的這一刻呢，自然不肯耽誤，當即起身去拿那個小皮匣子，打開後讓趙臻看。

趙臻還真沒見過，好奇地挑起了眉。「這是什麼？」

宋甜得意洋洋。「這是西洋鐵火槍！」

她把鐵火槍的使用方法和攻擊效果講了一遍，然後道：「這是那個叫林七的海商私下給我爹的，咱們找個空曠無人的地方試一試，你若是覺得好，我就送給你，將來得了機會，讓能工巧匠悄悄仿造出來，說不定你有大用途。」

趙臻歡喜極了，鳳眼閃閃發光，看著匣子裡的兩發火藥，頗有些遺憾。「就這兩發火藥，還得留著讓工匠研究，我有些捨不得試用。」

宋甜正要說話，下面就傳來紫荊的聲音。「姑娘，老爺讓宋梧送來了一個皮箱！」

宋甜聞言，心裡一動，忙道：「送上來吧！」

紫荊把皮箱送了上來，按宋甜的要求放在書案上。

宋甜摁開皮箱的暗扣，掀開皮箱的蓋子，發現裡面是鐵製的格子，整整齊齊嵌著三排共二十四發火藥。

宋甜又驚又喜，抬眼去看趙臻。

趙臻也甚是歡喜，眼睛亮得很，摩拳擦掌。「甜姐兒，咱們找個地方試試吧？」

「可是太晚了，我沒法出去……」宋甜有些為難，不過她馬上有了個主意，一拍手道：「我有個主意！我先教你如何拆解鐵火槍，如何裝火藥。」

趙臻雖然不愛讀書，可是天資聰穎、手腳俐落，宋甜不過演示了一遍，他就學會了，拿起鐵火槍就拆解起來。

拆解鐵火槍時，趙臻速度還算正常，待到把鐵火槍重裝起來，他速度已是飛快。

宋甜在一邊看得目瞪口呆，連連讚嘆。

「臻哥，你好厲害呀！」

「臻哥，你怎麼這麼聰明！」

「哇，天呀！你真的太厲害了，這速度絕了！」

趙臻最愛聽宋甜誇他了，滿臉笑意地把火藥裝上，然後道：「我已經會拆裝鐵火槍，學會裝火藥了，咱們下去試試吧！」

宋甜讓紫荊守在園子寶瓶門那裡，以防有人進來，然後和趙臻來到園子裡的開闊處。

四周掛著幾盞燈籠，亮堂堂的。

臨時沒有草靶，宋甜就讓人找了個舊木箱放在凳子上。

而棋書在旁邊地下插了幾個炮仗，手裡拿著火信，隨時待命。

趙臻舉起火槍，對準舊木箱，口中數著數。「一，二，三！」

他數到三，扣動了扳機。

從趙臻開始數數，棋書就點燃了炮仗，幾乎是同時，只聽「嘣」、「嘣」、「嘣」三聲巨響，火花四濺硝煙瀰漫。

趙臻和宋甜忙跑去看舊木箱，琴劍打著燈籠跟了過去，只見舊木箱被鐵火槍打穿了，前後兩個黑洞，散發著木頭燒焦特有的氣息。

趙臻和宋甜又驚又喜，四目相對，彼此意會。

趙臻握住了宋甜的手，低聲道：「一定要造出來，即使一時造不出來，咱們也得想法子從西洋買到一批！」

宋甜拉著趙臻走到一邊，輕聲道：「我爹、黃太尉預備入股那個叫林七的海商的生意，要不你讓人查一查這個林七的底細，若是可信，咱們以後可以通過林七，從西洋買一批火槍回來。」

她緊接著又道：「即使林七不能信任，我爹也有跟林七摸熟了道路，自己組織船隊來往西洋的打算，到時候咱們就更方便了。」

趙臻點了點頭，正要說話，那邊卻傳來紫荊刻意提高音調的聲音。「田嬤嬤，姑娘和臻姑娘在園子裡點炮仗玩呢，您老人家早些歇去吧，不用擔心。」

宋甜忙道：「再點一個炮仗唄！」

棋書聞言，當即又點了一個炮仗，只聽得「嘣」的一聲，火花四濺。

田嬤嬤立在寶瓶門那邊，看不到園子裡的動靜，倒是聽到了炮仗聲，不禁搖頭，又好氣又好笑。「大姑娘一個姑娘家，怎麼和老爺年輕時一樣，大半夜的放炮仗！」

那時候老爺都十來歲了，還是淘氣極了，一天到晚爬高上低放炮仗出去逛，沒個省心時候，他爹娘的亡故，才使他一下子長大，擔起了家事，一步步把家業做大……

想起當年的往事，田嬤嬤眼睛不由自主濕潤了，嘆息道：「讓大姑娘別玩太久，早些和臻姑娘歇下。」

說罷，田嬤嬤由小丫鬟桃枝扶著慢慢離開了。

宋甜喜孜孜看趙臻。「怎麼樣，喜歡嗎？」

趙臻連連點頭，鳳眼熠熠閃光。「喜歡，我好喜歡呀！」

宋甜有什麼好的，都想送給趙臻，當即大大方方道：「都送給你好了！」

趙臻也不和她客氣。「那我連匣子帶皮箱都帶走。」

他穿著女裝，到底有些彆扭，想早些回去。

宋甜也不留他，一直把趙臻送到了大門外，直到看著他乘坐的馬車消失在夜色之中，這才轉身回來。

夜裡下起了雨。

雨滴敲擊在房頂和屋簷的瓦片上，發出清脆的響聲。

宋甜睡在柔軟乾燥舒適的被窩裡，聽著雨滴聲，想著趙臻。

他這會兒回到福安巷王府了嗎？有沒有淋雨？女裝脫了不曾？是不是在洗澡……

想著想著宋甜就睡著了。

第二天早上，宋志遠命人去叫宋甜到前廳陪自己用早飯。

宋志遠以前夜生活過於豐富，以致每日剛起床時氣色都有些不好，如今被女兒管束著清心寡慾，生活規律，睡眠充足，倒是變得神清氣爽，氣色極好，人也越發英俊了。

田嬤嬤歡喜地打量著宋志遠，口中道：「老爺，你以後還是聽大姑娘的，好好保養身子，別出去瞎逛了，那些女子不過貪圖你長得好看，待你年長色衰，就得靠銀子去維持了，到時候你前腳走，人家後腳就把英俊小後生給招攬進去，用你的錢養小白臉。」

宋志遠再不耐煩聽這些，也不能讓奶娘不開心，臊眉耷眼坐在那裡聽奶娘數落自己。

宋甜走到廳外，恰好聽到了奶娘的話，當即拍掌道：「田嬤嬤說得好！」她笑嘻嘻走了進去。「爹爹，你都快三十二了，暮去朝來顏色故，老大且被人嫌棄——別出去胡混了！」

宋志遠被奶娘數落了半日，一時沒反應過來，忘了斥責宋甜，還愣愣地坐著。

宋甜見好就收，一陣風哄走了田嬤嬤，又讓侍候的人都出去，留紫荊在廊下守著，這才問她爹。「爹爹，你昨日不是去見黃太尉了，怎麼拿了一箱火藥回來？」

宋志遠回過神，沈吟了一下，道：「黃太尉進宮服侍陛下，一直未曾出宮，我等了半日，白等不著，就去見林七了，想著妳說要火藥，就問林七要了一箱。」

他端起茶盞飲了一口，接著道：「林七說鐵火槍和火藥，即使在西洋，也極為罕見，讓我小心收藏，別給人看到了。」

宋甜滿口答應了下來，又問宋志遠。「爹爹，你見過三娘的前夫蔡大郎嗎？」

宋志遠忙道：「我真的沒殺蔡大郎！」

人人都懷疑他為了霸占魏霜兒，弄死了魏霜兒的丈夫蔡大郎，可他真的沒有動手。況且蔡大郎那時不但不管束魏霜兒，還鼓勵魏霜兒跟他來往，就圖他給的銀子養家，他沒事殺蔡大郎做什麼？

宋甜忙安撫他。「我知道爹爹沒殺蔡大郎。」

她接著解釋道：「離開宛州前，我回了趟家，三娘寫了封信，讓宋榆悄悄送到書院街專賣西洋貨的賴家商棧，信封上寫著『蔡大郎親啟』，我悄悄拆開了信，裡面寫著四個字——『妻危，盼歸』。」

宋志遠抬眼看向宋甜。「甜姐兒，妳沒騙爹爹吧？」

宋甜認認真真道：「爹爹，這件事紫荊和宋榆都可以作證。信是冬梅給宋榆送去的。」

宋志遠素日行事荒唐，可生意上卻是個聰明人，思緒如電，很快就想明白了許多事情，修長的手指敲擊著桌面，覺得渾身的寒毛都豎了起來。

正在這時，宋柳在外面稟報。「老爺，太尉府派人來請老爺過去敘話！」

宋志遠當即道：「拿一兩銀子賞來人，說我這就過去。」

待宋柳離開了，宋志遠這才道：「甜姐兒，妳幫爹爹理理思緒。蔡大郎明明活著，卻失蹤好幾年，為的到底是什麼？」

第二十八章

宋甜思索著前世之事，抬頭看向宋志遠。

「爹爹，蔡大郎若是待在宛州，你會不會把三娘接入府中？」

宋志遠想了想，搖了搖頭。「她若有丈夫，我何必把她接入府中？」他的相好那麼多，一個個都接入府裡，府裡怕是都無立足之處了。

宋甜沈吟了一下，接著道：「也就是說，只有蔡大郎失蹤，你才會把三娘接入府中。」

她想起了前世爹爹的暴亡。爹爹暴亡，最大的受益者是吳氏。

吳氏為了獨占家產，把逃回娘家的宋甜交給了黃子文。

只是吳氏當家之後，單憑吳氏和她那遺腹子，寡母孤兒又如何能鬥得過心狠手辣的魏霜兒？要是魏霜兒在內，蔡大郎在外，聯手害死吳氏母子，張蘭溪早早改嫁，宋甜自盡，最後的得益者，就是魏霜兒和蔡大郎這兩口子了。

前世許多疑問，頓時都迎刃而解了。

宋甜抬眼看向宋志遠，輕聲道：「爹爹，若是哪一夜，三娘給你服下某種藥物，令你暴亡，然後三娘再勸說二娘帶著嫁妝改嫁，家裡是不是只剩下我和三娘了？外有蔡大郎，內有三娘，對付我一個姑娘家是不是很容易？待我被壞了名節，被迫自盡，接下來的宋家，豈不就只剩下三娘？您辛辛苦苦創下的偌大產業，豈不就落入三娘和蔡大郎的手中？」

宋志遠也已經想透了，臉色蒼白，沒有說話。

宋甜又道：「爹爹，三娘讓宋榆把給蔡大郎的信送到專賣西洋貨的賴家商棧，賴家商棧來自閩州，發賣的貨物也都是閩州海商從海外運來的，蔡大郎會不會就在閩州，甚至有可能在閩州海商的船隊做事？」

宋志遠眼睛微眯，手指蜷曲，在桌子上敲了三下，道：「我這就派人去閩州，好好打聽一番。」

宋甜提了個建議。「爹爹，派的人須得是蔡大郎不認識的，免得打草驚蛇，還得尋一個手藝好的畫師，畫了蔡大郎的畫像讓人帶著去。」

宋志遠見宋甜慮事周全，頗為欣慰。「甜姐兒長大了，越來越聰明了。」

宋甜還沒怎麼被她爹誇過，現下聽了百感交集，也說不清心裡是什麼滋味，過了一會兒方道：「爹爹，用早飯吧。」

用罷早飯，宋志遠便去了黃太尉的外宅。

早有黃蓮的親信小廝等在側門處，見宋志遠來了，便直接引著他去了外書房東邊的耳房裡，道：「宋老爺，我們太尉正在見人，且等片刻。」

宋志遠在黃太尉這裡也算是常客，當即含笑道：「我沒甚事，不急，小哥自去忙吧！」

小廝給宋志遠安排了茶點，這才退了下去。

宋志遠哪裡坐得住。

待小廝一走，他就站起身來，隔著糊著玉色蟬翼紗的窗子往外看，卻見兩個穿紅吉服的官員走了過來，一個腰圍犀帶，一個腰圍金帶，進了上房明間，約莫一盞茶工夫，便聽到黃蓮送他們出來的聲音。緊接著，又是幾個紫花玉帶的官員過來。

一直忙碌了半個時辰後，外面才算是安靜了下來。

小廝很快過來，請了宋志遠去見黃蓮。

黃蓮還沒來得及換衣服，臉是年輕俊美的臉，可是頭上戴著烏紗帽，身穿猩紅斗牛官袍，腰橫荊山白玉，懸掛黃金魚鑰，十分的氣派，看得宋志遠不禁眼熱。

若我的女兒將來飛上枝頭做了鳳凰，沒準我也有這一日呢！

這樣一想，宋志遠心如止水，面上笑嘻嘻給黃蓮拱手作揖。「小的給太尉老爺請安！」

黃蓮和那些道貌岸然的大人物接觸久了，還真挺喜歡聰明真實又有趣的宋志遠的，笑著道：「黃兄先坐下喝茶，待我換了衣服就出來陪你。」

他雖然是飲酒飲得爛醉，這才會跟宋志遠義結金蘭的，可酒醒後卻也沒打算翻臉——

他清楚得很，自己不過是個太監，外面那些官員捧自己，不過是看在永泰帝如今寵信自己罷了。

可前車之鑑太多，皇帝的寵信是最靠不住的，今日把你捧上雲端，明日就有可能把你踩在腳下，倒是宋志遠這樣頗有幾分俠氣的市井富商，待他卻還有幾分真心。

黃蓮說著話，轉入屏風後，在小廝的服侍下換了衣履，這才重新走了出來。

宋志遠抬眼去看，見黃蓮換了件月白絲絹道袍，腳上穿著涼鞋淨襪，一看就是在家閒適裝扮，便笑了。「今日是有好酒要請我嗎？」

黃蓮笑著引宋志遠往後走。「昨日我在宮裡服侍，陛下賞了我一罈上佳的內造玉梨春，我讓人備了幾樣精緻小菜，你我兄弟飲酒賞花，鬆快半日。」

他在宮裡服侍了一天一夜，人累心更累，打算和宋志遠一起說說話放鬆放鬆。

在臨水的聽雨榭坐定，宋志遠與黃蓮飲著酒，賞著欄外盛開的牡丹花，聽著湖心亭那邊傳來的歌聲，愜意極了。

說話間，黃蓮問起了宋甜。「甜姐兒在忙什麼？」

宋志遠靠在美人靠上，右手執盞，左手放在身後的欄杆上，道：「女孩子嘛，不都是逛街、買些衣料和胭脂水粉，要不就是在家裡做些針黹女紅。不過我家大姐兒卻也不同，她很愛讀書，對家中生意也頗關心，我如今開始領著她了解家中生意，待她女官服役期滿，就慢慢把家業交給她。」

閒聊幾句後，宋志遠不著痕跡地把話題引到了三位皇子身上，笑著問黃蓮。「黃兄弟，陛下只有三位皇子，不知道哪一個最得陛下之意，是太子嗎？」

外面人已肅清，此處只有黃蓮和宋志遠，黃蓮頗為放鬆，身子靠向椅背，反問宋志遠。「宮裡那些娘娘，你覺得誰最得寵，是皇后娘娘嗎？」

這個問題，全大安人都知道答案。

宋志遠搖了搖頭。「全天下都知道，貴妃娘娘才是陛下心尖上的人。」

黃蓮看著宋志遠，笑而不語。

宋志遠這下子明白了——太子身後有皇后娘娘，可是皇后娘娘不受陛下寵愛；豫王親娘端妃早逝，沒有依仗，連太子都不如；只有韓王趙致，其母乃永泰帝寵妃，他才是永泰帝最寵愛的皇子。

他借酒蓋臉，又問了一句。「那豫王將來——」

黃蓮難得實在，道：「若是老老實實，將來一個富貴閒王倒是可以保證。」

陛下只有三個兒子，若豫王沒有野心，安心地方，倒是可以保全性命。

若是野心勃勃，那就未可知了。

作為永泰帝親信，黃蓮可是太了解永泰帝對蕭貴妃趙致母子倆的偏愛了，全不顧當年與端妃的青梅竹馬，與皇后的結髮恩情，那心都偏得沒邊沒沿了，恨不得把太子和豫王踩在腳下，把天下所有好東西都雙手奉給蕭貴妃母子倆。

黃蓮看向宋志遠，似是無意道：「宋兄你若想得一個錦繡前程，兄弟我有一個主意。」

宋志遠好奇道：「什麼主意？」

黃蓮笑容狡黠。「陛下很關心豫王是老老實實在封地做富貴閒王，還是在封地結交官員豢養軍隊，有不臣之心。若是甜姐兒能藉著你傳一些消息出來，說不定宋兄你也能得到陛下青目，博一個封妻蔭子的錦繡前程。」

宋志遠前面還心潮澎湃，待聽到「封妻蔭子的錦繡前程」，滿腔熱血瞬間被澆滅了。他這一生是別想封妻蔭子了！沒有兒子，做什麼都白搭，還是安安生生做他的官經營他的生意就好了。

宋志遠端起酒盞一飲而盡，道：「兄弟，實不瞞你，我這輩子怕是只有甜姐兒這個閨女了，也不想什麼封妻蔭子，好好做生意，多掙些家業給甜姐兒，自己也享享晚福，也就罷了。」

既然豫王只能做富貴閒王，那也挺好。

甜姐兒若是能得豫王寵愛，那麼在宛州豫王的封地，他還是能呼風喚雨得意洋洋。

黃蓮聽了宋志遠的話，也沒什麼不滿，反倒覺得宋志遠為人豁達，頗有意趣，很值得結交，便和宋志遠聊起了入股林七海上生意的事。

他很贊同宋志遠提出的派得力大夥計跟著林七出海的建議，跟宋志遠商議後，便命人請了林七過來，商議了一番，敲定好這件事後，就和宋志遠當場兌了銀子，以姪子黃子文的名義簽了合同文書，派人去衙門備了案。

生意談成，黃蓮陪著宋志遠和林七痛飲一場，這才各自散了。

送走宋志遠和林七之後，黃蓮正要回房歇息，傍晚再進宮服侍永泰帝，誰知小廝就進來通稟。「老爺，我等把公子找回來了。」

得知小廝是從麗香院找到黃子文的，黃蓮大怒，命小廝摁住黃子文，親自執棍，結結實實打了黃子文二十棍，又帶著酒意數落了黃子文一頓，話語間提到了宋甜。大意是宋甜雖是女孩子，卻也關注家中生意，將來也能承繼家中產業，你黃子文枉為男兒，恁事不會，只會吃酒聽曲眠花宿柳云云。

說者無心，聽者有意。

挨了一頓好打，黃子文沒記住叔叔對自己的教訓，只記住了跟叔叔常來往的富商宋志遠，偌大家產是要讓獨生女宋甜承繼的，心中不由得打起了小算盤。

宋志遠回到家，越想越覺得皇帝和黃蓮對豫王都有些居心不良，得提醒宋甜一下，便讓田嬤嬤去請宋甜來前面說話。

宋甜聽了，沈默了許久。

前世下毒害趙臻的蔡和春，到底是永泰帝的人，還是韓王的人，奉的是永泰帝的旨意，還是奉了韓王的命令，這些她一直都未曾弄清楚。

這一世，她務必要查個水落石出，讓趙臻早做提防。

宋甜思索良久，這才和宋志遠說道：「爹爹，你拒絕了也就罷了。以後和黃太尉說話須得小心，別留下把柄。」

她也考慮過要不要來個反間計，可轉念一想，像黃蓮這樣的人精，她若是貿然出手，說不定聰明反被聰明誤，不知道會怎樣。與其如此，不如步步為營，以防守為要務，先護得趙臻周全再說，以後若是需要，再和爹爹商議便罷。

宋志遠這會兒已經醉得支撐不住了，答應了一聲，便由小廝侍候著回房歇下了。

宋甜回到房裡，坐在窗前思索良久，心裡有了主意，便吩咐紫荊去問田嬤嬤要了一疋松江闊機尖素白綾，又在榻上鋪上紅氈條，備好刀尺，這才開始裁剪。

她剛剛抱過趙臻，對趙臻的體型尺寸心中有數，打算做一套貼身穿的舒適衣物給趙臻。

永泰帝的萬壽節是五月十五，而趙臻的生辰則是五月十三，很快就要到了。

宋甜打算把這套衣服做好，送給趙臻做生辰禮物。

禮物不算貴重，卻是她的一番心意。

過了兩日，入股林七海上生意的事情辦成，送了林七出京，宋志遠又派了京城這邊的親信夥計去閩州尋找蔡大郎，安排好這些，他便打算回宛州了。

五日假期即將結束，傍晚時王府馬車就要來柳條街接宋甜了。

宋甜正帶著紫荊在房裡收拾行李，小丫鬟桃枝卻突然來叫她。「姑娘，老爺請妳去前面說話。」

宋甜便讓紫荊接著收拾，自己跟著桃枝往前面去了。

宋志遠端坐在官帽椅上，看著掀開簾子進來的宋甜，發現她似乎又長高了一些，氣質也比先前沈靜了許多，心中不禁感慨萬分。

待宋甜坐下，他英俊的臉上略帶著些感傷，嘆息著道：「甜姐兒，妳今晚要回王府了，爹爹明日一早也要出發回宛州，妳我父女，再見不知又是何時……」

宋甜不吃這套，一句話戳破了她爹的傷春悲秋。「爹爹，待五月十五萬壽節罷，豫王就帶著我們這些王府屬官回宛州了，最遲六月初一我休沐，你就能見到我了。」

宋志遠悻悻地閉上了嘴。

他這閨女，可真不像親閨女啊！她爹的風花雪月心腸，她居然一分都沒繼承到，如此這般硬邦邦又無趣，別說豫王了，一般男子都看不上她。
宋甜烏溜溜杏眼看著她爹，等了一會兒，見她爹不開口，便道：「爹爹，你叫我到底有什麼事？」
五月十三是趙臻生辰，可是她要送的生辰禮物還沒準備好，宋甜想趕緊收拾完行李，然後繼續縫製給趙臻做的那套衣物。
宋志遠這才道：「京中的富貴鏡坊，我打算交給妳管。」
宋甜聞言，又驚又喜。「爹爹，當真？」
宋志遠氣定神閒道：「當真。」
宋甜杏眼一瞬不瞬觀察著她爹，腦子急速運轉著。「那我平時得待在豫王府，只有初一十五休沐，怎麼管富貴鏡坊？」
宋志遠端起茶盞飲了一口。「以後回了宛州，富貴鏡坊掌櫃送到宛州的書信、帳冊，若是緊急，我代為處理，若是沒那麼急，就留著等妳休沐回去處理，到了年底算帳，我要看看妳管的這些時候，與去年同期相比，到底是不是更賺錢了。」
宋甜最喜歡挑戰了，杏眼發亮。「若是賺錢了，如何給我分紅？」
宋志遠見女兒精明，心中滿意，笑容加深。「若是賺錢，今年五月到十二月比去年五月到十二月多賺的銀子，除了分給徐太師府的那一份，其餘都給妳，如何？」

「成！」宋甜怕她這吝嗇鬼爹反悔，忙道：「爹爹，擊掌！」

宋志遠無奈，看著女兒希冀的目光，他到底伸出右掌，與宋甜擊了一下。

宋甜趁熱打鐵，忙道：「爹爹，我得寫個合同，我們父女倆都摁上手印，這樣我才更放心。」

「自是可以。」宋志遠道：「只是若與去年比賠錢了呢？妳打算怎麼辦？」

宋甜早已胸有成竹。「爹爹，若是不如去年賺錢，就再給我一年時間，到了第三年，若是還不能更賺錢，那我就再也不提繼承家裡生意的事。」

宋志遠見宋甜把話說絕，反倒躊躇起來，道：「到時候再說吧。」

宋甜與宋志遠談罷細節，草擬了合同，邀請田嬤嬤做見證，督促宋志遠在上面簽字摁手印，自己也摁了手印，各執一份，把合同文書收起來，預備回後面去。

宋甜就要離開了，這才發現宋志遠瞧著有些不一樣，玉簪綰髮，玉色絹道袍，腰間繫了條碧繩，顯得十分清新英俊，便知他今晚要去會情人了，皺著眉頭道：「爹爹，你打扮得像個花蝴蝶似的，這是要去見哪一位？」

宋志遠沒答話。

賀蘭芯家的婆子和小丫鬟已經來請了好幾趟，他明日一早要回宛州，便想著趁有空，去賀蘭芯家話別，誰知又被宋甜這鬼靈精給識破了。

宋甜猜測道：「鯉魚巷賀蘭芯家嗎？」

宋志遠眨了眨眼睛。

這下子宋甜確認他是要去賀蘭芯家了，也沒什麼不放心的，沒說什麼就走了。

她爹是浪蕩慣了的，賀蘭芯一片真心，去那裡，倒是最安全的。

宋志遠這些日子被女兒管束慣了，見女兒今日居然輕輕放過，沒有阻攔，簡直是不敢置信。他生怕宋甜反悔，當即騎了馬，戴著眼紗，小廝宋桐跟著，一路往鯉魚巷賀蘭芯家去了。

趙臻是個雷厲風行的，最煩拖延。

他得了宋甜給他的鐵火槍和火藥，當即把準備秘密前往淅川縣深山礦場的藍冠之叫了過來，把盛放鐵火槍和火藥的皮箱給了藍冠之，讓他帶到礦場去，好讓礦場的能工巧匠細細研究，試著仿造。

趙臻交給藍冠之二千兩銀票。「鐵火槍和能裝進鐵火槍的火藥，不管是誰，只要造成功一項，就賞給他一千兩銀子。」

他現銀不多，這二千兩銀子還是這幾日通過賽馬和比箭，從趙致那裡贏來的。

藍冠之把銀票貼身收好，道：「這些銀子，夠在京城買個差不多的宅子了——王爺您可真大方！」

趙臻看著窗外被風颳得東倒西歪的竹林，道：「若是能成功造出鐵火槍和相配的火藥，別說二千兩銀子了，一萬兩銀子我也願意出。」

銀子簡單，沒了他還能想辦法籌，可這兩樣若能仿造成功，那他就能組織起一支戰無不勝的軍隊了。到時候，那些侵略大安周邊的蠻夷之國，怕是要被打得屁滾尿流，再也不敢侵犯邊疆了。

送走藍冠之，趙臻立在窗前，見外面天色灰暗，飛沙走石，顯見是要下大雨的前兆，不禁想起了宋甜。

五日假滿，她該回王府銷假了，這會兒若是在路上，豈不正好遇上了雨？

想到這裡，趙臻叫了琴劍進來，吩咐道：「你尋個理由，去內院東側的幾個院落裡轉一轉，看宋女官來了沒有。若是沒來，你就拿了傘等在二門處，待她進來，吩咐車夫駕車把她送到住的院子門口，再用傘送她進去。」

琴劍眨了眨眼睛——王爺難得交代得如此詳細，也不說廢話，答了聲「是」，退了下去，果真拿了兩把傘出去候著了。

他出去沒多久，隨著一陣閃電炸雷，風停了，可豆大的雨滴噼哩啪啦就落了下來，砸在鋪著青磚的道路上，濺起水花來，很快就流成了小河。

琴劍老早知曉宋甜尚未歸來，穿著布繩編的涼鞋，打著傘跑得飛快，也不去內院東側的那幾個院落看了，直接便前往二門處等著。

二門門房守門的見到是琴劍過來，巴結得很。「琴劍哥哥，雨太大了，進來喝杯熱茶暖暖身子吧！」

琴劍擺了擺手拒絕了，站在二門門簷下，生怕錯過了接宋女官的馬車。

守門的見狀，也不敢自己在門房裡躲清閒了，忙起身出來，陪琴劍站著。

果真沒等多久，兩輛馬車便一前一後駛了過來。琴劍忙打著傘迎了上去。

前面的馬車裡坐的是姚素馨和她的丫鬟寶珠，後面的馬車坐的是宋甜和她的丫鬟紫荊。

琴劍吩咐車夫。「雨太大了，路不好走，把兩位女官直接送到院門口。」

他自己則跳上宋甜坐的馬車，挨著車夫坐了下來，讓車夫駕著馬車超到前面去——車夫還沒駕車進過二門內，他擔心車夫不知道路。

馬車冒著大雨進了二門，駛入通往內院的林蔭道，在琴劍的指揮下往前行駛著。

姚素馨乘坐馬車的車夫趕緊趕著馬車跟了上去。

寶珠把這些看在眼裡，忿忿不平。「姑娘，宋女官的馬車剛才超過咱們了，真是霸道不講理！」

姚素馨身子軟軟靠在車廂內，垂著眼簾想著心事，沒有理會寶珠。

寶珠見她嘴角翹起，分明是在想開心的事情，猜到她是在回味昨日與韓王的私會，不禁嘆了口氣。

若韓王真的喜歡姑娘，如何會派她到豫王府做女官？還讓她勾搭豫王？這明明就是玩弄姑娘，還利用姑娘！可惜姑娘偏偏跟中了韓王的蠱一般，韓王待她越不好，她就越喜歡，韓王臉越冷，她就越要熱辣辣貼上去——真是奇怪！

第二十九章

馬車在宋甜居住的梧桐苑門外停了下來。

月仙正拿了傘在大門口翹首以待，見馬車停下，忙上前迎接。

琴劍忙也撐開傘，護著宋甜從馬車上下來。

宋甜和紫荊下了馬車，被兩把傘遮得嚴嚴實實，一滴雨都沒淋著。

她立在門簷下，忙謝琴劍。「琴劍，多謝你！」

琴劍眨了眨右眼，然後笑了，示意是奉王爺之命，只是當著眾人的面不好細說。

宋甜馬上懂了，低聲交代琴劍。「馬車裡有三套西洋鏡，待會兒紫荊搬走一套，另外兩套你幫我送到陳尚宮和辛女官那裡，就說是我從家裡帶來的，不值錢，不過是稀罕玩意兒，讓她們胡亂用著試試看。」

西洋鏡、水銀鏡在京城還算是稀罕物，若是陳尚宮得了鏡子，在她的交際圈裡宣揚宣揚，說不定也能帶動富貴鏡房的西洋鏡銷售。

琴劍答應了下來，宋甜這才與琴劍道別，扶著月仙打著傘往院裡去了。

琴劍幫紫荊搬下來一套，然後和車夫一起趕著馬車送另外兩套去了。

而姚素馨的院子翠竹居與宋甜的梧桐苑並排，陳尚宮給她安排的丫鬟月影也在門口打著傘等著，見馬車來到，忙接了姚素馨進了院子。

寶珠一手打傘，一手提行李，甚是狼狽，見隔壁梧桐苑那邊熱熱鬧鬧，還有王爺的貼身小廝親自幫忙，心中又氣又妒，且記在了心裡，打算找機會再和姚素馨說。

兩刻鐘後，雨終於停了，宋甜終於在銷假的最後期限酉時三刻趕到了陳尚宮居住的東偏院正房。

這會兒姚素馨已經到了，正和辛女官陪著陳尚宮在說話，見宋甜進來，也只是起身，立在一旁笑盈盈看著，沒有絲毫的攻擊性。

宋甜心中詫異，面上不顯，端端正正給陳尚宮行了禮，又與辛女官和姚素馨互相見禮。

陳尚宮和辛女官說起了宋甜命人送來的西洋鏡。

「哎呀，真是纖毫畢現，清楚得很！」

「聽說西洋鏡是水銀鏡，不用磨，不像咱們的銅鏡，用一陣子就得讓磨鏡叟來磨磨。」

陳尚宮好奇地問宋甜。「這西洋鏡可是稀罕物，妳是從哪裡弄來這兩套的？」

宋甜微微一笑，不肯放過這個給自家鏡坊拉顧客的機會。「我家在延慶坊開了個專賣西洋鏡的富貴鏡坊。鏡子右上角，有一個小小的篆體『宋』字，就是我家賣出的貨物的標誌。我這次回家見了這西洋鏡，想著稀罕，就給尚宮您和辛女官一人帶來了一套。兩位若是喜歡，幫我家鏡坊多介紹幾個顧客就行了。」

陳尚宮聽了，笑了起來。「那是自然。我瞧這套西洋鏡中，有一個小小的靶鏡，還有兩面妝鏡，我下次進宮，帶進去給老姊妹們都看看。」

宋甜聞言大喜，忙起身福了福。「多謝尚宮！」

陳尚宮的老姊妹，自然是宮中的各位尚宮了，若是她們瞧中了富貴鏡坊的西洋鏡，宮中大批採辦，可是一筆大生意。

辛女官在一邊湊趣。「尚宮，您乾脆多拿幾面過去，讓劉尚服好好看看。」

後宮六局中的尚服局，最高女官劉尚服是陳尚宮的好姊妹，正管著宮廷服裝、首飾、儀仗等等，後宮女子用的銅鏡，也都由她分管。

陳尚宮滿口答應了下來。

宋甜笑盈盈感謝了一番，又道：「我那裡還有一套，您去看劉尚服時，就作為手信送給劉尚服吧！」

陳尚宮見宋甜如此會做生意，也是喜歡，便細細聊了起來。

宋甜與陳尚宮、辛女官說著話，卻在用眼角的餘光觀察姚素馨的反應——姚素馨這次來京城，定會與韓王見面，她得試著尋出些端倪來。

可姚素馨卻是一反常態，只是在一邊含笑坐著，根本不提宋甜沒有送自己鏡子的事，也不怎麼參與聊天，分明是在魂飛天外。

宋甜暗暗將此異樣記在心裡，與陳尚宮、辛女官又說笑了一會兒，用罷晚飯，這才和姚素馨一道起身離開了。

雨後的夏日夜晚，特別的涼爽，空氣中浮動著淡淡的泥土氣息，夾雜著花木的清香，極是好聞。

兩人一路無話。

眼看著走到梧桐苑門口了，姚素馨才忽然開口道：「宋女官，皇后娘娘和貴妃娘娘正在給韓王和咱們王爺挑選王妃。」

宋甜聞言，瞬間精神起來，停下腳步，目光炯炯地看著姚素馨。「真的？」

姚素馨沒想到宋甜反應這麼大，心道：宋甜瞧著雲淡風輕的，什麼都不在乎，卻原來軟肋在這裡啊！

她理了理衣袖，淡淡道：「自然是真的。」

黯淡的燈籠光暈下，宋甜的眼睛卻是亮得嚇人，滿是興奮與熱切。「妳從哪裡得來的消息？」

如果是真的，皇后和貴妃，會認真周到地給趙臻挑選王妃嗎？

「妳別管我從哪裡得來的消息，」姚素馨甩了甩衣袖，作勢要走。「且等著吧！過幾日咱們王府也能得到消息了。」

姚素馨要走，卻被宋甜給拉住了。

這下她的嘴甜得很。「姚姊姊，對於豫王妃，皇后娘娘和貴妃娘娘那裡有沒有人選？」

見宋甜上鉤，姚素馨心中得意，面上卻是不顯。「誰知道呢？反正咱們大安朝的諸位皇妃，雖然多選自勛貴人家，卻也有不少普通官員人家的女兒憑藉出眾的才貌被選中，譬如仁宗誠孝張皇后，譬如武宗孝靜夏皇后，再譬如穆宗孝安陳皇后，她們的父親可都是普通官員出身，所以誰也不知皇后娘娘和貴妃娘娘到底是打算從勛貴人家中選王妃，還是從普通官員人家中選王妃。」

宋甜挽著姚素馨的衣袖央求道：「姚姊姊，妳消息靈通，再透露點唄！」

宋甜難得如此，姚素馨心中得意，忍不住道：「聽說韓王的王妃要從勛貴人家中選，不過次妃卻要從普通官員人家選。」

宋甜杏眼忽閃忽閃。「那咱們王爺呢？」

心裡卻疑惑，難道姚素馨從韓王那裡得到了什麼保證？

姚素馨想起極得聖寵人人奉承的韓王，再想想不得聖意無人問津的豫王，翹起嘴角笑了笑，道：「唉！咱們王爺可憐見的，也沒聽說哪家勛貴願意許配嫡女，應該會從民間選拔王妃吧！」

宋甜不愛聽這話，當即道：「咱們王爺生得天仙似的，又聰明勤快，自然也得找個天仙似聰明可愛的姑娘做王妃，到時候生出的小皇孫既聰明又漂亮！」

聞言，姚素馨難得說了句真心話。「……王公貴族選擇妻室，誰看是不是聰明漂亮啊？都是看對自己是不是最有利，只有選擇妾室，才會考慮聰明漂亮。」

宋甜笑吟吟道：「我才不管這些呢！反正咱們王爺喜歡誰，我就喜歡誰，我還要用心輔助她管理王府內院。」

姚素馨上上下下打量了宋甜一番，弄不清她是真傻，還是在做戲，故作生氣道：「宋妹妹，我和妳掏心掏肺說話，妳卻和我打官腔，罷了，以後有什麼事我不和妳說了！」

宋甜笑著屈膝福了福。「那我給姚姊姊賠個不是，姊姊大人大量，別和我計較！」

兩人又說笑了幾句，這才各自散了。

洗好澡，宋甜表面上端坐在書案前晾頭髮，其實卻在搜腸刮肚回想前世之事。

前世趙臻未曾娶妻，韓王卻是娶了王妃的。

韓王妃錢氏並非勛貴出身，而是出身清流，其祖乃江南文壇領袖錢世珍，其父乃國子監祭酒錢信。朝中不少文官都是錢世珍與錢信的門人弟子，韓王娶了錢氏女為王妃，自然不費吹灰之力，就得到了文官一派的支持。

宋甜從未見過錢氏，卻聽說錢氏聰明美麗，十分賢德，這樣出身，這樣資質的女子，若是能夠成為趙臻的王妃，那該多好啊！

她轉念一想，又覺得趙臻如今沒有根基，外家定國公府作為老牌勛貴，支持的卻是韓王趙致，若是趙臻能娶一位勛貴人家出身的王妃，似乎也不錯。

至於那些北地胭脂、南國佳麗，諸多豔色，若是趙臻喜歡，大可封為次妃和夫人，統統納入王府。

宋甜浮想聯翩一番之後，頗為遺憾地嘆了口氣——她自己想得再美，卻也不能干涉趙臻，趙臻自己想娶誰，這才是最重要的。

把這件事暫時放下，宋甜又開始考慮富貴鏡坊的生意。

宋甜讓月仙把剩餘的那套西洋鏡拿出來。

打開鏡匣，取出最小的靶鏡，看著鏡子右上角那個小小的篆體「宋」字，思索著如何讓富貴鏡坊的標誌更醒目，更能讓人記住。

她想到了富貴鏡坊中「富貴」二字，未免有些俗氣，描畫在鏡面上，到底不甚雅致，如何才能把這「富貴」二字變得雅致起來呢？

這時紫荊捧著一盆白牡丹進來了。「姑娘，棋書剛才來了一趟，送來了四盆牡丹花，我瞧這盆白牡丹最好看，就拿了過來，妳看好不好看！」
宋甜看著青瓷花盆中雪白晶瑩如碗大的白牡丹花，很是詫異。「如今都五月了，牡丹花不是早就謝了嗎？哪裡還有盛開的？」
紫荊把花盆放在書案上，口中道：「棋書說是王爺賞的花，每位女官都有的，別的也沒多說什麼。」
宋甜單手支頤，看著眼前潔白如玉的白牡丹，腦海裡浮現出許多相關的詩，忽然又有了靈感，洛陽白牡丹，既富貴美麗，又純潔清雅，若是能畫出來，作為富貴鏡坊的標誌，也許比單獨一個「宋」字要強一些。
可是宋甜不擅畫畫，若是能找一個善於畫畫的人畫出來，就能看看成效了。
認識的人中，誰善於畫花卉呢？
宋甜靈光一現，馬上想到了趙臻。
趙臻雖然不愛讀書，卻善於畫畫，尤其善於畫花。若不是前世魂魄跟著趙臻，宋甜還不知道一向以好武著稱的豫王，居然是個畫花卉的高手。
只是趙臻性子執拗，一項技藝若沒有達到完美，他在人前根本提都不會提，因此外人都不知道，他騎馬射箭、練兵打獵的閒暇，不是在習字，就是在畫畫。
如何才能讓趙臻答應給她畫幾幅白牡丹呢？

宋甜思考了一陣，很快有了個主意。

見紫荊還在旁邊立著，宋甜吩咐道：「妳去瞧瞧棋書走沒有，若是還沒走，讓他幫忙把這套西洋鏡送到陳尚宮那裡去。」

這套西洋鏡，大大小小總共八面鏡子，頗有些重量，女孩子拿會有些重，還是得讓棋書幫忙去送。

紫荊出去後，宋甜把這套西洋鏡全都取出來檢查過一遍，確定都無礙了，這才重新裝回鏡匣中。

畢竟是送給宮中頗有權勢的女官劉尚服的禮物，還是得小心為上。

紫荊很快就過來了。「姑娘，棋書正好在外面看著小廝往翠竹居搬花，我把他叫過來了。」

這時外面傳來棋書的聲音。「小的給女官請安。」

宋甜吩咐棋書把自己留的這套西洋鏡送到陳尚宮那裡。

棋書答應了一聲，指揮著小廝抬了那套西洋鏡，往陳尚宮住的東偏院去了。

過了一會兒棋書過來回話。「啟稟女官，那套鏡子已經送到陳尚宮那裡了，尚宮讓小的傳話，說多謝宋女官盛情，她感激不盡。」

宋甜嫣然一笑。「棋書，多謝你。對了，我還得謝謝你送來那幾盆牡丹，我最喜歡其中那盆白牡丹了，若是誰能替我畫幾幅白牡丹，我從中選一幅做我家鏡坊的標誌，那該多好！」

棋書沒有接話，卻把宋甜的話牢記在心裡，行了個禮，便要退下。

宋甜忙吩咐紫荊。「把從家裡帶來的點心拿兩匣給棋書。」

她記得前世棋書喜歡吃板栗餅，接著又吩咐道：「就拿板栗餅和桂花糕好了。」

宋甜這次過來，田嬤嬤給她裝了一箱子各種點心，都是田嬤嬤在家閒來無事，親自下廚製作的，十分精緻美味。

棋書道了謝，接過兩個點心匣子便退下了。

宋甜都躺在床上了，忽然開口問紫荊。「棋書給翠竹居送的是什麼花？」

紫荊躺在窗前榻上，想了想，道：「好像是四盆翠竹盆景。」

給滿植翠竹的翠竹居送翠竹盆景，趙臻這是什麼意思？

沒等想出來，宋甜就墮入黑甜鄉中。她今日勞心勞力，整整忙了一日，實在是累極了。

王府正院清風堂內燈火通明，無數燈籠映得庭院裡的小演武場如同白晝。

趙臻一向精力充沛，睡眠比一般人少。

他正在對著用稻草填充的假人練習步戰舉刀，跟不知道疲倦似的，一次次舉起，一次次砍下，還不停地與教他用刀的槍棒師父探討每次用刀的角度、力度、準確度和效果。

琴劍在一邊服侍，站在那裡都快要睡著了，根本無法理解王爺為何如此認真。身為親王，王爺即使上戰場，身邊也會圍著許多驍勇善戰的士兵，哪裡用得著王爺親自上陣與敵人貼身近戰？

琴劍正打著哈欠，棋書過來回話。「啟稟王爺，小的已經把那些花木都送到東邊院子裡了。」

趙臻原本正舉刀用力砍向假人的咽喉，聽到棋書回稟，動作略滯了滯，卻更加凌厲地斬了過去，假人的腦袋瞬間落下。

趙臻又和槍棒師父研究了一會兒，這才道：「今日就到這裡吧，琴劍送勾師父離開。」

他這句話出來，槍棒師父鬆了一口氣，忙行了個禮，跟著琴劍離開了。王爺年紀小，精力充沛，連練了兩個時辰，彷彿不知道累似的，他的老胳膊老腿卻已累得抬不起來了。

趙臻去了浴室，在棋書的服侍下脫去外衣，開口問棋書。「她說什麼沒有？」

棋書言簡意賅將宋甜的話轉達了。「宋女官說她最喜歡其中那盆白牡丹了，還說『若是誰能替我畫幾幅白牡丹，我從中選一幅做我家鏡坊的標誌，那該多好』。」

趙臻聞言，心裡一動，吩咐道：「我洗澡時，你把筆、紙和顏料都備好——對了，清風堂還有白牡丹嗎？」

棋書便是這批宮裡賞賜的花卉盆景的執掌人，當即道：「還有兩盆白牡丹。」

趙臻道：「把那兩盆白牡丹都放到書案上。」

洗完澡出來，趙臻待在書房裡，過了子時才回房睡下。

棋書去整理書房，發現書案上放著厚厚一沓畫，畫的全是形態各異的白牡丹。

棋書沒有動這沓畫，熄了燈，輕手輕腳退了下去。

過了子時，東偏院幾處院落陷入了靜謐之中，唯有掛在高處的燈籠在潮濕的夜風中搖動著，散發著幽幽光暈。

翠竹居正房東暗間內，睡在窗前榻上的寶珠聽到床那邊傳來「吱呀」聲，知道姚素馨還沒睡著，便道：「姑娘，快些睡吧，明日還得去陳尚宮那裡點卯呢！」

姚素馨卻睡不著。

昨日與韓王私會的情景在她腦海裡一遍一遍回放著，令她心癢難耐，骨頭酥麻，不由自主開口向寶珠炫耀。「寶珠，我都……都自薦枕席了，他還那樣把持得住，可真是能禁得住女色考驗的男子漢大丈夫。」

寶珠沈默了一會兒，決定趁著夜深說一次實話。「韓王之所以拒絕您，並不是因為他是男子漢大丈夫，而是因為他不缺女人，飽足得很，韓王府內宅，不知有多少美妾美婢。再說了，韓王還指望姑娘妳爬上豫王的床，取得豫王信任，若是昨日要了妳，那妳怎麼取得豫王信任？」

她和姚素馨從小一起長大，兩人親如姊妹，眼看著聰明又美豔的姚素馨被韓王弄得失魂落魄，這些話她早就想說了。

姚素馨滿腔愛意一場美夢，被寶珠一盆冷水澆下來，一時沈默了。

沈默良久後，她開口道：「妳不懂。韓王他是愛我的，只是他的愛與凡俗男子不同罷了。他心在天下，希望我也能夠像他一樣，成大事不拘小節，從而成為能夠與他比肩而立的女人。我會努力的。」

姚素馨這話說得認真，寶珠一時也弄不清楚，是自己錯怪了韓王，還是姚素馨被韓王給哄傻了，只嘆了口氣，道：「姑娘，睡吧，明天還有好多事，韓王不是讓妳……」

寶珠實在是累極了，含含糊糊沒說完，人就睡著了。

第三十章

京城豫王府也有藏書樓，就在豫王書房的後面，是個爬滿常春藤的兩層小樓。

在陳尚宮那裡點罷卯，宋甜帶著月仙去了藏書樓。

因為在宛州豫王府的經驗，她很快就上手了，花了一上午時間，把藏書樓的各項事務都安排得妥妥當當。

到了下午，宋甜正在二樓查看書架，忽然聽到下面傳來行禮聲。「給王爺請安！」

得知趙臻來了，她心中一喜，忙放下手裡的書，往樓梯那邊迎了過去。

趙臻緩步上樓。他今日穿著雨過天青色圓領夏袍，腰圍白玉帶，越發顯得面如白玉，目若明星，唇似塗朱，十分清俊高眺。

見宋甜上前行禮，趙臻也只是微微頷首，負手在書架之間踱步。

宋甜看見趙臻就開心，也不多說，只歡歡喜喜跟著趙臻，預備尋找機會開口，好好問問趙臻選王妃的事。

趙臻走到了擺在窗前的書案邊，見上面擺著一個土定瓶，裡面插著幾支紅豔豔的石榴花，花瓣嫣紅稚嫩，十分可愛，不禁有些手癢，伸手捏了捏花瓣。

他轉頭一看，發現宋甜亦步亦趨跟著自己，濕潤的杏眼亮晶晶直看著自己，跟隻小狗似的，不由自主笑了起來，從衣袖裡掏出一疊畫紙放在書案上。「這些是我畫的白牡丹，妳看有沒有能用的。」

宋甜也不和他客氣，拿起那疊畫紙看了起來，口中道：「是棋書和你說的嗎？我家在京城開了家專賣西洋鏡的鏡坊，叫富貴鏡坊。我覺得『富貴』二字略有些俗氣，打算用白牡丹做鏡坊標記，畫在鏡面上，以代替『富貴』二字。」

她原本邊說話邊翻看著趙臻畫的白牡丹，漸漸不再說話，專心致志欣賞著這些形態各異大小不一的牡丹花，越看越愛，連連讚嘆。

「這幅好漂亮，花瓣雪白，花蕊鵝黃，花瓣似乎在晨風中顫動。」

「這幅畫的是雨後牡丹還是清晨時分的牡丹？花瓣上還有水珠呢！」

「這幅是並蒂牡丹？我還是第一次見並蒂牡丹，好特別！」

「啊，這張好漂亮，花朵如月，潔白晶瑩，『今日滿欄開似雪，一生辜負看花心』，富貴又純潔，真好！」

聽宋甜不停地誇獎自己畫的牡丹，趙臻嘴角翹了起來，心中頗為得意。「妳喜歡哪一張，就用哪一張好了。」

宋甜聞言，笑盈盈抽出她最喜歡的那一張帶露白牡丹。「我喜歡這一張，既雍容華貴國色天香，又清純自然潔白無瑕，花瓣露珠皆晶瑩剔透，很清新脫俗。」

趙臻也最滿意這一張，當下笑了。「好。」

宋甜忙把其餘畫作也都收了起來。「這些也都送給我吧！我題了字，再讓人裝裱了，掛在房裡。」

趙臻慨然道：「隨便妳吧！」接著他正要離開，卻被宋甜叫住了。

「聽說皇后娘娘和貴妃娘娘要給你和韓王選妃，你知道嗎？」

趙臻一愣。「我不知。」

趙致確實是該選妃了，可他才十六歲，這時候選妃，會不會太早了？

宋甜見趙臻是真的不知，忙道：「我是聽姚女官說的，她說這幾日就會有消息。」

趙臻揚眉道：「姚女官？哪一個姚女官？」

他不記得豫王府有什麼姚女官。

宋甜想到姚素馨聽到趙臻這句話時的神情，她不禁笑了起來，道：「就是住在翠竹居的姚女官……就是長得特別好看，狐狸眼，楊柳細腰那個。」

趙臻不是很在意外表，道：「哦，我倒是沒注意這個人。」

他自己就夠好看了，那姚女官再好看，會比他還好看嗎？

宋甜早知趙臻對女子不太敏銳，不由得笑了，問道：「臻哥，你想娶什麼樣的王妃？」

聽到宋甜叫自己「臻哥」，趙臻心中說不出的熨貼，瞅了她一眼，道：「這時候選妃的話，我自己根本沒法作主，還不是任憑別人搓圓捏扁？與其如此，不如再等幾年。」

宋甜沒想到趙臻這樣信任她，居然和她說如此私密的話，不由心情激盪，抬頭看著趙臻，見他眉目秀致，肌膚細嫩，尚有幾分嬰兒肥，臉頰上細看還有一層小茸毛，分明還是少年模樣，心中越發憐惜，道：「可貴妃與韓王豈會讓你如意？」

趙臻走到窗前，看著窗外油綠茂盛的香樟樹葉，道：「我沒有依仗，只能靠我自己，即使最壞的境況出現，又能如何？我只盡力做我自己罷了，若我一直努力，我的能力、我的付出，別人會看到的吧？」

宋甜凝視著他，眼睛濕潤了。

趙臻，你說的「別人」，指的是你父皇吧？前世的你，直到死去，都沒等來你父皇的「看到」，你父皇的認可。這一世的你，可不能再像前世一樣，付出那麼多，眼巴巴只求你父皇的認同了！

你做你自己，無愧於心就行。

宋甜輕輕道：「是人，就會偏心。比如我看你，就覺得樣樣都好，長得好，心又良，能力強；我看韓王，就覺得樣樣不好，繡花枕頭，故作風流，占盡偏愛卻不體恤兄弟，心胸狹隘落了下乘。」

趙臻凝神看她，見宋甜眼中含淚，心臟不由一顫。

宋甜伸手握住他的手指，繼續道：「即使是父母，也會偏心，有時候不管你有多好，他就是看不到，只看到他偏愛的那個孩子的好。可是你是你啊！你終究要長大，成長為頂天立地的男子漢，闖出自己的一番新天地，有妻子有兒女，有朋友有知交，有親信有屬下，爹娘對你好還是不好，有那麼重要嗎？」

趙臻聞言，看著窗外的香樟樹，陷入了深思。

宋甜的話很淺顯，卻說中了他的心事。

他是不是過於在意父皇的看法了？從他記事起，父皇就偏愛趙致，只要有趙致在場，趙室和他就毫無存在感。

趙室貴為太子，嘔心瀝血寫了無數篇青詞，卻比不過趙致隨意寫的一首打油詩。

他苦心經營宛州，至今手頭活錢依舊不多，趙致卻常常一擲千金籠絡人心。

他貴為皇子，宛州之主，卻不敢結交宛州地方官員，生怕被父皇猜忌，趙致卻能毫無顧忌地在金明池招待朝臣。

原來，他和趙室都沒問題，有問題的是永泰帝，他們共同的父皇，是他偏心偏向，而他一直不願認清事實……

趙臻微微低頭，眨了眨眼睛，讓淚水滑落，然後看向宋甜，微笑道：「謝謝妳，甜姐兒。」

宋甜看到了趙臻眼中的淚水，知道他自尊心強，要面子，便裝作沒看到，故作歡笑道：「若是有人強迫你選妃，你就說你還小——五月十三你才過十七歲生辰，還小呢！」

趙臻吃了一驚。「妳知道我的生辰？」

宋甜雙手揹在身後，得意地揚起了下巴。「我不但知道你的生辰，還給你準備了生辰禮物！」

趙臻觀察著她的神情，忽然伸出右手。「禮物呢？」

宋甜登時心下有些狼狽——她給趙臻做的白綾中衣，因為想用翠綠絲線在衣襬上繡翠綠的松枝松針，以至於至今還沒完工，面上卻甚是鎮定。「明日早上你讓小廝來這裡拿就是。」

趙臻總覺得宋甜略有些心虛，卻只道：「一言為定。」

把趙臻送走之後，宋甜悄悄擦了把汗。

晚上回到梧桐苑，宋甜也不研究藥方了，也不研究富貴鏡坊的標識，也不賞花飲酒讀書了，勤勤懇懇坐在榻上，對著小炕桌上的燭臺，用小繡綳子撐著中衣衣襬，認認真真對燈挑繡松針松枝。

一直忙碌到子時二刻，宋甜這才把給趙臻的中衣做好，親自用香胰子洗過，晾在西暗間書房裡陰乾。

第二天早上，宋甜一醒，就先去西暗間書房，見晾在那裡的白綾中衣已經陰乾了，這才放下心來，小心翼翼疊好，用深綠錦袋裝上，預備去藏書樓時帶著。

自從端妃去世，再沒有人主動給趙臻慶祝過生辰，因此對於宋甜的禮物，趙臻很是期待。

早上起來，跟著教刀法的教習勾師父上完早課，趙臻就吩咐棋書。「你去藏書樓見宋女官，帶一樣東西回來。」

棋書話不多說，答了聲「是」，徑直退了下去。

類似事情趙臻一般都交給棋書去做。他這兩個親信小廝琴劍和棋書，琴劍聰明機靈，話卻有點多；棋書實在寡言，做事卻實在。

趙臻剛洗完澡，棋書就拿著一個包裹回來了。

包裹裡是一個深綠錦袋。

趙臻示意棋書下去，這才鬆開了錦袋的繫帶，從裡面取出了一套白綾中衣。

這套中衣的衣料極為細密，觸手柔軟寒涼，放到鼻端能聞到清新的薄荷香胰子的氣息，分明是剛洗過。

趙臻心裡暖融融的，直接脫下身上的浴衣，換上了宋甜親手給他縫製的白綾中衣，然後才叫了琴劍和棋書進來，開始換親王禮服。

今日乃是五月初十，如今身在京中，按照規矩，每月逢十，他們兄弟要到曹皇后居住的坤寧宮給曹皇后請安。

到了坤寧宮，趙臻才發現坤寧宮熱鬧得很，原來永泰帝在坤寧宮陪伴曹皇后，蕭貴妃、淑妃和熙嬪等寵妃在旁侍候，以及幾個年輕得寵的昭容、昭儀、婕妤、美人也都陪侍在側。

趙臻行罷禮，見趙室和趙致在一邊的紫檀雕螭圈椅上坐定，便也走了過去，在趙致右手旁的空圈椅上落坐。

太子趙室見趙臻落坐，笑著道：「三弟，父皇和母后在商議為你和你二哥選妃呢！」

趙臻俊臉微凝。

那個什麼姚女官，消息如此靈通，應該是趙致的人了。

他看向趙致。

趙致含笑道：「三弟，這下你也逃不過了！」

趙臻抿了抿唇，看向永泰帝。

永泰帝拈鬚微笑，眼神溫柔，看向蕭貴妃。「貴妃，致兒的王妃，妳有人選沒有？」

蕭貴妃早和永泰帝商議好的，當即含笑道：「陛下，臣妾聽說國子監祭酒錢信的長女性格溫和，才德兼備，容顏美麗，斗膽請陛下作主，為致兒聘錢信長女為韓王妃。」

永泰帝心中早已有了決斷，卻特意看向曹皇后。「皇后覺得如何？」

曹皇后出身小戶，其父曹源原是陝州秀才，因曹皇后才成為從三品高官，並無顯赫背景，在宮中靠曲意侍奉永泰帝才得以存身。

見永泰帝與蕭貴妃一唱一和，曹皇后心知這二人早商議已定，她哪裡還會反對，當即含笑道：「陛下明聖，臣妾都聽陛下的。」

見曹皇后如此識相，永泰帝大悅，道：「既如此，朕就作主了，為致兒聘錢信長女為王妃。」他接著道：「阿臻年紀也不小了，也該迎娶王妃了——皇后，妳有合適的人選嗎？」

曹皇后到底心存善意，看向趙臻，柔聲道：「阿臻，你有沒有喜歡的女孩子？」

趙臻聞言，腦海中驀地現出宋甜笑容燦爛的模樣。

王妃是要與自己攜手一生的人，須得與自己相處融洽，若是宋甜，倒也不是不行。

他知道曹皇后是在幫自己，機不可失時不再來，必須抓住這個機會，當即道：「啟稟皇后娘娘，兒臣倒是——」

「臣妾倒是有一個人選！」熙嬪打斷了趙臻的話，起身笑盈盈福了福。「新任滄州總兵秦業的小女兒，秀麗婉約，才德兼備，堪為豫王妃。」

熙嬪說罷，視線與蕭貴妃相接，驀地閃開，垂下眼簾。

「秦業的小女兒嗎？」永泰帝沈吟，道：「朕記得秦業可是在戰場上救過定國公的命，阿臻娶了外祖救命恩人的小女兒，這也是緣分……」

趙臻鳳眼微瞇，掃視了一圈，在座這麼多人，卻無一人會為他說話。

他的眼神過於凜冽，在座眾人心中一凜——這豫王年紀雖小，卻非池中之物，須得小心防範。

曹皇后和太子趙室，則避開了趙臻的視線——他們母子無甚壞心，卻自保不易，哪裡能顧得上趙臻？

趙臻只得起身上前，恭恭敬敬行了個禮，這才道：「啟稟父皇，秦業的小女兒曾在兒臣王府擔任女官，因故被黜，實不宜再入豫王府。」

永泰帝最怕麻煩，見趙臻的親事如此攪纏，心中不喜，道：「既然豫王看不上秦氏女，你們有沒有別的人選？」

趙臻深深一揖。「父皇，兒臣才十六歲，正是研習文武之道以報國家之時，學業未成，事業未就，何必侈談親事？」

永泰帝看見趙臻，就想到了當年因為端妃作祟，自己與蕭貴妃兩情相洽，卻生生被隔開，差點離散，如今見他不從，當即喝道：「無知小兒，先成家，後立業，人之倫也，何必多言？」

蕭貴妃等的就是這一刻，柔聲道：「陛下且莫煩憂，既然豫王不喜秦氏女，再加上豫王年紀確實也不大，不如先挑選幾個妾室，封為夫人，侍候豫王；至於選擇王妃之事，以後再說也罷。」

永泰帝一和寵妃說話，聲音當即變得溫柔起來。「一時哪有合適的人選？」

趙臻雖然煩人，樣貌卻生得極好，若是找個容貌配不上他的妾室，怕是要被言官詬病。

蕭貴妃看了熙嬪一眼。

熙嬪當即道：「啟稟陛下，豫王府裡有兩位年輕女官姚氏和宋氏，俱家世清白，容顏上佳，不如都封為夫人，先放在房裡侍候豫王。」

永泰帝看向侍立一側的殿前太尉黃蓮。「黃蓮，你去傳朕口諭，宣豫王府女官姚氏和宋氏進宮，讓皇后和貴妃看一看。」

若是合適，再說封為豫王妃還是封為夫人。

侍黃蓮領旨退下，永泰帝這才看向趙臻，見他默然而立，並無反對之意，這才覺得氣順了些。

他是天子，即天也。春生秋殺，何所不可，哪裡容得趙臻反抗？

宋甜正在藏書樓督促底下人一本本拂去書冊上的灰塵，得知消息，匆匆換了女官禮服去見前來宣旨的黃蓮。

黃蓮打量著眼前的這兩個女子。

那個叫姚素馨的女官應是早得到了消息，雖然穿著大紅通袖袍和湖藍色馬面裙這樣的八品女官禮服，可是髮髻繁複，妝容精緻，越發顯得清豔貴氣。

宋甜大概是突然得到消息，雖然也穿著同樣的八品女官禮服，卻未曾嚴妝，雖然眉目天然美麗，可是與姚女官相比，卻顯得稚嫩了許多。

黃蓮心裡有數，宣了永泰帝口諭，跟在一邊陪同的陳尚宮打了個招呼，便帶了姚素馨和宋甜，乘上馬車入宮去了。

宋甜和姚素馨被黃蓮送到坤寧宮偏殿裡候見。

偏殿裡已經有一個穿著紫色衣裙的女孩子候著了。

宋甜打量那女孩子，見她肌膚潔白，眉目秀麗，身上頗有江南女子的溫婉氣質，不由得多看了幾眼。

那女孩子見宋甜看她，便對著宋甜笑了笑。宋甜也笑著微微頷首。

而姚素馨只看了那女孩子一眼，便不再多看了。

韓王早安排好讓她做豫王妃，今日不過走個過場罷了，因此宋甜不足為懼，只是這錢氏會成為未來的韓王妃，卻著實可恨。

宋甜發現了姚素馨的異常，心道：難道姚素馨認識這紫衣少女？

過了一會兒，一個女官走了進來。「陛下宣姚女官、宋女官、錢姑娘覲見！」

待姚素馨、宋甜和錢姑娘行罷禮，這女官才道：「請姚女官、宋女官、錢姑娘隨我來。」

宋甜深吸一口氣，竭力讓自己平靜下來，隨著負責傳喚的女官出了偏殿，往正殿而去。

永泰帝打量著眼前這三個少女。

即將成為韓王妃的錢氏不是三個人中最美的，卻是最有底蘊的，她的祖父是江南文壇領袖錢世珍，父親是國子監祭酒錢信。趙致背後已經有了定國公府等武將出身勛貴的支持，若是娶了錢氏，就能得到文官一派的支持，豈不是四角俱全？

永泰帝不禁微笑起來，又去看豫王府的兩位女官。

其中那位姚女官，的確十分美貌，堪堪配得上趙臻。

他又去看那位宋女官，卻皺起了眉頭。

這宋女官美則美矣，可是也太小了吧？有十四歲沒有？

永泰帝看向面無表情立在一側的趙臻，再看看穿著女官禮服有些弱不勝衣的宋女官，不禁眉頭緊鎖——這兩人，一個身材高䠷，卻是個倔頭倔腦的小孩子；一個美貌精靈，卻是個滿臉稚氣的小丫頭，雖然這兩人倒是般配，只是太像過家家了，怕是得再等幾年才能圓房。

皇帝不說話，整個大殿裡都靜了下來。

曹皇后心知錢氏是蕭貴妃母子早就看中的，是趙致奪嫡的重要籌碼，心中警惕，看著不卑不亢落落大方的錢氏，心裡思索著應對之法。

蕭貴妃倒是沒想到這個宋甜居然如此美貌，明明眼睛、鼻子、嘴巴也就那樣，眼睛太大了，鼻頭太肉了，嘴唇略厚，可是湊在一起就說不出的好看，眼睛閃亮有神，鼻子挺可愛，嘴唇像花瓣，整個人像小仙女似的，一下子就把姚素馨給比成了庸脂俗粉。

她看了兒子一眼，覺得不該把這個宋甜選進來的，怕是會奪走姚素馨的鋒頭。

永泰帝看了一邊侍候的黃蓮一眼。

黃蓮是侍候慣了的，最知永泰帝心事，當即靠近永泰帝，附耳低聲道：「啟稟陛下，這宋氏的父親，乃是宛州提刑所副提刑宋志遠，宋志遠是五品官員，高大英俊，聰慧機變，富而好禮。」

他覷了宋甜一眼，決定幫這個他喜歡的女孩子一次，道：「宋氏家世清白，性子純善。」

永泰帝看向宋甜，見她大眼睛似小鹿一般純淨而稚嫩，當下點了點頭，道：「傳朕旨意，封錢氏為韓王妃，宋氏為豫王妃，擇吉日成婚，姚氏……就封為夫人，服侍豫王吧！」

這個宋氏到底年紀小，成親還要好幾年，就按照貴妃的安排，讓姚氏做妾服侍趙臻。

整個正殿靜了一瞬——除了黃蓮，沒人會想到事情居然是這樣的走向，就連趙臻和宋甜，也都驚呆了。

蕭貴妃訝然地看向永泰帝。永泰帝立刻用眼神安撫她——給趙臻娶一個五品武官之女做王妃，熄了他對帝位的心思，對致兒來說也是好事。

蕭貴妃知道永泰帝經常天馬行空，早習慣了，便不再多言。

趙臻反應很快，當即起身，走到了宋甜身邊站立。

趙致見狀，也反應了過來，走到了錢氏身邊站立。

姚素馨原本篤定得很，誰知不過皇帝一句話，遠遠不如她美貌的錢氏，憑藉家世成了尊貴的韓王妃，就連她一向看不上的小丫頭宋甜，也成了高高在上的豫王妃，而她卻只是小小的豫王妾室，連次妃都輪不到。

她渾渾噩噩隨著眾人行禮謝恩，又渾渾噩噩隨著眾人退了下去。

宋甜只覺得如作夢一般，不過進宮覲見了永泰帝，自己就變成了趙臻的未婚妻？

怎麼和前世不一樣了？到底是怎麼回事？

第三十一章

坐在回豫王府的馬車上，宋甜身子靠在車壁上，把事情整個又捋了一遍，覺得還是不對——她不知道哪裡出了問題。

待馬車駛入福安巷，宋甜才終於想明白了。

永泰帝同時為韓王趙致和豫王趙臻選王妃，為韓王選的王妃乃是文壇領袖、清流之首的錢家女兒，為豫王選的王妃卻是宛州富商出身的五品武官女兒。

娶了錢氏女為王妃，韓王會得到文官集團的支持。而娶了宋氏女為王妃，豫王連靠娶妻得到得力臂助的可能性都沒了。

這永泰帝可真夠偏心的！

宋甜不禁又想起前世她還是一抹幽魂時，曾在深夜的老梅樹下，眼睜睜看著趙臻為了永泰帝的偏心痛哭失聲的事。

今日之事，趙臻該多傷心、多難過啊？她只想把趙臻抱在懷中，好好安慰他……

也罷，她做趙臻的王妃，總比姚素馨做了趙臻的王妃好，以後趙臻有喜歡的人了，再成全她和趙臻好了。

心中計議已定，宋甜平靜了下來，開始默默籌劃以後要做的事。

姚素馨如今成了趙臻的妾室，她若老實安分還好，她若是敢坑害趙臻，宋甜不介意送她上西天。

趙臻騎在馬上，卻沒有像宋甜想的那樣難過。

他知道，今日之事蕭貴妃和趙致母子計劃良久，怕是要藉著封妃之事廢了他，讓他再也無法與趙致抗衡。

趙臻想過最壞的情形，是自己被逼娶趙致的暗探姚氏做王妃，也想過自己就算挨打受刑也要反抗，反正他是絕不會娶姚氏做王妃的。

誰知宋甜一入宮覲見，永泰帝居然沒有按照蕭貴妃趙致母子的安排封姚氏為豫王妃，反而是封了宋甜為豫王妃。

想到要娶可愛的宋甜做妻子，趙臻抿了抿嘴，把即將漾出的笑意生生給逼了回去，免得被人看出他的歡喜。

永泰帝也累了，帶著黃蓮回崇政殿，在寶榻上躺了下來，由黃蓮親自推拿導引。

黃蓮的手藝乃是一絕，不過兩刻鐘工夫，永泰帝就感覺舒泰鬆快了許多。

他合目養神，享受著黃蓮的服侍，忽然開口道：「黃蓮，宋氏之父，你先前認識吧？」

黃蓮原本在給永泰帝導引疏通雙腿，聞言忙跪了下去。「陛下聖明！宋氏的父親宋志遠，乃是奴才的八拜之交，奴才和他一見如故，十分相投，還和他一起入股了青州那邊的海外商船。」

永泰帝「哼」了一聲道：「還敢在朕面前弄鬼，朕的眼裡可容不得沙子。」

黃蓮跪在地下道：「陛下，豫王畢竟也是陛下骨肉，奴才知道陛下心中不忍……」那姚氏分明是韓王的暗探，他能看出來，永泰帝能看不出來？永泰帝再偏心，也不能明目張膽讓豫王娶韓王的暗探做妻子，他黃蓮也不過是順水推舟罷了。

永泰帝半晌沒說話，良久後方道：「你晚間悄悄見豫王一面，告訴他成親的吉日約在兩、三年後，如今讓宋氏繼續做她的女官就是。」

不管怎麼說，趙臻也是他的兒子，只要趙臻不癡心妄想，對帝位產生不該有的想法，他還是希望趙臻能舒舒服服做一個富貴閒王的。

黃蓮答了聲「是」，繼續認認真真推拿。

一行人回到梧桐苑，已是天擦黑時分。

宋甜這才覺出饑餓來，發現她整整大半日水米未進了——不等脫下女官禮服，忙吩咐紫荊。「去把家裡帶的點心拿些過來！」她又吩咐月仙。「沏一壺西湖龍井。」

待宋甜換了便服洗好手，各樣點心和一壺熱茶就擺在小炕桌上。

宋甜坐在榻上，愜意地吃著點心喝著茶。

月仙和紫荊在一邊服侍。

紫荊給宋甜斟滿茶盞，忍不住問道：「姑娘，今日妳進宮，到底是什麼事呀？」

宋甜老神在在品嚐著乳酪餅，並不搭話。

這時候隔壁翠竹居突然傳來一聲痛哭，接著就又沒了聲息，似乎方才那聲淒厲的哭聲不曾存在過一般。

月仙和紫荊面面相覷。

紫荊道：「隔壁是不是有人在哭？聽著像是姚女官的聲音……是不是我聽錯了？」

宋甜不緊不慢吃著餅。

姚素馨眼睜睜看著錢氏成為韓王妃，看著她愛的男人站在別的女人身側，想必是很痛苦的吧？可是她既然心甘情願做韓王的工具，那就要有工具的自覺。

此刻，松風堂內燭光搖曳，趙臻正在和陳尚宮說話。

琴劍進來稟報。「王爺，黃太尉求見。」

趙臻挑眉看他。

琴劍會意，道：「王爺，黃太尉穿的是家常便服。」

趙臻當下明白了，黃蓮是以私人身分來見他的，便看向陳尚宮。「嬤嬤，妳放心，宋甜她很好，以後小心防範那個姓姚的就是了。」

待陳尚宮離開，趙臻這才親自出去迎接黃蓮。

黃蓮做一般書生夏季常見打扮，穿了件玄色絲絹道袍，腳上則是涼鞋淨襪，瞧著就是一個清秀的年輕學子。

他與趙臻見了禮。「微臣給王爺請安！」

趙臻忙含笑扶起了他。「太尉折煞小王了！」

兩人寒暄一番，這才進了松風堂坐下。琴劍和棋書送罷茶點就退了出去。

趙臻心知黃蓮是永泰帝心腹，今晚前來，必定是奉了永泰帝旨意，便等著黃蓮開口。

黃蓮嚐了一口清茶，放下茶盞，這才道：「王爺，微臣此番前來，乃是傳達陛下之意。」

他微微沈吟了一下，這才道：「陛下的意思是，宋氏年紀尚小，王爺也才十六歲，倒也不必急著大婚，就讓宋氏繼續做女官，欽天監那邊會慢慢看吉日的。」

趙臻自己其實也是這想法，他和宋甜親近歸親近，可是立刻成親的話，他還是覺得有些怪怪的——父皇這樣安排，倒是正合他的心意。

黃蓮知道豫王話少，見他不說話，便自己找話說：「王爺，今日殿上，微臣冒昧了，只是當時情形下，微臣也只能如此了。」

趙臻明白黃蓮話中之意，這是在向自己邀今日之功，當下微微一笑，道：「太尉的好意，孤心裡明白，多謝！」

黃蓮這才鬆了一口氣。

他到底懷著一份私心，也怕豫王會因此遷怒宋甜，因此特地解釋了這麼一句。

此時見豫王領情，黃蓮放下了心中大石，與豫王又聊了幾句，便起身告辭了。

黃蓮回到太尉府，剛在書房坐下，親信小太監就進來稟報。「老爺，已經派人去往宛州的道上追宋提刑了。」

黃蓮點了點頭，心道：待老宋到了，得好好在他面前表表功，這次宋甜能成為豫王妃，我可是起了至關重要的作用！

也許是天生的緣分，對宋志遠宋甜父女，他天生就帶著幾分好感，一見如故，親切得很。

早朝罷，黃蓮坐著八抬八簇肩輿明轎回了太尉府。

他在書房院子外下了轎子，小廝上來悄聲稟報。「老爺，宋提刑正在東耳房裡候著。」

黃蓮很快就在書房裡見到了宋志遠。

宋志遠離開了京城，已經走到尉氏縣了，得到消息，連夜騎馬趕了回來。

他騎馬奔波了一夜，也只是眼睛微微有些紅而已，風姿瀟灑，未帶疲態，一進書房，見黃蓮正在小廝服侍下換衣，便噤口不言，待小廝退下，這才道：「黃兄弟，到底是怎麼回事？」

宋志遠懷疑自己聽錯了，他的女兒，如何飛上枝頭變成鳳凰了？

黃蓮在宋志遠面前最是放鬆自在，便隱去了皇室隱情，把事情來龍去脈細細講了一遍，最後道：「老宋，這下你如何謝我？」

宋志遠激動地起身，雙手交握走了好幾圈，這才哈哈大笑起來。

「沒想到，我宋志遠的女兒，居然要成為王妃了！」他一把抱住了黃蓮，還用力抱了好幾下，道：「好兄弟，多謝多謝！我送你一萬兩銀子吧！」

黃蓮還是很愛銀子的，道：「那兄弟我就笑納了！」

他是個聰明人，見宋志遠看著自己，目光殷殷，猜到他想見見女兒，便道：「你若是想見甜姐兒，待我安排一番。」

宋志遠鬆了口氣，深深一揖。「那我就靜候佳音了。」

黃蓮知道他一定累壞了，便道：「我還未用早飯，你我一起用了早飯，你先去東耳房歇著，到晚些時候，我再帶你去豫王府。」

宋志遠這才覺出些疲倦來，陪著黃蓮隨意用了些早飯，便去東耳房歇下了。

早上宋甜起來，洗漱罷打扮齊整，依舊先去東偏院陳尚宮那裡點卯。

陳尚宮見宋甜依舊要行禮，就把她扶了起來，含笑道：「如今妳身分不同，以後切不可如此了。」

宋甜抿著嘴笑了，道：「我一日是女官，就一日恪盡職守，尚宮請放心。」

待宋甜往藏書樓去了，辛女官這才道：「尚宮，宋女官年紀雖小，卻不是那輕狂人。」

陳尚宮點了點頭。「昨日宮中情形，我已經打聽得知了。在那樣情形下，是她，總比姚素馨強。」

辛女官冷笑一聲，道：「姚素馨還不是夫人呢，已經開始拿喬了，到現在還沒來呢！」

陳尚宮沒有接話，抬眼看著門上垂下的細竹絲門簾，眼中滿是擔憂。

在宛州時生活平靜如水，到了京城，簡直是在刀尖上行路，日日驚險萬分，不知明日又會發生什麼……那蕭貴妃與韓王，占盡上風上水，卻還不肯給別人一條活路，這樣心胸狹隘，有朝一日韓王登基為帝，如何能夠容得下豫王？

趙臻今日又去了東宮，專門向那位熟知戚繼光用兵之道的侍讀學士羅峰請教。

因太子好文，熟知軍事的羅峰在東宮並不算得意，好不容易遇到趙臻這一個知音，自然是傾囊相授，與趙臻越相處越融洽。

趙臻跟羅峰暢談了一天，只覺羅峰如同寶藏一般，雖是文官，對於治軍卻極有見解，頗有相見恨晚的感覺，便直接問羅峰。「羅學士可願隨我去宛州封地？」

羅峰半生潦倒，蹉跎京師，沒想到人到中年，卻得到了豫王的當面邀約，愣了愣，看向豫王，見豫王鳳眼清澈，很是真摯，當即道：「若是太子殿下肯放人，微臣自當追隨王爺。」

趙臻點了點頭。「你且等著，我這就去見太子。」

太子正與幕僚斟酌青詞，卻被趙臻硬生生給拉了出來，不過他素來脾氣極好，也不惱，微微笑著問趙臻。「阿臻，你有何事？」

趙臻和太子說話不用拐彎抹角，直截了當道：「太子哥哥，我很喜歡羅峰，你把羅峰給我，好不好？」

太子聞言訝然，不禁疑惑。「羅峰有什麼好的？他沈默寡言，不善言辭，連篇像樣的青詞都寫不出來。」

趙臻笑了。「大哥，我不也是這樣麼？」

在父皇眼裡，在別人眼裡，他也正是如此。

細究起來，阿臻這孩子似乎還真和羅峰一樣。

太子細細打量了趙臻一番，試圖找個優點出來，最後終於找到了。「啊，阿臻，你生得可比他好多了，滿京城的年輕兒郎，還有誰比你好看？」

阿臻絕對是京城第一俊美的少年郎！

趙臻抿了抿嘴。「……大哥，你把羅峰給我吧！」

太子與趙臻關係不錯，也怕他難過，忙道：「好啦，羅峰給你了！」說罷，他搖著頭進了正殿。

趙致這廝，一向防備阿臻做什麼？阿臻跟個小孩子似的，天真稚氣，一心只好軍法兵書，舞刀弄槍，能有什麼心思？

趙臻目送太子的背影消失在紗幕之後，心情有些複雜。

他這個大哥，是個老好人，卻不知道發現人才，留住人才，使用人才。

譬如羅峰，在治軍上頗有心得，對治理地方也很有想法，而且做事細緻，為人踏實，堪為能吏。這樣的人，在東宮卻因長期坐冷板凳潦倒不堪。

趙臻打算觀察羅峰一段時間，然後給羅峰一個縣讓他練手，若是能力突出，就繼續提拔任用，把羅峰培養成他的得力臂膀。

把羅峰帶回福安巷王府之後，趙臻大方得很，立在臺階上，指著西側的房舍。「我這王府地方大，空房子多，西側那些院落你隨便挑，若是有家眷，家眷也可帶過來。」

羅峰跟趙臻接觸下來，發現他十分直爽，不搞虛與委蛇那一套，便直接道：「微臣的妻女在陝州賃房居住，這就派人接她們母女過來。」

趙臻微一沈吟，道：「直接把你妻女接到宛州王府吧，我在京城也待不了多久。」他又道：「你寫一封信，我派人拿著信，去陝州接你的妻女到宛州。」

羅峰如今身邊只有一個老家人伺候，家常也離不得，聽趙臻安排得周全，聞言大喜，深深一揖。「有勞王爺了！」

趙臻不愛廢話，吩咐琴劍。「你去叫沈勤林過來，說我有事情要交給他。」

王府總管沈勤林原本是定國公府的人，至今與定國公府不少下人有親戚關係，與其讓他和那些人狗扯羊皮，不如把他遠遠支開，免得沈勤林待在京城，早晚中了定國公府的拉攏之計。

沈勤林是他母妃的奶哥哥，趙臻還是希望沈勤林能好好在豫親王府終老的。

從松風堂出來，沈勤林幹勁十足去東偏院跟陳尚宮做了交接，便帶人往陝州接羅峰的家眷去了。

安排好羅峰，趙臻又到小演武場和勾師父練習刀法去了。

趙臻從傍晚時分一直練習到了天黑透，整整練習了一個時辰，貼身的中衣早已濕透，臉上出了許多汗，越發白皙如月。

他正端著茶盞飲水，棋書過來回稟。「王爺，黃太尉求見。」

琴劍在一邊端著托盤，聞言疑惑道：「黃太尉又來做什麼？」

趙臻沒說話，只看向棋書——琴劍的話正是他想問的。

棋書想了想道：「不知，不過黃太尉是帶著宋女官的爹爹過來的，也許是宋女官的爹爹想見宋女官？」

趙臻一聽，茶也不喝了，直接把茶盞放回琴劍手中的托盤上，吩咐棋書。「請黃太尉和宋大人先到松風堂東廂房喝茶，我很快就過去。」

棋書一離開，趙臻跟勾師父說了一聲，大步流星帶著琴劍回松風堂去了。

宋志遠和黃蓮被請進松風堂東廂房，小廝獻上茶點後便退了出去。

點心是好點心，茶也是上好的貢茶，只是宋志遠要見未來女婿了，哪裡有心思吃喝？

他一時覺得女兒能嫁給神仙般的豫王，是大大的高攀了；一時又想到若是將來豫王參與皇位之爭，並且以失敗告終，那他和宋甜父女倆豈不是也在連坐滅族之列？

片刻後，宋志遠又開始擔心。

我家多代單傳，人丁不旺，若是甜姐兒將來也如此，會不會失去豫王寵愛？作為老丈人，我要不要準備一大筆銀子，好用來替女兒挽回豫王的心？

正在宋志遠思緒紛亂、柔腸百結的時候，外面小廝朗聲道：「王爺到了！」

宋志遠忙跟著黃蓮起身迎接。

翠竹絲門簾被掀了起來，一個身材高䠷的白衣少年走了進來，隨身帶來沁涼的薄荷香氣，分明是剛沐浴過，清新之極。

宋志遠凝神看去，卻見那少年肌膚極白，眉若墨畫，一對鳳眼流光溢彩，白衣被燭光鍍上了一層光暈，清純美好得彷彿未曾被塵世沾染的仙童，正是在樊家酒樓驚鴻一瞥的豫王趙臻。

他不由自主屏住呼吸，生怕自己一口濁氣把這仙童給吹化了，端端正正隨黃蓮一起行禮。「給王爺請安。」

趙臻不待二人行下禮去，當即伸手扶了起來。「兩位不必客氣。」

一時分了賓主坐下。

黃蓮知道趙臻不喜歡廢話，開門見山道：「王爺，這位是宋女官的父親，宛州提刑所副提刑宋志遠宋大人，宋大人甚是想念宋女官，他與微臣是金蘭之交，微臣便斗膽帶他來了。」

趙臻正好奇地打量宋志遠。

他發現宋甜的爹爹與宋甜一點都不像，宋甜是可愛嬌美的小仙女，而她爹單看長相氣質就是韋莊詞中「當時年少春衫薄。騎馬倚斜橋，滿樓紅袖招」那樣的風流浪子。

聽了黃蓮的話，趙臻當即吩咐小廝。「去梧桐苑請宋女官過來。」

黃蓮也算是看著趙臻長大的，大致知道他的性子，因此一邊想，一邊與趙臻閒話。

宋志遠在一邊觀察了一會兒，便有了一個發現——豫王年紀雖小，氣場卻甚是強大，以至於位高權重的殿前太尉黃蓮，在他面前說話也是字斟句酌。

認識到這一點後，宋志遠便不肯多說了，免得給未來女婿留下不好印象，生怕自己一直以來沾沾自喜的風流博浪，到了未來女婿面前，生生變成輕浮浮浪。

趙臻也有些好奇。

他原先聽人稟報說宋甜之父宋志遠是宛州有名的風流人物，如今看其言行舉止，發現宋志遠雖然外形像風流人物，行動卻甚是穩重，不由忖度道：難道外人之言不足信，宋大人其實是位志誠君子？

茶湯才上兩道，宋甜就過來了。

趙臻陪著黃蓮去外面散步，留下宋志遠、宋甜父女說話。

宋志遠眼睛打量著女兒，口中輕輕問道：「外面有人聽著嗎？」

宋甜笑了。「爹爹，王爺一向光風霽月坦坦蕩蕩，不是那等小家子氣之人。」

宋志遠這才放下心來，道：「甜姐兒，妳氣色還挺好。」

宋甜抬手捏了捏自己的臉頰，覺得確實軟而有彈性，狀態極好，眼睛卻看著她爹。

「爹，你來見我做什麼？」

宋志遠道：「也沒什麼事，就是妳如今成了未來的豫王妃，我想來給妳送些銀票，再問問妳有什麼需要。」

宋甜搖了搖頭。「銀票我暫時用不著，不過有一件事我想和爹爹說一下。」

她把自己打算往宮裡推銷西洋鏡的事情說了，又把自己想要修改富貴鏡坊標識的事情說了，然後從衣袖裡掏出趙臻畫給她的那些白牡丹。「爹爹，這是豫王幫我畫的白牡丹，你和鏡坊掌櫃及製鏡師父商議一下，看要不要用，用的話要如何改？」

宋志遠沒想到女兒如此操心鏡坊生意，大為歡喜，道：「甜姐兒，妳是我的女兒就該如此，我會和鏡坊掌櫃說好，以後妳派人直接和他聯繫。」

他接著道：「妳會做生意，將來繼承家業發揚光大，手裡掌握著無數銀錢，這樣即使豫王厭倦了妳，或者嫌棄妳娘家沒有勢力幫不到他，到時候妳也可以用銀子讓豫王折服——這世上就沒有不愛銀子的人！」

宋甜聽了前半段，得了關懷，心中甚是歡喜，待聽到「即使豫王厭倦了……用銀子讓豫王折服」，就覺得甚是不中聽了。

她嗔道：「爹爹，你不要胡說八道了，銀子不是萬能的。」

宋志遠悻悻道：「這次妳黃叔叔幫妳，我還給了他一萬兩銀子當謝禮呢！誰說銀子不重要了？」

宋甜跟她爹話不投機半句多，方才的融洽不翼而飛，蹙眉道：「爹爹，你好煩人啊，你趕緊走吧！」

宋志遠卻覺得女兒小孩子家家，倔頭倔腦的甚是可愛，又看了宋甜一眼，放低身段柔聲哄道：「我知道了，感情和銀子都很重要。」

他從腰上解下一枚獨玉印章遞給宋甜。「這枚印章，專門用在富貴鏡坊，沒見到我本人情況下，鏡坊的人只認印章，妳傳信時記得蓋上這枚印章。」

宋甜接過印章收好，送宋志遠出門，卻又忍不住交代道：「爹爹，你回去後別再理會三娘，好好查查她和蔡大郎的事。」

宋志遠「嗯」了一聲，轉身走了。

宋甜立在廊下，目送爹爹的背影消失在遊廊盡頭，心中空落落的。

第三十二章

趙臻把黃蓮與宋志遠送到松風堂大門外，這才轉身回來。見宋甜到廊下迎接他，趙臻總覺得有好些話要與宋甜說，便道：「咱們去後面園子散散步吧！」

松風堂後，有一個滿植松樹的園子，趙臻平素喜歡在松林裡散步。

宋甜剛送走爹爹，心裡有些難受，也想和趙臻待在一起，便「嗯」了一聲，隨著他去了後面園子。

趙臻帶著宋甜行在松林小徑中。

小徑兩側掛著不少對宮燈，松林茂密，顯得燈光幽微。

趙臻試著尋找話題，只是他自知不善言辭，因此老老實實道：「我先前曾聽人說，妳爹是宛州第一風流人物，誰知一見之下，方知此言謬之。」

「謬之？」宋甜杏眼圓溜溜。「哪裡謬了？」

趙臻沈吟回道：「妳爹雖然外形風流博浪，人卻甚是沈默寡言，老成持重，因此謬之──以後我再看人，要多用自己的眼睛去看、去判斷，而不是一味只聽人言，偏聽偏信。」

宋甜沈默了片刻，決定還是說實話，免得以後真相大白，被拆穿了太尷尬。她輕咳了一聲，道：「臻哥，我爹他，嗯，他是真的風流博浪，也真的是宛州第一風流人物，就連京城裡，他也至少有三位情人——我知道的就有三位。」

她爹的眾多情人中有一位章招宣夫人，乃是安國公的兒媳婦，定國公府大太太的娘家寡嫂。

宋甜看向趙臻。「不過我爹臉皮厚得很，他自詡是男菩薩，專門來世間普度貌美怨女。」

趙臻面上不動聲色，心中卻訝異感嘆：我這未來岳父，可真是世間奇人啊，只希望將來我和甜姐兒的兒女，切莫隨了外祖父……就算是真的隨了，也得有點節操啊！

轉念一想，趙臻又想到了宋甜——她將來會不會像她爹那樣風流多情？

他看向宋甜，鳳眼之中帶著一抹深思。

宋甜立即讀懂了他的想法，笑了起來，道：「臻哥，你放心吧，我對男男女女、風花雪月一概沒有興趣，我想做的事情太多了。」

她掰著指頭開始盤算。「我想要製出不傷身子的不孕藥然後推廣開去，想要把鏡坊開到全大安各處去，想要跟海外商船出海，想要見識一下各地風土人情、美人美景，想要……

唉！我想做的事情真的太多了！」

趙臻悠然神往之。「等我忙完我這邊的事，我就陪妳去。」

宋甜歡喜極了，拍手道：「太好了！那你我一起努力，然後一起遊遍天下！」

兩人四目相對，都笑了起來。

宋甜看著趙臻好看得令人心醉的臉，心道：這樣相處多好啊，男女情情愛愛能有什麼樂趣？還不如就這樣坦坦蕩蕩、清風明月……

這會兒姚素馨還沒有睡，她正坐在書案前對著燭臺寫詩。

一首閨怨詩寫就，姚素馨起身輕輕吟唱，腦海裡卻浮現出那日在坤寧宮正殿，韓王凝望錢氏的模樣，心中越發難過起來。

這時候寶珠走了進來，低聲恨恨道：「姑娘，隔壁被宣去了松風堂，到現在還沒回來，她會不會和王爺——」她啐了一口，道：「宋甜這小狐狸精，一直喬模喬樣，如今終於露出狐狸尾巴了，還沒成親，就開始勾搭王爺，真是不要臉！」

姚素馨把寫著詩句的那張紙湊到燭臺上點燃，然後道：「妳放心，過兩日就是萬壽節了，宋甜以後就礙不到妳的眼了。」

她倒是要看看，宋甜這蹄子還能得意多久。

離開福安巷豫王府後，宋志遠懶得大晚上的再回柳條街，索性跟著黃蓮去了太尉府。

今晚明月當空，涼風習習，兩人都沒有睡意，黃蓮讓人備了艘小船，也不要船夫，任小船在湖面飄蕩，他與宋志遠泛舟湖面，月下對酌。

這兩位都不是文人騷客，自然不會吟詩詠句，談的全都是富貴榮華，功名利祿，官場縱橫，人情世故，說不出的投契與暢快。

酒到酣處，宋志遠問起了當今三位皇子背後的各種糾葛。

至此明月湖上無人之境，黃蓮也有些放鬆，便把事情的來龍去脈細細說給宋志遠聽。

太子趙室乃永泰帝嫡長子，一出生就由太后作主，立為太子。

永泰帝雖有三子，卻只寵愛蕭貴妃所出二皇子韓王，一心想要改立韓王為太子。

可朝中文官，尤其是幾個閣臣，卻都恪守禮法，堅持太子趙室的嫡長地位，堅決反對改立韓王為太子。

韓王之所以迎娶錢氏女為王妃，就是為了得到文官們的支持。

宋志遠聽了半日，道：「那這些關豫王什麼事？」

他聽了半日，只覺得這些都跟豫王沒關係啊！豫王沒了親娘，親爹不疼，文臣武將也沒站他這邊的，太子和韓王爭奪太子之位，關小仙童豫王什麼事？這小女婿也太可憐了！

黃蓮閉著眼睛，感受著湖面清風拂過臉頰，道：「原本不關豫王事的，他既非嫡子，又非長子，母妃早逝，更不是得寵皇子，怪只怪他太強了，給韓王造成了壓力……」

宋志遠一聽，手扶著船幫坐了起來。「到底是怎麼回事？」

黃蓮想著往事，緩緩道：「起初三位皇子一起在御書房東偏殿讀書，由幾位閣臣輪流教學，每次背書、解書，都是豫王又快又好，襯得太子和韓王面上無光，在御書房鬧了好幾次事端。端妃薨逝前，把豫王叫過去說了些話，以後豫王就變得不愛讀書，只愛舞槍弄棒、騎馬射箭了。」

宋志遠沈吟，道：「豫王這是在……韜光養晦，避其鋒芒嗎？」

黃蓮悠悠道：「誰說不是呢……」他接著道：「可惜樹欲靜而風不止，即使豫王遠赴宛州就藩，韓王也總覺得如芒刺在背，所以才會在選妃之事上試圖坑陷豫王。不過陛下雖然偏心，卻總算還有一分父子之情，沒有讓那姚女官做豫王妃。」

宋志遠心知宋甜這次其實是憑藉黃蓮之力撿了個便宜，更感激黃蓮了，把細草編的靠枕妥妥帖帖放在了黃蓮頸下，讓他躺舒服一些。「黃兄弟，不知陛下會把豫王與甜姐兒的婚期定在何時？」

黃蓮靠著靠枕歪在舟中，道：「豫王和甜姐兒年紀都還小，最早也要兩年後吧！」

宋志遠覺得兩年後宋甜十六歲快十七了，也還妥當，便端著酒盞湊近黃蓮，餵黃蓮喝了一口酒，接著問道：「若是那個姚女官背後的靠山，為了給姚女官製造方便，好近水樓臺先得月，使計謀把甜姐兒送出豫王府呢？」

黃蓮睜開眼睛看著天空的月亮。「你放心，豫王會處理的。」

宋志遠嘀咕道：「豫王畢竟才十六歲……」

「雖然才十六歲，可豫王卻比有的人六十歲活得還要通透，你就放心吧！」黃蓮睜開眼睛，含笑安撫宋志遠。「最重要的是，得讓甜姐兒得到豫王歡心。」

宋志遠心中猶自忐忑，暗自忖度道：豫王的老丈人也不是好當的啊……還是得多多掙銀子，讓甜姐兒更有底氣些吧！

轉眼間到了萬壽節。

趙臻一早就進宮了。宋甜等女官也都穿著嶄新的女官禮服，隨著陳尚宮入宮賀壽。

韓王府諸位夫人和女官自在蕭貴妃居住的永宸宮候著，豫王府的女官則由陳尚宮帶領，在尚服局院子裡待著。

正值夏日，尚服局屋子裡有些熱，陳尚宮是熟客，便自作主張，帶著辛女官、姚素馨和宋甜坐在尚服局院子的葡萄架下飲茶等候。

尚服局的最高女官稱為「尚服」，管著宮廷服裝、首飾、儀仗等等。

如今尚服局的劉尚服是陳尚宮的好友，宮女出身，在宮中多年，憑著聰明勤快小心謹慎，做到了五品的尚服局最高女官。

她今日忙碌異常，但得知好友陳尚宮來了，還是特地忙裡偷閒跑來見陳尚宮，拉著手說了幾句話後，又悄聲問道：「未來的豫王妃呢？今日來了嗎？」

「來了，那套西洋鏡就是她送的。」陳尚宮笑著招手讓宋甜過來。「這就是宋女官。」

劉尚服含笑打量著宋甜，見她雖然帶著些稚氣，可是美貌精靈，堪配豫王，當下誇讚道：「宋女官果真美麗端莊。」她又道：「多謝妳的西洋鏡，我從未用過這麼清楚的鏡子，剛到手，還沒摀熱呢，就被尚功局的崔尚功要走了兩面。」

宋甜忙道：「若是尚服不嫌棄，我再讓人送幾套過來！」

劉尚服微微一笑。「哪裡能直接要禮物？讓妳家鋪子送六十套同樣的鏡子過來，我讓人去辦這件事。」

宋甜大喜，笑盈盈福了福。「多謝尚服照顧我家生意。」她又道：「富貴鏡坊有一種靶鏡，輕巧方便，我送尚服局的各位姊姊們一人一面！」

在座眾人見她活潑大方，都笑了起來。

姚素馨在一邊含笑陪坐，手裡擎著一盞熱茶，恨不得潑到宋甜臉上，心道：商家女真是目光短淺，到了這時候，居然還只想著做生意？

她放下茶盞，右手撫摸著左腕上的赤金雕鳳寬鐲子，嘴角翹了起來——且看罷，待會兒看宋甜怎麼哭。

劉尚服早看到姚素馨了，這會兒便道：「這位便是姚女官吧？」

姚素馨巧笑嫣然，起身福了福。

劉尚服點頭，只道：「姚女官甚是美貌。」

別的便不肯說了。

陳尚宮知道劉尚服是曹皇后宮裡大宮女出身，與蕭貴妃不對盤，對蕭貴妃和韓王母子的暗探自然也不客氣，不由得微微一笑。

眾人正在說笑，忽然坤寧宮派人來傳話，宣豫王府女官宋甜和姚素馨覲見。

陳尚宮和辛女官忙幫宋甜理了理髮髻，又幫她整理衣裙。

陳尚宮絮絮道：「皇后娘娘素來慈和，妳不必緊張，依禮而行就是……」

劉尚服立在一邊，見宋甜被大家圍著交代叮囑，姚素馨卻孤零零立在那裡，心中暗笑，故意抬手在陳尚宮肩膀上拍了一下。「別囉囉嗦嗦了，姊姊我賣妳一個人情，陪著兩位女官過去好了。」

陳尚宮給劉尚服使了個眼色，握住了劉尚服的手，含笑道：「那我可把宋女官和姚女官交給妳了。」

她特地把重音放在「宋女官」這三個字上。

劉尚服索利地答了聲「放心」，果真陪著宋甜和姚素馨出了尚服局，往坤寧宮去了。

原來白日壽宴過後，曹皇后特地在坤寧宮備了個家宴，在座的除了永泰帝、曹皇后和蕭貴妃，也就太子趙室和太子妃蓋氏、韓王趙致和豫王趙臻了。

坤寧宮正殿外面的廊下，已經候著幾個滿頭珠翠、衣飾華美的年輕女子了，見宋甜和姚素馨隨著劉尚服過來，齊齊看了過去。

姚素馨認出這些都是韓王府的諸位夫人，心中作酸，面上卻更加端莊雅重起來。

一個大宮女在旁立著，見劉尚服親自帶人過來，忙上前寒暄了兩句，道：「韓王府的女眷已經候著了，兩位女官既然到了，就一齊進去吧！」

劉尚服因曹皇后的寵愛，含笑道：「我帶她們進去。」

大宮女通稟後，宋甜等人隨著劉尚服進了正殿。

宋甜從尚服局一路走來，著實有些熱，誰知一進坤寧宮正殿，一股芬芳清洌冷森森的氣息就撲面而來。

原來這正殿裡用了冰，也不知用了多少，整個正殿涼爽芬芳，甚是舒適。

蕭貴妃一雙水汪汪的桃花眼往正行禮的宋甜等人看去，見宋甜禮儀甚是合乎規範，卻故意雞蛋裡挑骨頭。「那個髮髻上纏戴著紅寶石圍髻的是誰？儀態可差得遠呢！」

永泰帝看了過去，認出那小女官正是趙臻未來的王妃宋氏，便知自己這寵妃故意要挑事了，當下不動聲色。

曹皇后原本想作壁上觀，可是見趙臻雙目殷殷看向自己，想起趙臻一向和趙室交好，又想起自己當年和端妃聯合對敵的交情，便笑著道：「哦，那是阿臻的未婚妻宋氏，我瞧她的儀態倒是頗合規範。」

皇后和寵妃就這樣對上了。

永泰帝心裡自然是偏向蕭貴妃的，只是今日眾目睽睽，宋氏的禮儀儀態也的確無可挑剔，當著眾人的面，他也不好太過偏心，當下便道：「賜座吧！」

自有引座宮女領著宋甜等人入座。

趙臻看了宋甜一眼，又看向曹皇后，鳳眼含著笑意，亮晶晶的。

曹皇后見趙臻領情，抿嘴笑了。

蕭貴妃和趙致母子實在太強勢了，太子雖有朝臣支持，卻依舊左支右絀，若是有趙臻作為助力，到底會好一些。

一時開宴，階下樂聲響動，簫韶盈耳，絲竹和鳴，曹皇后引領著眾嬪妃向永泰帝把盞遞酒，衣香鬢影，一派和樂。

接著是太子帶了韓王和豫王遞酒。最後才是太子妃蓋氏帶著諸位皇子女眷遞酒。

太子良娣、宋甜及韓王府諸夫人及姚素馨立在後面。

姚素馨立在宋甜側後方，宋甜正後方則是太子良娣文氏。

她瞅準機會，趁著行禮之機，上方皇后嬪妃圍著永泰帝湊趣說話，眾人都不曾注意這邊，悄悄把衣袖裡的空心手鐲對準宋甜，摁開手鐲的泛子，把藏在空心手鐲裡的毒蜘蛛對準宋甜的後頸彈了過去。

宋甜正在行禮，覺得後頸癢癢的，趁著起身，假做撫摸耳墜，修長的手指一捏，就把小蜘蛛捏在了手裡。

她平日為了驗證毒藥藥性，常用蜘蛛等物驗毒，因此並不害怕，視線隨意一掃後，發現這種蜘蛛呈黑黃斑紋，雖說是毒蜘蛛，毒性並不大，即使咬了人，不過傷口紅腫而已，更是不懼了。

待太子妃遞酒罷，眾人一起歸位。

此時宋甜走在姚素馨右側，她身長又比姚素馨高半頭，便假裝抬手撫摸髮鬢，順勢把毒蜘蛛扔進了姚素馨立起的衣領內。

姚素馨覺得不對，伸手一摸，誰知小蜘蛛動作很快，在姚素馨雪白的鎖骨處咬了一口。

雖然不算疼，可姚素馨一眼就認出這隻蜘蛛正是韓王幫她準備的那隻毒蜘蛛，當即尖叫起來，一邊尖叫也罷，還一邊胡亂撕扯著衣服。

正殿內頓時亂了起來。

蕭貴妃正在等待這一刻，見女眷亂成一團，當即提高了聲音道：「陛下，豫王府的女官御前失儀，這樣的人，如何能配得上陛下的皇子？」

永泰帝最討厭失序，冷哼一聲道：「既是豫王府的女官，逐出去就是！」

趙臻早看清了尖叫的人正是姚素馨，聞言當即起身。「兒臣謹遵父皇敕令。」

他看向一邊侍立的黃蓮吩咐。「黃公公還不讓人把姚女官拖出去！」

黃蓮答了聲「是」，揮手命兩個太監堵了姚素馨的嘴，把她拖了出去。

韓王原本在看好戲，這會兒才意識到不對——這尖叫的女人難道不是宋氏？

待姚素馨被拖了出去，趙臻當即拉了宋甜一起跪下請罪。「啟稟父皇、皇后娘娘，兒臣治家不嚴，導致王府女官御前失儀，兒臣慚愧，願帶未婚妻宋氏回宛州封地，閉門思過不理世事。」

正殿內頓時靜了下來，永泰帝目光湛湛打量著趙臻。

「帶宋氏回宛州封地，閉門思過不理世事」，趙臻這是想要表明自己對皇位沒有野心，不願牽涉進皇位之爭？

宋甜跪在趙臻右邊靠後一些。

看著趙臻一向筆挺的背脊彎了下來，宋甜鼻子一酸，眼淚溢滿眼眶。

方才被蕭貴妃挑剔說「儀態可差得遠呢」時，她很鎮定；被姚素馨在御前用毒蜘蛛陷害時，她很鎮定；把小蜘蛛扔回姚素馨身上時，她很鎮定……

可是如今看到趙臻背脊彎下，拉著她跪在御前，宋甜的眼淚驀地湧了出來。

她自己不怕蒙受屈辱，卻不願趙臻如此。

宋甜清清楚楚，趙臻為何會跪在地上請求遠離京城，閉門思過的原因。

是因為蕭貴妃和韓王為了對付趙臻，對她一再出手；是因為如今趙臻沒有實力，人為刀俎我為魚肉，不得不低頭。

趙臻聽力極好，儘管宋甜盡力壓抑，可他還是聽到了宋甜吸鼻子的聲音。

知道宋甜在流淚，趙臻的心臟抽了一下，疼痛瞬間產生，又立刻消失。

他垂下眼簾，繼續跪在那裡，等待著永泰帝發話。

永泰帝打量趙臻良久，忽然開口道：「朕聽說，你的封地內發現了儲量極高的礦山。」

太子趙室驚訝地看向趙臻。

趙臻天真直爽，雖然不愛說話，卻也不像是能藏住心事的人，封地發現礦山，居然既沒有上報朝廷？也沒有告訴他這個做兄長的？

第三十三章

韓王趙致嘴角噙著一絲冷笑，看著跪在那裡的趙臻。

這還是定國公長子沈剛前些日子見到豫王府管家沈勤林，旁敲側擊打聽出來的。

趙臻思緒如電，立即抓到了永泰帝話中的漏洞。

永泰帝說的是「儲量極高的礦山」，而沒有點明是什麼礦山，這意味著什麼？極有可能是永泰帝的人只是發現了些蛛絲馬跡，卻並沒有確鑿的證據，故意來詐他。再說了，他在宛州深山的礦山位置極為隱秘，即使當地人也找不到具體位置。

電光石火之間，趙臻已經做出了決定。

他揚起臉看向永泰帝，眼睛濕漉漉的，嘴唇向上彎起，帶著委屈相，惹人憐愛。「父皇，您是不是弄錯了？兒臣封地裡哪有什麼礦山，倒是與臣封地毗鄰的許州山中，發現了煤礦和鐵礦，父皇您是不是指這個？」

永泰帝看向趙致——這是趙致稟報的消息，他已經派了密探前去宛州探查，不過才出發沒多久，還未曾有消息傳來。

趙致卻是一驚。

許州的確發現了鐵礦，可是定國公沈潛的長子沈剛卻未提到許州發現煤礦之事。難道沈潛的四子沈正在許州同時發現了鐵礦和煤礦，為了掩蓋煤礦，把煤礦據為己有，只把鐵礦報了上來？今晚就去見沈剛，看他怎麼說！

永泰帝原本想藉著礦山之事，每月敲詐趙臻一、兩萬兩銀子，用來彌補趙致的虧空，這會兒見趙臻一臉委屈相，說宛州沒有礦山，還說是相鄰的許州山中發現了鐵礦和煤礦，當下看向趙致。「阿致，到底是這麼回事？」

阿致這孩子真是的，朕何時虧待過他？他卻瞞著朕。

趙致忙走到趙臻身旁，拱手道：「啟稟父皇，兒臣也不知！」

永泰帝知道自己這嬌兒既倔且驕，說不知，就會一口咬定不知，不忍逼他，心一軟，便道：「那朕就把這件事交給你，你去調查吧！」

趙致答了聲「是」，已經在心裡把向他通風報信說趙臻封地似有礦山的沈剛大卸八塊無數次了——這老東西，居然敢把許州發現煤礦這樣的大事瞞了下來，當真是老奸巨猾！

趙臻見禍水東引成功，一臉委屈地道：「父皇，兒臣這次南行，再回京城不知會是何時，兒臣打算回宛州途中，繞道洛陽北邙山皇陵，祭奠母妃，與母妃告別……」

他的聲音越來越低，說到「祭奠母妃，與母妃告別」，聲音已經低得不可聞了。

永泰帝原本正滿懷慈愛地看著趙致，聞言似一盆冷水澆頭，一時默然。

二十多年前，定國公沈潛手握兵權，鎮守京畿。

他為了在帝位之爭中取得定國公的支持，對沈潛嫡女沈潔百般殷勤。得到沈潔的心後，他又以太后和文臣不希望勛貴之女為后作藉口，說服沈潔同意做側妃，另封從民間選上的曹氏為王妃。

只是自從在定國公府遇到沈潔的表妹蕭如月，他才知道，自己對沈潔，對曹氏，都只是為了權勢而將就，只有蕭如月，才是他心頭的白月光……

可恨曹氏都能坦然接受如月，為何沈潔不能接受？如月那樣放低身段，甚至沒名沒分為他做了兩年外室，以至於阿致晚出生兩年，沒能成為長子，錯失皇位繼承權——她沈潔有什麼立場不接受？

沈潔並不是因他和如月而死，她是因她自己的執拗剛烈和不識時務而死！

想到這裡，永泰帝心裡再無一絲內疚，淡淡道：「你是親王，出行牽涉甚廣，何必給地方增加負擔？罷了吧！」

趙臻頓了頓，答了聲「是」。

馬車駛入福安巷豫王府東邊，在東偏院前停了下來。

宋甜扶著月仙下了馬車，與辛女官一起陪著陳尚宮進了明間。

陳尚宮在羅漢床上坐了下來，神色疲憊。「妳們也都累了，都坐下吧！」

辛女官和宋甜在東側的圈椅上坐下來。

待丫鬟奉過茶盞，陳尚宮便道：「妳去外面守著。」

待房裡只剩下她和辛女官、宋甜三人，陳尚宮這才道：「出宮時，宮正司的王宮正派人和我說，韓王府的人拿了韓王的手令，把姚素馨要走了。」

這是宋甜意料中的事情。

前世姚素馨就以姚香之為名，成為新帝趙致最寵愛的宸妃。這一世雖然發生了許多變化，可姚素馨還是進入韓王府了。可這一世她還能不能成為宸妃呢？

陳尚宮又道：「王爺明日傍晚就要出發回宛州了，妳們兩個臨行前若是要見見親人，儘管和我說。」

辛女官心情有些低落，道：「尚宮，我已經見過姊姊一家人，沒什麼牽掛了。」

她姊姊一家在羊尾巴胡同居住，日子過得還不錯，不用再見了。

宋甜起身道：「尚宮，我打算先去看看王爺，然後再回柳條街一趟，和我爹說一下尚服局要訂西洋鏡的事，讓鋪子裡提前做好準備。」

陳尚宮點了點頭。「妳去吧，王爺已經回松風堂了。」

宋甜帶著月仙，慢慢向松風堂走去。

她離開東偏院時，夕陽西下漫天霞光，待她走到松風堂，夜幕已經降臨，晚風漸起。

琴劍迎了宋甜進來，低聲道：「宋女官，您來得正好，王爺一個人待在內書房裡，不讓我們進去。」

宋甜走到了書房前。書房裡沒有點燈，靜悄悄的，一絲聲音都沒有。

她抬手推開房門。房門「吱呀」一聲，裡面傳來趙臻沙啞的聲音。

「不要進來，我想自己待一會兒。」

「臻哥，是我。」宋甜輕輕道。

裡面沒有再說話。

宋甜待眼睛適應了屋裡的黑暗，這才摸索著走到了窗前榻邊。

榻上有一小團起伏。

宋甜眼淚撲簌簌落下——身材高挑的趙臻，縮成一團時，真的只有一小團。

她走過去，抱住了那一團，摸到他柔軟的臉頰，輕輕吻著，吻去了他臉上的淚水，尋到了他柔軟的唇，親吻了一下、又一下……

屋子裡靜極了。

外面晚風吹著松林，發出陣陣松濤，一波又一波，一浪又一浪，似置身於山林之中。

宋甜把趙臻抱在懷裡，低聲道：「你還有我呢，我發過誓的，我會一直陪伴你，直到你不需要我的那一日，我才會離開。」

趙臻在宋甜懷中，渾身顫抖，終於發出一聲悲鳴似的嗚咽，哭了起來。

他早早沒了母妃，以為父皇心裡還會有一點點位置留給他。

即便先頭有了準備，可他今日才確切認清，原來父皇心裡真的全然沒有他，早在母妃離開的時候，他就成了孤兒，只是他一直在自欺欺人罷了。

宋甜的手從後領探入趙臻衣內，在他光裸的背脊上輕輕撫摸著。

趙臻太瘦了，脊椎骨節節凸起。

待趙臻停止了嗚咽，宋甜才低聲道：「如今蕭貴妃和趙致勢大，即使咱們回了宛州，也依舊擺脫不了人為刀俎我為魚肉的局面。手中有精銳忠誠的軍隊，你才會有和別人叫板的底氣。回到宛州，你繼續經營宛州收攏諸衛所，我負責給你弄來西洋鐵火槍，掙大筆銀子借給你供養軍隊，咱們一起努力，總有破雲出月那一日，到時候你爹哀求你，你就可以高傲地看他一眼，然後冷冷道——『我沒有這樣的父皇』，拂袖而去終已不顧。」

趙臻原本滿心難過，聞言不由自主笑了起來，道：「我倒也沒那麼愛演戲。」

宋甜聽到了他的笑聲，心中驀地一鬆，柔聲道：「餓不餓？我讓人送晚膳過來吧！」

趙臻故意道：「我想吃妳親手做的飯。」

他的肚子也配合默契，發出了咕咕的叫聲。

宋甜原本想要找個理由拒絕，可是趙臻不愛聽人說謊話，於是只得老老實實道：「我是會做飯，只是我燒的飯菜特別難吃，真的難吃。」

趙臻總覺得宋甜什麼都會，見她也有吃癟的時候，不由笑了，道：「那我吩咐人送來，妳陪我一起吃。」

宋甜笑嘻嘻道：「好！」

趙臻不願讓宋甜看到自己狼狽的模樣，去浴間洗澡換衣去了。

宋甜歪在榻上，很快就睡著了，一直到晚飯送來，她才被趙臻叫醒。

福安巷豫王府的內廚房只給趙臻一個人做飯，飯菜異常精緻美味，宋甜接連吃了兩碗飯，又喝了一碗湯，這才放下筷子，接過月仙遞上來的茶盞漱口。

得知宋甜要去跟她爹說尚服局訂購西洋鏡的事，趙臻當下道：「今日太晚了，我派人去跟妳爹說一聲不就行了？」

宋甜吃得太飽，也有些懶懶的，便道：「我寫封信，你派人送給我爹。」

她爹在做生意這件事上，簡直是「敲敲頭頂腳底板會響——靈透了」，只要她說是尚服局訂購，雖然只要六十套，她爹也能心領神會，把事情辦得妥妥當當——貨物自然會是頂好的，鏡匣、鏡套也會很精美，該送禮送禮，該請客請客，售後也不馬虎。

信寫罷，琴劍進來取信。

趙臻又吩咐琴劍。「你問一下宋大人，看他要不要跟我們一起回宛州。」

如今雖是太平時候，可是從京城到宛州，要經過不少深山密林，到底不算安全。

宋志遠若是能跟他同行，一路有王府護衛保護，宋甜也能放心些。

宋甜在一邊聽了，待琴劍拿了信出去，忙笑盈盈道：「我爹的事多謝你！」

趙臻不愛聽客套話，身子舒舒服服靠回椅背上。「自己人，不必客氣。」

他看向宋甜。

昏黃燭光中宋甜的臉似被鍍上一層柔光，靜美不可方物，他忽然想起宋甜親吻自己臉頰和嘴唇時那種柔軟溫暖的感覺，不由自主抬手摸了摸臉頰，又摸了摸嘴唇，耳朵熱辣辣的，臉頰也熱辣辣的。

宋甜和趙臻私下一向熟不拘禮，見趙臻靠在椅背上，那張臉在燭光中清俊得不像真人，好看得很，便一瞬不瞬看了一會兒。

她發現趙臻不看她了，似有心事，以為他也累了，便道：「我回去了，臻哥，你早些休息吧！」

趙臻「嗯」了一聲，起身送宋甜離開。

夜裡，外面風聲嗚嗚松濤陣陣。

趙臻作了一個夢。

他夢見了宋甜。

早上棋書帶小廝進來侍候，趙臻把衾枕捲成一團，冷冷吩咐。「就這樣捲著全燒了。」

棋書答應了一聲，讓小廝在房裡服侍洗漱，自己拿了那包衾枕，尋了個僻靜之處，眼看著燒成灰燼，又用棍子撥了撥，把火灰撥開，這才回去覆命。

宋志遠果真如同宋甜所說，只用了大半日時間，把事情安排得妥妥當當。等貨物和薄禮都送進了尚服局，厚禮送到了劉尚服的外宅，他這才來到福安巷豫王府求見。

宋甜是在梧桐苑見宋志遠的。

趙臻派了個十一歲的小廝刀筆替她跑腿。

刀筆徑直領著宋志遠就來到了梧桐苑。「啟稟女官，王爺說了，宋大人以後進出王府，不必設限。」

宋甜親自給宋志遠奉了一盞茶，開門見山道：「爹爹，你願意和豫王府的人馬一起回宛州嗎？」

她清楚自己的爹酷愛自由，如花間蝴蝶雲中雁，最不耐煩受拘束。

宋志遠沈吟一下，道：「我跟著豫王府一起走吧，到底安全些。」

其實他更樂意自己走，不過既然豫王都發話了，為了女兒，他還是老老實實聽話的好，免得給宋甜招惹是非。

宋甜知道她爹愛交際，便道：「豫王不愛說話，你不要老去煩他。」

他爹愛交際，會說話，卻與趙臻性格相悖。

宋志遠微微一笑，爽快地答應了，心裡卻思忖著：我宋某人長袖善舞善於交際，未來小女婿卻是個悶葫蘆，到時候外孫不知道會是什麼性子……

宋甜想了想，又叮囑他。「我被封為豫王妃，只是陛下口諭，並未明確下旨，你回了宛州，不要與別人說起，免得事情不成，白白被人笑話。」

宋志遠神情肅然。「甜姐兒，我都明白，妳放心吧。」

他心思玲瓏，明白那些貴人高踞雲端之上，翻手為雲覆手為雨，自是可以朝令夕改，他和甜姐兒以後須得小心謹慎，免惹禍端。

待宋志遠隨著棋書去了，宋甜正要起身，陳尚宮那邊卻派了丫鬟來請她過去。

宋甜忙問小丫鬟。「尚宮這會兒叫我過去做什麼？」

小丫鬟跑得一頭汗，一邊用帕子擦汗，一邊道：「定國公夫人到了，王爺有事，陳尚宮在陪客，請您也過去。」

宋甜吩咐月仙給小丫鬟端了一碟子切好的西瓜，讓小丫鬟先吃，她進到裡間換女官服飾去了。

東偏院廊下立著好幾個陌生的丫鬟、媳婦和婆子，人雖然多，卻都靜悄悄的沒有聲音。

丫鬟掀開了細竹絲門簾，宋甜走了進去，見明間羅漢床上陳尚宮正陪著一個鬢髮如銀、衣飾華貴的貴婦人坐著，西側圈椅上坐著一個年輕少婦和一個年輕姑娘，東側圈椅上坐著辛女官和一個中年貴婦。

見宋甜進來，辛女官起身介紹。

原來那鬢髮如銀的老夫人是定國公夫人，中年貴婦則是定國公府的沈大太太，年輕少婦是大少奶奶秦氏，年輕姑娘則是定國公府四房的嫡女沈雪芝。

宋甜按儀行禮。

定國公夫人看向宋甜，打量著這位飛上枝頭的鄉下小麻雀，見她雖然年紀小，略帶著些稚氣，卻甚是美貌，氣質沈靜，便道：「宋女官果真美貌。」

坐在西側的大少奶奶秦氏「噗哧」一聲笑了，打趣道：「老太太，您眼睛可真毒，這位宋女官可真是美貌出眾呢！」

宋甜態度雍容，含笑看向她。

單看長相，這位大少奶奶秦氏和她的胞妹秦英蓮簡直不像是親姊妹。

秦氏身材豐滿，肌膚白皙，面如滿月，穿著件玫瑰紫紗衫，繫了條湖色月華裙，髮髻上插戴著一對滿池嬌分心金簪，上面嵌著成色極好的紅寶石，越發襯得一張臉明豔絕倫，堪稱人間富貴花。

宋甜第一次見趙臻的外祖母，不欲逞口舌之快，微微一笑，按照陳尚宮的吩咐，在辛女官左手邊的圈椅上坐了下來。

秦氏見宋甜不肯接招，便和坐在她旁邊的年輕姑娘說道：「雪芝，妳看我說的對不對？」

這年輕姑娘正是沈正的嫡女沈雪芝。

沈雪芝穿一件煙霞紅夏衫，繫了條粉白色挑線裙子，十分白皙秀美。她髮髻上只插戴著一支珍珠髮簪，白皙如雪的左腕上戴著一串碧汪汪的翡翠。

聽了秦氏的話，沈雪芝沒有搭腔，還對著宋甜微微一笑。

宋甜回以一笑，安安靜靜坐在那裡，聽陳尚宮與定國公夫人說話。

定國公夫人心裡清楚，永泰帝不可能讓豫王娶高門之女做王妃，不過側妃倒是有可能，因此除了初見時刺了宋甜一句，其餘時間就無視宋甜的存在，與陳尚宮大吐苦水大發牢騷。

「……一年沒見阿臻了，老身著實想念得很，得知阿臻進京，老身便歡天喜地在府裡候著，讓大廚房備好各種阿臻愛吃的食材，只等著阿臻過來，誰知等了又等，昨日才得到了阿臻要回封地的消息，今日忙趕了過來，拚著一把老骨頭，也要見阿臻一面。」

宋甜睫毛垂了下來，心道：臻哥為何不去定國公府，老太太您是真的不知道，還是在裝糊塗？

陳尚宮含笑道：「王爺這次進京為陛下慶賀萬壽節，著實忙碌，想必定國公夫人不會怪罪他的。」

定國公夫人被人捧慣了，根本不聽陳尚宮說話，自顧自地說：「潔兒早早去了，我這把老骨頭也不受待見，阿臻連我這外祖母都不理了，到京城這些日子，也不去定國公府一趟……」

宋甜嘴角噙著一絲笑，瞧著溫婉端莊，心裡卻道：端妃娘娘活著時，你們就投向了永泰帝寵愛的蕭貴妃；臻哥倒是想重視外家，可是外家卻全是趨致的人，成天豎著耳朵、瞪大眼睛找他的破綻好討好趙致，讓他怎麼去？

定國公夫人最後重重道：「這次若是見不到阿臻，老身是不會離開的！」

宋甜眼觀鼻、鼻觀心端坐在那裡，心裡又道：不見臻哥，您就不離開，您不怕熱嗎？

如今正是盛夏，屋子裡不比花廳四面透風，再加上要離開了，根本沒有用冰，宋甜不過坐了一盞茶工夫，身上就冒出了一層細汗。

她抬頭看去，發現沈雪芝出了汗，肌膚越發晶瑩雪白，而秦氏的妝卻有些花了。

陳尚宮搖頭苦笑。「老太太，您有所不知，我們王爺正在見陛下派來的人，而欽天監看好的出發時辰酉時三刻眼看就要到了，王爺哪裡還有時間來見您？您有什麼話，就和下官說吧，下官一定傳達。」

定國公夫人年紀大了覺得熱，兀自哼道：「老身不信，這會兒陛下會派什麼大人物來見阿臻？阿臻就是躲著老身罷了！」

陳尚宮沒想到定國公夫人如今越來越左性，倚老賣老到了這種地步，渾不把豫王放在眼裡，便也不開口了。

定國公府大太太生得富態和善，是在座眾人中最富態的，也是最耐不得熱的，不停地用帕子拭著汗。她看了對面端坐的沈雪芝一眼，心知老太太之所以賴在這裡不走，是想當面把沈雪芝託付給豫王。

沈雪芝是四房的嫡女，關他們大房什麼事，她要在這裡陪著受熱流汗？

她雖然熱得妝都花了，舉止依舊雍容，含笑問秦氏。「秦氏，這會兒是什麼時辰了？」

秦氏忙起身回話，她眼珠子滴溜溜一轉，從羅漢床上端坐的太婆婆定國公夫人，轉到了對面坐著的正牌婆婆大太太身上，笑吟吟道：「老太太實在是太想念豫王了，這樣一直等著也不是事，不如我陪著老太太，到松風堂去候著王爺。」

陳尚宮緩緩搖頭。「大奶奶有所不知，我們王爺年紀雖小，性子卻執拗，王府規矩森嚴，若是違犯，立即逐出，毫不留情。」

她看著秦氏，意味深長道：「王府規矩之森嚴，大少奶奶豈不是感受最深？」

這是拿秦氏的胞妹秦英蓮違犯王府規矩被攆走之事刺秦氏，秦氏頓時滿臉通紅，連耳朵尖都紅透了，她訕訕地搭訕了幾句，又坐了下去。

又上了一道茶後，陳尚宮看了看時辰，見距離酉時還有一刻鐘，便故意吩咐宋甜。

「宋女官，快到酉時了，距離出發只餘四刻鐘時間，妳去安排人搬運行李吧！」

第三十四章

宋甜答了聲「是」，退了下去。

出了明間，到了廊上，帶著夏日炎氣的穿堂風拂過，宋甜滿身的汗瞬間消了，立時涼爽起來。她認真指揮小廝和婆子，把眾人的行李都搬到了放行李的馬車上，然後才去向陳尚宮回話。

陳尚宮又吩咐她。「距離出發還有兩刻鐘，妳去提醒王爺一下，免得只顧著見人，誤了出發時辰，惹陛下不喜。」

在座眾人都知永泰帝篤信道教，做什麼事都要卜算吉凶，陳尚宮這也不算推託。

宋甜到了外面，見刀筆在外面候著，便低聲交代道：「你去松風堂瞧瞧，王爺那邊預備好出發沒有。」

根據方才屋裡的情形，趙臻應該是根本不想見定國公府的女眷，這才讓陳尚宮應付的，宋甜必須根據趙臻那邊的行動安排這邊的事情。

刀筆一溜煙跑了。他是趙臻奶娘的小兒子，年紀雖小，長得也跟沒睡醒似的，卻機靈得很，是趙臻的心腹小廝。

宋甜就帶了月仙，在竹林裡尋了個涼爽地界，等著刀筆回話。

不過一刻鐘工夫，刀筆就跑了回來。「女官，王爺已經出發了。」

宋甜聞言，心中暗笑，當下進去回話。

定國公夫人沒想到外孫子如此不給面子，根本見都不肯見她一面，就徑直出發了，當即氣了個倒仰。

大太太、秦氏和沈雪芝忙上前救治。

陳尚宮十分為難，皺著眉頭攤著手。「這可怎麼辦，我們這些女官也得出發了，若是違了時辰，王爺定會責罰的……」

大太太見狀，忙湊到定國公夫人耳畔，用極低的聲音道：「老夫人，不能讓王爺把人帶走，咱們可以主動把人送去呀！」

定國公夫人原本還閉著眼睛裝病，聞言立時睜開了眼睛，哼哼唧唧由兒媳和孫媳扶著出了門，上了軟轎，在丫鬟、媳婦簇擁下離開了福安巷。

送走定國公府的女客，陳尚宮也鬆了一口氣，立在垂花門下，看著四周的景致，嘆了口氣道：「再回來不知又是何時了……」

辛女官也有些悵惘。「王爺要在宛州王府閉門讀書，陛下又派了人監督，下次進京，怕是……唉！」

按照如今形勢，下次進京，說不定就是為了參加韓王進封太子的慶典。

陳尚宮心有戚戚然，也嘆了口氣。

宋甜卻是心情暢快。

離了京城，趙臻就如豹入山林魚歸大海，不但安全了許多，更是無拘無束。

到了城外長亭會合，宋甜發現蔡和春在和一個穿著錦衣衛指揮使服飾的人說話，旁邊還立著一個也穿著錦衣衛服飾的青年，不禁吃了一驚，問了陳尚宮才知道是錦衣衛指揮使葉襄和葉襄的兒子錦衣衛百戶葉飛。

錦衣衛是「掌直駕侍衛、巡查緝捕」的皇帝侍衛，首領錦衣衛指揮使一般由皇帝的親信武將擔任，直接向皇帝負責，可以逮捕任何人，包括皇親國戚，並進行不公開的審訊，因此錦衣衛一直是皇帝手中一支特殊的力量。

如今，永泰帝卻派錦衣衛指揮使帶著二百錦衣衛護送豫王回宛州，分明是不信任豫王，要押送豫王回宛州。

出了京城，趙臻一行人往南而去，到晚上就在驛站宿歇，天亮了才出發，不過半月時間，就趕到了宛州。

宋志遠是酷愛自由的人，這次一路隨著豫王府人馬，安全倒是安全了，只是很受拘束，一到宛州城東驛站，就來向豫王辭行。

豫王穿著騎裝騎在馬上，這一路行來曬黑了不少，他側後方正是錦衣衛指揮使葉襄、王府長史蔡和春與葉襄的兒子葉飛。

待宋志遠說完，豫王微微頷首，道：「宋女官怕是也想家了，你帶她回家住些時日，待七月初一再回王府銷假吧！」

宋甜該行及笄禮了，王府這段時間怕是不平靜，還是讓她避開一段時日比較好。

宋志遠忙謝過豫王，自去引了宋甜的馬車，從隊伍中脫離，另從一條小路繞到宛州城北門進城去了。

這兩個月宋志遠不在家中，二娘張蘭溪管家，治家嚴謹，每日關閉儀門，派婆子看守，她和三娘魏霜兒都不出門，各自在房裡做些針黹女紅。

小廝來後面取東西，張蘭溪都派個婆子跟著，到了晚間也是打著燈籠，帶著丫鬟婆子檢查了各處門戶，確定都無礙了，這才回到蘭苑歇下。

魏霜兒哪裡能忍受孤枕獨眠？但她勾搭宋榆，宋榆不敢再理會，於是轉而勾搭宋槐。

誰知宋槐雖然伶俐狡猾，卻對一個夥計家的女兒情有獨鍾，不好魏霜兒這一口，也沒勾搭上，她只得跟冬梅一塊兒混著，每日急得眼裡冒火口中聲喚。

這日傍晚，張蘭溪在蘭苑院中葡萄架下帶著兩個丫鬟錦兒和綺兒做針線，聽著魏霜兒在外面金銀花牆前假推掐花指桑罵槐。「大家都是小老婆，裝什麼？誰領妳的情，再哈巴狗兒似的舔，人家也不會把妳扶正，什麼阿物兒……」

綺兒聽魏霜兒越罵越污穢，實在忍耐不住，停下手裡的活計。「二娘，咱們就坐在這裡聽三娘嚷罵？」

張蘭溪舉起繡花繃子，比照繡繃上繡的一串葡萄和葡萄架垂下的真實葡萄，口中道：「老爺在一日，我就在宋府待一日；大姑娘將來繼承了家業，想必也能容下我——有人庇護著有何不可？何必聽她挑撥。」

當年丈夫亡故，她又不曾生下一兒半女，丈夫族中對她家產業早就虎視眈眈，甚至找人扮作閒漢，夜裡翻她家的牆，好尋她的錯處，霸占她的產業。

若不是嫁給了宋志遠，她如今不知道在哪裡曬牙渣骨，墳頭草都不知道多高了。即便宋志遠待她一般，也是給了她棲身之所。

那魏霜兒嚷罵了一會兒，口乾舌燥，被冬梅一陣風哄了回去。「三娘，我在井裡浸了個西瓜，涼陰陰、甜滋滋的，您趕緊回去嚐嚐！」

聽著魏霜兒的聲音越來越遠，錦兒道：「冬梅雖然掐尖要強，倒是個好的。」

張蘭溪笑了笑，道：「冬梅這丫頭人小心大，生得又好，還真不一定將來在哪裡呢！」

主僕正說著話，看守二門的婆子跑了過來。「二娘，老爺從京城回來了！」

張蘭溪聞言大喜，忙命人去叫魏霜兒一起到儀門處迎接，自己卻妝扮了一番，留綺兒看守門戶，帶著錦兒去了儀門處候著。

宋志遠戴著眼紗騎著馬到儀門外下來，後面跟著四輛馬車。

張蘭溪一見，心裡「咯噔」一聲，暗忖道：難道老爺又娶了幾個小老婆？她心中起疑，卻笑盈盈上前接應。「妾身給老爺請安！」

宋志遠被迫清心寡慾了一路，如今見了張蘭溪，見她肌膚白皙，容顏秀麗，穿了件水藍褙子，白挑線裙子，纖腰一束，身材高䠷，很是清雅，心中喜歡，道：「蘭溪，大姑娘在車中，快接她下車吧！」

這時宋甜已經扶著紫荊和月仙下了馬車，後面三輛車，一輛坐著小廝刀筆，兩輛裝著行李。

刀筆也從車上跳下來了。月仙和刀筆都是趙臻派來侍候宋甜的。

宋甜上前與張蘭溪見了禮，笑容和煦。「二娘在家辛苦了！」她看向宋志遠。「爹爹，二娘管理家務辛苦了，你可得好好謝謝她！」

宋志遠一雙會說話的桃花眼看著張蘭溪，卻沒說話。

張蘭溪臉驀地紅了，忙指揮著小廝卸下行李。

這時一陣香風襲來，接著便是柔媚的聲音。「老爺，您可回來了！」

眾人都看了過去，卻見魏霜兒帶著冬梅疾步而來。

宋志遠看向魏霜兒，卻見她粉臉朱唇，一雙眼似要滴下水來，嬌媚異常，不由得被勾得向前一步。「霜兒！」

宋甜在一邊咳嗽了一聲。

宋志遠馬上想起蔡大郎之事，似一盆冰水從頭澆下，一下子清醒了過來，矜持地「嗯」了一聲，道：「各自回房吧，我也去書房換衣淨面，大姐兒要在家裡住到七月，也得回房好好去整理一下。」

張蘭溪柔聲道：「老爺，我命人在花園萬花樓上擺下宴席，給您和大姐兒接風洗塵，可好？」

宋志遠點了點頭。

這時魏霜兒風擺楊柳般上前，一雙水汪汪眼睛只盯著宋志遠。「二姊姊既然要安排接風宴席，那我去書房服侍老爺吧！」

宋志遠心裡麻酥酥的，可是一想到宋甜和他說的話，哪裡還有旖旎之思，擺擺手道：「我自有小廝伺候，妳回房候著就是。」

待宋志遠帶小廝回了書房，張蘭溪忙張羅著安排宋甜回東偏院，見刀筆這小廝瞧著陌生，便問道：「大姑娘，這位是——」

宋甜含笑道：「二娘，這是豫王府的小廝，撥給我跑腿的，在外書房宋竹隔壁撥間房給他住，讓他白日在我那裡答應，晚上回去歇宿。」

張蘭溪聽宋甜說這叫刀筆的小廝「是豫王府的小廝，撥給我跑腿的」，便知宋甜雖然要回家住一陣子，卻不是被豫王府給逐出來了，當下記在心裡，自去安排。

宋甜頗為勞累，洗完澡，在院中梧桐樹下的竹床上睡著了。

紫荊和月仙忙忙碌碌收拾房間，整理行李。

金姥姥想念宋甜，這會兒便掇了張凳子坐在竹床旁邊，專門給宋甜打扇趕蚊子。

待宋甜醒來，夜幕早已降臨，院子裡的燈籠散發著昏黃的光，金姥姥依舊坐在竹床邊給她打扇。

宋甜聲音猶帶著睡意。「姥姥，我渴了。」

金姥姥忙叫紫荊送盞涼茶過來。

紫荊送了茶過來，服侍宋甜喝完，這才道：「屋子都拾掇好了，我住在東耳房，月仙住在東廂房。」她又道：「二娘那邊來叫兩次了，說已經在花園玩花樓擺好了酒席，請姑娘過去。」

到了玩花樓，宋甜才知道宋志遠被人叫走了，如今接風宴上只有她和張蘭溪、魏霜兒兩個姨娘，另有兩個從院中叫來唱曲的，一個喚作崔櫻兒，一個喚作申愛香，在旁拿著銀箏玉板，放嬌聲當筵彈唱。

偏偏魏霜兒面賽嚴霜，張蘭溪沒情沒緒，倒是宋甜有一段時間沒聽宛州彈唱了，頗為想念，鬆快地聽這兩個唱的唱了幾套曲子，又點了幾首懷古詞調，這才一人賞了她們一個一兩重的銀錁子，命人送她們回院中去了。

一時筵席散去，各自回房。

宋甜傍晚時睡了良久，這會兒精神好得很，便帶著紫荊去藥庫取了好些樣需要的藥材，讓金姥姥她們都去睡覺，自己在西暗間忙活了大半夜，又配製出不少藥丸子，有下毒的，有解毒的，準備全面。

睡下後，宋甜躺在床上，思忖著明日得叫錢興媳婦過來，看她恢復得怎麼樣。若是錢興媳婦恢復得好，說明她的解毒藥還是有效的，只需再進行部分改良。

早上，金姥姥在小灶上給宋甜做了早飯。

宋甜正在用早飯，在東偏院門口充當應門小廝的刀筆跑來回報，說一個自稱錢興媳婦的帶著女兒過來了。

宋甜大喜，忙道：「快請進來！」

片刻後，一個眉目秀麗的小媳婦牽著一個小女孩進來了，正是錢興媳婦和她的女兒繡姐兒。娘倆一進門，就跪下給宋甜磕頭。

「奴多謝大姑娘救命之恩，奴做牛做馬也要報答大姑娘！」

宋甜忙示意紫荊扶起這娘倆，笑吟吟道：「妳不用做牛做馬報答我，好好回答我幾個問題就行。」

錢興媳婦忙道：「姑娘請問，奴一定好好回答。」

宋甜也不吃早飯了，拿了紙筆，一邊細細詢問，一邊記錄，畢竟這樣來自病患的真實情況，實在是太難得了。

一時問罷，宋甜又親自看了看錢興媳婦的眼睛、舌苔，又看了身子別處，確定錢興媳婦恢復健康了，心中也為她歡喜。「妳餘毒已盡，身子已經好了。對了，妳丈夫和婆婆呢？」

錢興媳婦笑著道：「啟稟大姑娘，孩子她爹奉了老爺之命，出去做生意了，卻不知是哪裡。上次事情之後，二娘說大姑娘吩咐了，要把我和婆婆隔開，就賞了十兩銀子安家費用，讓我婆婆回鄉下老家住去了。」

她說著話，起身便又拉著女兒繡姐兒跪下。「姑娘，如今奴丈夫不在家，奴帶著女兒也是孤零，不如讓奴母女倆侍候姑娘，給姑娘漿洗衣服、做些粗活！」

宋甜聽了，思索片刻，這才道：「妳這是投靠我的意思嗎？」

錢興媳婦忙道：「若是大姑娘不嫌棄，奴娘倆願寫了投身文書，簽字畫押，追隨大姑娘！」

這還是她丈夫錢興臨出發時交代她的。

錢興雖然在宋家做夥計，卻只是雇傭關係，錢興要出遠門，擔心妻女在家被人欺侮，便想了這個法子，既能保全這娘倆，又能報答大姑娘恩德。

宋甜思索片刻，做出了決定。「妳既然有此意，那我得把醜話說前頭。跟著我，做得好有賞，做得不好會罰，若是敢背叛，我會一碗毒藥灌下去，大羅神仙也救不回來。」

她身邊的確是缺少可以使喚的親信之人，若是這娘倆誠信投靠，倒是可以留下。

錢興媳婦眼睛濕潤了，當下道：「大姑娘，奴不怕。奴娘倆一定好好侍候大姑娘。」

宋甜賞了錢興媳婦五兩銀子，又給了繡姐兒一對銀鑲白玉梨花釵，讓她們娘倆等候消息。

待錢興媳婦帶著繡姐兒離開了，宋甜吩咐紫荊。「去外面夥計住的地方好好打聽一下，看這錢興媳婦有沒有不妥。」

紫荊一直到快中午才回來。「姑娘，這錢興媳婦叫茜紅，今年才二十六歲，女兒繡姐兒，今年十歲了。這茜紅生得好看，自從錢興被老爺派出去，夜間老是有人在她家後窗敲窗摺瓦，這小媳婦倒不是個風流的，一直守著女兒關著門過日子，誰也不理。」

宋甜點了點頭。

紫荊又道：「這茜紅娘家爹是個廚子，她跟她爹學了些本事，會烹煮各種菜餚，善調各種湯水，咱們府裡夥計家辦酒席，都是請她前去的。」

宋甜聽了眼睛一亮，頗感興趣。「讓她傍晚來試一試，若是真的，以後就留下她娘倆在院裡答應。」

茜紅得知消息，下午就帶著繡姐兒過來了，胳膊裡還挎著一個大竹筐，裡面居然是洗剝好的雞鴨魚肉和各種菜蔬。而繡姐兒揹著一個木箱，裡面盛放著茜紅用的各種刀具和調料。一番烹煮煎炸，茜紅做好了三葷三素六道菜，外加兩道鹹湯一道甜湯，另有兩份點心。

宋甜一一品嚐，發現茜紅手藝著實高妙，不再猶豫，當場讓茜紅寫下了投身文書，讓宋竹帶著到衙門備了案，又賞了茜紅三十兩銀子安家費。「跟著我好好幹活，以後我定不會虧待妳們娘倆。」

茜紅歡喜得直抹眼淚。「大姑娘，晚間就讓我們娘倆搬進內院住吧，我們一定好好服侍……」

她男人不在家，那一夥搗子流氓越發猖狂了，大中午的，居然敢在後窗唱淫曲，她只能捂著繡姐兒的耳朵不讓她聽。

宋甜早有安排。「金姥姥年紀大了，讓她搬進西廂房住，妳們娘倆住在咱們院的門房裡，晚上應門也方便。」

茜紅含著淚笑了，忙行禮。「多謝姑娘，我這就找人搬家去！」

金姥姥住的門房，一明一暗兩間房，前後都有窗子，東西通透，母女倆正好夠住，既安全又舒適。

宋甜哪會讓女子自己搬家，當下叫了幾個小廝幫她們母女把家給搬了。

安頓好茜紅娘倆，宋甜正打算讓人看看她爹回來沒有，小廝宋梧卻來了。「大姑娘，老爺請您去書房，說有事要和您商量。」

宋志遠正在書房內的醉翁椅上歪著，兩個青衣少年在廊下漏窗外端坐，一個吹笛，一個彈琴，樂聲甚是悠揚動聽。

宋甜立在芭蕉後聽了片刻，整個人心都沈澱了下來，眼前似乎有寒山碧透，平林漠漠，驛樓靜立……

一曲奏罷，她這才走了過去。

宋志遠見女兒進來，依舊躺在那裡，神情陶醉。「甜姐兒，外面那兩個樂師怎麼樣？」

宋甜頷首道：「甚是高妙。」

宋志遠得意洋洋道：「這是豫王派人送來的，吩咐說平時在外書房伺候，妳若是出門，須得讓他們跟著。」

宋甜凝神一想，忽然覺得外面那兩位少年樂師似乎有些面熟，忙將他們叫了進來，稀罕地盯著看了又看。這兩個樂師分明是一對雙胞胎，約莫十六、七歲年紀，瞧著頗為清秀，一個左臉頰上有個酒窩，一個右臉頰上有個酒窩。

宋甜渾身寒毛都豎了起來——她重生前曾見過這兩個人！

那是一個月夜，他倆身穿錦衣衛服飾，陪著新帝趙致來到北邙山趙臻墓前祭奠。就是他倆！為何這對雙胞胎會出現在她家中？而且是趙臻命人送來的？

宋甜竭力讓自己平靜下來。

不管怎麼說，即使這兩兄弟如今真是韓王趙致的暗探，現在距離趙致與趙臻撕破臉還早，倒也不用太過緊張。

她端起一邊小几上放著的茶盞飲了一口，待清甜的蜜漬玫瑰花茶滑下喉嚨，這才開口問道：「你們叫什麼名字？是什麼來歷？」

左臉頰上有酒窩的那個拱手道：「啟稟宋女官，小的叫秦嶂。」

右臉頰上有酒窩的那個隨之道：「小的叫秦峻。」

秦嶂接著道：「小的與秦峻是雙生兄弟，先前在薊遼總督府中答應，後來蒙王爺青眼，這才離開遼東，進入豫王府答應。」

宋甜得知他們先前在薊遼總督府答應，不由得一愣。

如今的薊遼總督，正是趙臻庶出的三舅沈介，宋甜的舅舅金雲澤和表兄金海洋，如今都在沈介麾下效力。

前世，沈介一直是趙臻的堅定支持者。趙臻抗擊遼軍侵略時，沈介派麾下將領率十萬大軍接應。後來趙臻亡故，沈介也被解除了薊遼總督的職務，死在回京途中。

宋甜懸著的心總算是安定了些，含笑道：「好了，你們下去歇著吧！」

第三十五章

待書房裡只剩下父女二人，宋甜這才看向宋志遠。

「爹爹，到底是怎麼回事？」

宋志遠見宋甜神情嚴肅，當下坐了起來，道：「我早上剛到家，豫王貼身答應的小哥琴劍就帶著這兩個人過來了，說豫王聽說我有絲竹之好，就送了這兩個小琴師過來。」

他思索著，才道：「當時就在這書房裡，待宋竹退下，琴劍這才又說了些話，大意是妳若是出門，一定要帶著這對雙胞胎扮作小廝隨身跟著。」

宋甜端起茶盞飲了一口，在心裡慢慢分析著。

趙臻忽然給了她兩個月假，不但讓月仙和刀筆跟著來了，而且又派來了秦嶂、秦峻兄弟，他到底打算做什麼？

不管怎麼說，她還是先顧好眼前事，別的事情暫且順其自然。

心中計議已定，宋甜問宋志遠。「爹爹，三娘的事，你預備怎麼處理？」

宋志遠沈吟道：「我已經派錢興去閩州查探去了，錢興來府裡時，蔡大郎已經失蹤了，並不認識他。如今還沒有證據證明妳三娘居心不良，只能將就著，待錢興回來再說了。」

宋甜轉移了話題。「爹爹，錢興媳婦跟閨女寫了投身文書，如今都跟我了。」

宋志遠眼睛一亮。「不錯啊，我的閨女知道籠絡手底下使的人了！」

宋甜將來不管是做生意，還是當王妃，都得有自己的班底和親信。

如今宋甜知道籠絡人心，當真是長大了。

他心中歡喜，身子緩緩靠回醉翁椅中，修長手指敲擊著扶手，思索了片刻，接著道：「錢興媳婦人品很好，家世也清白，妳若是使著順手，待錢興回來，我和錢興說一聲，把他也給妳使用。」

家裡那些夥計媳婦、家人媳婦，看見他都是看了又看，一副羞答答模樣，有幾個膽大的，還會投懷送抱，倒是這錢興媳婦，一向規規矩矩、堂堂正正，從未主動勾搭過他，可見人品端正。

宋甜又問宋志遠。「爹爹，不是說要派兩個大夥計跟林七的船隊出海，你選好沒有？」

「選好了，就是王晗和付子春，王晗管著咱家經運河從松江販布的生意，付子春管著從湖州販絲綿的生意，都常在船上，我打算派他們跟著林七船隊出海。」

宋甜起身，執壺給她爹的茶盞添滿，又給自己添滿，這才接著問道：「黃太尉打算派誰出海，你知道嗎？」

「不知道啊。」宋志遠眨了眨眼睛。「總不會是他那個姪兒吧？」

宋甜實在是不想見到黃子文，當下道：「若是黃子文再來咱家，別留他住下，安置在外面客棧住下就是。」

宋志遠鄭重地答應了。「妳放心吧，妳爹明白。」

他曾有心把宋甜許配給黃子文，這事若是被豫王知道，倒是不美，因此以後須得避嫌。

父女兩人又說了幾句，宋甜起身離開，都走到廊下了，忽然想起件事，便轉身撩開翠竹門簾。「爹爹，二娘把家管得挺好，你總不能只讓她做事，一點好處都不給她吧？您早晚得娶太太，與其迎新，不如扶舊，倒是省心。」

她爹早晚要續弦，宋甜覺得與其適應新人，還不如就選二娘張蘭溪。張蘭溪聰明世故，細心周到，做事理智，不說心有多善，但為人還算厚道，做繼母也還不錯。

宋志遠擺擺手。「好了，知道了！」

他明白宋甜話中之意。

女兒以後是要做王妃的。他未做提刑時，與他家來往的女眷都是宛州富戶或者小官吏的家眷；後來他做了提刑所副提刑，來往的女眷就添了許多官員家眷；以後宋甜做了王妃，他家來往的女眷怕是要跟著水漲船高。

這樣的話，他確實須得有一個聰明理智識大體的太太來主持中饋了。

這是甜姐兒的體面，也是他的體面，得好好考慮。

宋甜帶著紫荊離開了書房。

經過蘭苑時，她吩咐紫荊。「妳在門外等著，我去見二娘。」

宋甜知道她爹一定會好好考慮府中缺少主母之事。她爹的性子和她一樣，不喜歡拖延，既然方才提到，晚上應該會去張蘭溪那裡，好看看張蘭溪合不合適。

宋甜想賣張蘭溪一個人情，以報前世她落魄時張蘭溪的贈銀之恩。

張蘭溪正在看帳，見宋甜來了，忙起身招待，吩咐錦兒去準備茶點。

「二娘，我說句話就走。」宋甜微微一笑，她湊近張蘭溪，低聲道：「我方才和爹爹在書房說話，提到了爹爹續弦之事。我和爹爹說，外面那些不知根底的，哪有二娘好。」

張蘭溪又驚又喜，一把握住了宋甜的手。「甜姐兒——」

宋甜凝視著張蘭溪的眼睛，低聲道：「二娘不是會彈月琴嗎？今晚在葡萄架下準備幾樣爹爹喜歡的菜餚，溫一壺他愛喝的金華酒，彈一曲他喜歡的曲子，再打扮打扮，熱情一些……二娘會心想事成的。」

別人宋甜不了解，她爹的喜好，她可太知道了。

錦上添花易，雪中送炭難。前世她最落魄的時候，大雪中是張蘭溪悄悄命丫鬟拿了二十兩銀子給她做盤纏。

這恩情，她銘記在心，如今正是回報之時。

張蘭溪抿了抿嘴唇。「甜姐兒，多謝！」

宋甜笑容燦爛。「那我就等待二娘的好消息了。」

掌燈時分，宋志遠果真去了蘭苑。

張蘭溪見他過來，心中歡喜，迎上前去，卻抿著嘴只是笑。

宋志遠還未曾見過張蘭溪有此小兒女之態，心裡一動，含笑打量著張蘭溪，卻見張蘭溪穿著白銀條紗衫，繫了條絳紅紗挑線縷金拖泥裙子，拖著一窩子杭州攢翠雲子網兒，越發顯得眉目秀麗，朱唇皓齒，身材窈窕。

他攬住張蘭溪的腰肢，笑著在張蘭溪額角親了一下。「蘭溪今晚很美。」

丫鬟錦兒機靈，帶著繡兒在葡萄架下擺好精緻菜餚，溫了一壺宋志遠愛用的金華酒，備好冰鎮果子，在香爐裡放了幾枚香球。

安排好這一切，她便帶了小丫鬟繡兒去蘭苑大門外守著了。

葡萄架四周掛了紗帳，石桌上放了白紗罩燈，菜餚齊整，水晶壺、水晶盞在燈光中閃閃發光，香爐散發著清雅的香氣。

張蘭溪給宋志遠斟了一盞酒，奉了上去，抱起月琴道：「奴給郎君彈一曲〈流年換〉。」

她難得有此柔媚之態，宋志遠心中喜歡，左手支頤，右手執盞，一邊飲酒，一邊傾聽。

「起來攜素手，整雲鬢。月照紗櫥人未眠……只恐西風又驚秋，暗中不覺流年換……」

琴聲悠揚，歌喉婉轉，在此夏夜良宵，分外動聽。

一曲罷，宋志遠上前抱住了張蘭溪。

第二天一大早，宋志遠把眾人都叫到蘭苑，當眾宣佈，要把張蘭溪扶正。

聞言張蘭溪用帕子捂住嘴，眼睛落下淚來。

宋甜忙笑著恭喜張蘭溪。「恭喜母親！賀喜母親！」

張蘭溪哭出聲來。

她愛了宋志遠這麼多年，以為一輩子也就這樣了，做他的不受寵小妾，在深宅之內孤獨終老，誰知竟有這麼一日。她知道這件事多虧宋甜出力，心中甚是感念，淚眼模糊，叫了聲「甜姐兒」，哽咽得說不出話來了。

宋甜安撫罷張蘭溪，看向她爹，笑盈盈道：「爹爹，這件事可是大事，家裡得好好慶祝一番，母親不方便出面，就由我來操持吧！」

宋志遠見女兒歡喜，心中也很歡喜，道：「好，都交給妳辦。」

他到底有些心虛，抬眼看向一直未曾開口的魏霜兒。「霜兒——」

魏霜兒掃了一眼張蘭溪和宋甜，冷笑一聲，屈膝福了福。「恭喜老爺，喜得美嬌娘。『銷金帳裡，依然兩個新人；紅錦被中，現出兩般舊物』，老爺可真有福氣！」

宋志遠眉頭皺了起來。「當著甜姐兒的面，妳混說什麼？」

真是上不了檯面，當著未出閣的姑娘說這樣的話！

魏霜兒抬眼看向宋志遠，桃花眼裡瞬間溢滿淚水。

宋志遠看得心一顫。

只見魏霜兒抬手用手指抹去眼淚，轉身而去。

宋甜看了失魂落魄的宋志遠一眼，抬眼目送魏霜兒的背影消失在影壁後，道：「爹爹，是不是得先請人看吉日良辰？」

宋志遠這才回過神來。「咱家一向用的是陰陽先兒薛先生，我這就讓人去請他。」

宋甜又跟她爹商量了幾件事，見她爹的注意力成功被轉移，這才放下心來。

好日子定在五日後。

這日宋甜正在明間幫張蘭溪寫給各家親眷的請帖，刀筆進來回話，把一封信奉給了宋甜。

宋甜看了看信封上的字，認出是趙臻的字跡，忙拆開了信。

信紙上只寫了八個字——「今日酉時，鮒魚之約」。

宋甜不禁笑了起來。

她把信紙攤平在方桌上，提筆在下面空白處寫了一個字——「好」。

宋甜折好信紙，放入信封中，重新封好遞給了刀筆。「把信送過去吧！」

刀筆出去後，宋甜重新開始寫請帖。

寫罷請帖，宋甜讓紫荊把寫好的請帖送到蘭苑，叮囑她。「妳和太太說一聲，就說待會兒我去書院街買些衣料花翠，問她有沒有需要我帶的。」

紫荊很快就回來了。「二……太太說她什麼都不需要帶，讓您好好逛逛。」

她把張蘭溪賞的一匣帕子拿給宋甜看。「姑娘，我過去的時候，太太正看著人在收拾行李，預備搬到內院上房去，見我過去，就把這匣帕子給了我，說是上好的蜀繡帕子，她兄弟從蜀地帶回來的，讓我帶來給您，要拿著玩也行、要賞人也行。」

宋甜看了看，發現是六方挑線白綾帕子，花色各個不同，十分嬌豔好看，便道：「這刺繡手法，與咱們這邊不大一樣，倒是更精緻更豔麗。」

她選了一方繡著牡丹花的帕子，剩下的五方讓紫荊拿去，讓紫荊、月仙、金姥姥、錢興媳婦和繡姐兒五人分了。

宋甜換了見人衣裙，待馬車備好，便帶著紫荊去了儀門外。

馬車已經在儀門外候著了，前面駕車的車夫正是秦嶂和秦峻。他們兄弟兩人惹眼，可穿上青衣，戴了小帽，做尋常小廝打扮，瞧著也就是俊秀一些的小廝罷了。

宋甜登上馬車，坐定後才道：「去書院街。」

前面不知道是秦嶂還是秦峻答應了一聲，駕著馬車出了臥龍街，往書院街而去。

到了書院街街口外，馬車停了下來。

宋甜戴著眼紗下了馬車，帶著紫荊進了書院街。

秦峻兩兄弟一個看著馬車，一個提著包袱跟在宋甜和紫荊後面，宋甜還是從臉上酒窩的方位判斷出跟她的正是秦嶂——秦嶂的酒窩在左臉頰上。

距離約好的時間還有半個多時辰，宋甜也不急，慢悠悠在書院街逛著。

書院街是宛州城內最繁華之處，珠寶首飾、綾羅綢緞、胭脂水粉、文房四寶、書冊話本是樣樣俱全。

她在一家獨玉鋪子裡看上了一件獨玉雕成的貔貅和一座獨玉觀音，便都買了下來，預備送給宋志遠和張蘭溪做禮物。

宋甜吩咐秦嶂把裝在匣子裡的貔貅和觀音送到馬車上去。「這太重了，你拿著太累，還是送到馬車上去吧！」

秦嶂卻輕輕鬆鬆拎了起來，笑嘻嘻道：「姑娘，我力氣大得很，不覺得重，您不用擔心。」

宋甜默然，她其實是想支開秦嶂。

秦嶂似乎能看透宋甜的心事，歪著腦袋，眼睛瞇著，酒窩深深，笑得可愛極了。「我知道姑娘還要去書肆買書，我跟著姑娘過去，正好幫姑娘搬書。」

宋甜這下明白了，秦嶂知道汗青書肆的存在。

他既然連趙臻的這些秘事都知道，宋甜也沒什麼可避著他了，便道：「那就煩勞你了。」

秦嶂一手提著一個挺重的匣子，笑容燦爛。「姑娘，小的不累。」

宋甜又進了自家的宋記綢絹鋪，讓掌櫃把從湖州新運來的綢絹拿出來，挑選了一疋淡青色湖州絹、一疋月白雲綢、一疋大紅織金緞子、一疋鵝黃綾、一疋湖藍綃，讓掌櫃派夥計送到臥龍街宋府，又吩咐道：「記到我爹帳上吧！」

她爹甚是慳吝，凡是她家的鋪子，除了宋甜可以記在他帳上，別的不管是誰，都是親歸親，明算帳。

掌櫃自是認識自家大姑娘，笑著答應了一聲，道：「大姑娘，鋪子裡有新到的杭州細絹，特別透氣吸汗，夏季穿正好，也送一疋到府裡吧？」

宋甜笑著道：「行，那就要月白色的。」

她爹喜歡穿月白色直綴，宋甜打算孝敬她爹一件月白杭州絹直綴。

出了宋記綢絹鋪，宋甜繼續慢悠悠往前走。

紫荊見宋甜走得慢，與往日逛街時的大步流星不同，忍不住問道：「姑娘，您在看什麼？」

宋甜看著街道兩邊的鋪子。「我在想，若是在這書院街開間鏡坊，不知道會怎樣。」

生意應該會很好，這可是整個宛州的獨門生意。

哪個女子不愛照鏡子？西洋鏡可比一般銅鏡清晰多了。只要她打開局面，下面就可以步步鋪開，總有一日，宛州官紳富戶家的內宅，都會擺著她家鏡坊的西洋鏡。

逛著逛著，宋甜就繞到書院街後的金桂曲街。

金桂曲街街道深幽，遍植金桂，街道兩旁全是書肆或者古玩玉器鋪子，與喧鬧的書院街相比，很是清靜雅致。

看到前面木柵欄圍著的滿植薄荷的小花池，宋甜不由得笑了，道：「咱們進汗青書肆逛逛吧！」

片刻後，宋甜獨自一人穿過汗青書肆後面的紗門，進了書肆後的院子。

琴劍正在門後候著，見宋甜進來，笑著上前做了個揖。「小的給宋女官請安。」

宋甜微笑頷首，遊目四顧，打量著眼前這個小院。

小院花木扶疏，綠意盎然，廂房前種著兩株石榴樹，掛滿了紅豔豔的石榴花，在油綠葉片的映襯下，紅得耀眼。

琴劍引著宋甜往前走，走到了正房前，撩開青紗門道：「主子在裡面候著。」

宋甜進了明間，卻見裡面窗明几淨，全套的黃花梨木家具，簡單清雅。

這時東暗間門上的簾子掀起，一個身材高眺的清俊少年走了進來，鳳眼朱唇，青綃直綴，布鞋淨襪，正是豫王趙臻。

宋甜卻是一愣——從京城回來的路上，趙臻臉頰還帶著些嬰兒肥，不過幾日工夫，臉頰就瘦成這樣了？這……不太對吧？前世趙臻到了二十多歲，都上戰場殺敵了，臉頰上的嬰兒肥還沒有全消掉，留著幾分餘韻呢！

見眼前的美貌少女只顧打量自己，眼中滿是審視之意，那清俊少年便低頭輕咳了一聲，道：「先請坐吧！」

宋甜這下確定這不是趙臻了。

聲音乍聽很像，可是趙臻的聲音帶著清泠泠的餘韻，特別好聽，這人不是趙臻！

她臉上的笑意早已消失，盯著眼前這人。「你是誰？」

這時候東暗間的門簾再次被人撩起，又一個身材高眺的少年走了出來，也是鳳眼朱唇，青綃直綴，布鞋淨襪，與方才那人一模一樣。

他雙手負在身後，鳳眼看著宋甜，抿著嘴笑了。

宋甜確定了，眼前這位，才是真正的趙臻！

她湊近了，閃電般伸手捏了捏趙臻的臉頰，發現手感依舊，又軟又彈，這下徹底確定了，退後半步，端端正正屈膝行禮。「給您請安了！」

宋甜又彈他的臉頰了！

趙臻見她認出來了，便抬手做了個手勢。假趙臻見了，匆匆退下。

趙臻帶著宋甜進入西暗間，兩人在窗前榻上坐下，他這才問宋甜。「妳是怎麼看出來不同的？」

連陳尚宮都沒看出他和替身的不同，宋甜到底是怎麼分辨出來的？

宋甜得意得很，大大杏眼中似有星光閃爍。「鰣魚呢？你不是說要請我吃鮮鰣魚嗎？」

她上次來汗青書肆，趙臻親口答應她。「下次我得了鮮鰣魚，請妳吃鮮鰣魚。」

宋甜怕他忘記，還特地跟他勾勾手指了。

趙臻見她笑得可愛，心裡似有春水盪漾，整個人身心俱酥。

他移開視線，看著外面油綠的芭蕉。「放心吧，一會兒就可以吃了。」

宋甜見他耳朵尖紅紅的，便故意調笑道：「咦，耳朵紅了，臉怎麼沒紅？哦，原來是因為一路騎馬曬黑了！」
趙臻被她逗笑了，端起素瓷茶壺給宋甜倒了一盞清茶。「妳到底怎麼認出來的？」
宋甜不肯說，故意賣關子。「等我吃到了鮮鰣魚再說吧！」
趙臻見她賣關子，翹起右嘴角笑了笑，難得帶著幾分俏皮。「我還給妳準備了一壺玉梨春，配鰣魚吃正好。」
這時候外面傳來腳步聲，宋甜從窗子往外看，原來是琴劍提著食盒過來了。
兩人都收斂了笑意，各自起身用香胰子淨了手。
琴劍擺好酒菜，就退了下去。
四道冷盤，四道熱菜，葷素皆有，皆是罕見珍貴的食材，中間則是一尾蒸鰣魚。
這一頓飯宋甜吃得暢快極了。
酒足飯飽，又用香茶漱了口，宋甜倚著靠枕歪在榻上，待琴劍進來撤下席面炕桌，屋子裡只剩下她和趙臻兩個人，這才對趙臻說道：「想要我告訴你分辨真假的訣竅嗎？湊過來一些。」
趙臻原本端正地坐著，見她如此放鬆，便也倚著一個靠枕在榻上躺著，他到底喝了點酒，聞言居然真的把臉湊了過來。
宋甜伸出兩根手指，在趙臻臉頰上捏了捏，笑嘻嘻道：「臻哥，訣竅就在這裡呀！」

趙臻躺了回去，也抬手捏了捏自己的臉頰，道：「我這臉頰肉特別煩人，我再瘦它都在，弄得我這麼大了，看著還是跟小孩兒似的，不夠莊重。」

宋甜飲了幾盞酒，有些暈乎乎飄飄欲仙。她起身去摸趙臻的臉頰肉，誰知沒支撐住，一下子跌到趙臻懷裡，臉正好貼在趙臻胸前。

宋甜用力在趙臻胸前吸了一口氣，道：「好好聞啊！」

她又道：「我喜歡你的臉頰肉，摸著多好玩！」

前世作為幽魂跟著趙臻時，她好多次想摸趙臻的臉頰，手伸了過去，卻根本摸不到。

宋甜的臉貼在趙臻胸前，他耳朵都快滴血了，手足無措，身子僵直躺在那裡，過了一會兒才道：「甜姐兒，我明日要出一趟遠門，大約要兩年後才能回來，妳的及笄禮我趕不上了，我想——」

宋甜沒說話，趙臻許久才發現她趴在自己身上睡著了——嘟著嘴還睡得挺香。

第三十六章

宋甜是被紫荊和趙臻聯合弄醒的。

紫荊用胳膊托著她的後頸，趙臻左手扶著宋甜下巴，手裡拿著用涼水浸透的手巾，在宋甜臉上胡亂擦了幾下。他還怕宋甜醒得不透，特地照顧了宋甜的眼皮和鼻子，用濕手巾在宋甜眼皮、鼻子上擦拭了好幾次。

宋甜果真如趙臻所願，醒得透透的。

她一睜開眼睛，就發現趙臻細長的鳳眼瞪得圓溜溜，正湊近了觀察她，手裡還握著濕漉漉的手巾，似乎隨時會再給她來一次。

宋甜挺怕那冰涼潮濕的感覺，忙掙扎著起身，道：「我醒了，我醒了！別弄了！」

紫荊待宋甜坐穩，這才捂著嘴忍著笑出去了。

宋甜盤腿坐在榻上，低頭垂目看自己被水滴打濕的衣襟。

她今日穿著水紅衫子，被水打濕之後特別明顯。

趙臻見狀，略有些羞愧，連忙往外走，口中道：「我讓紫荊拿衣服進來服侍妳換上。」

宋甜心裡有事，忙叫住了他。「臻哥，不必換衣服了，夏天衣服乾得快，一會兒就乾了。」

趙臻到底還是吩咐人送了盛著各色水果的水晶盤進來，放在炕桌上，自己在隔壁坐好，等待宋甜問話。

宋甜拿了一個又甜又粉的黃杏，慢慢吃著，整理著思緒。待一個黃杏吃完，她這才抬頭看向趙臻。「我隱隱約約聽到你說什麼要出一趟遠門……」

趙臻「嗯」了一聲，道：「如今豫王府太多雙眼睛盯著我，不管是父皇還是朝中文臣，都想把我養廢，這樣以後削藩時也省得麻煩。」

「可我不想這樣。我想做一些事情，證明我自己的價值，我不是廢物，我能為國為民做事，未曾辜負百姓的奉養。薊遼總督沈介是我的三舅，一向照拂我，我想讓替身代替我待在王府，我自己則前往遼東，在三舅麾下效力，錘鍊自己。」

他對行軍布陣練兵打仗一向極有興趣，早想去試一試了。

宋甜一直安靜地傾聽著，一直到趙臻說完，這才道：「你既然做出了決定，那就去實現吧，我會一直支持你的。」

她背脊挺直盤腿而坐，雙手放在小炕桌上，雙目晶瑩，眼神堅定。「你在遼東邊塞從軍，我在宛州家鄉經商，等我們再相見，你是久經戰陣的少年王，我是富甲一方的小富商，你若是想要繼續向上走，那我就為你從西洋購來大批鐵火槍和火藥彈，為你備好豢養私兵的軍費，怎麼樣？」
趙臻凝視著眼前的少女，只覺得豪情壯志溢滿胸臆之間。
他向著宋甜伸出尾指。「我們勾勾手指！」
宋甜眼睛彎彎，伸出尾指與趙臻勾勾手指。「一言為定！」
趙臻與宋甜勾過手指了，卻羞澀起來，低頭在水晶盤裡逡了一會兒，終於挑選出顏色形狀都最完美的一枚梅子遞給了宋甜。
趁著宋甜吃梅子，趙臻又道：「我離開之後，假豫王會尋個由頭，不讓妳回豫王府，妳得做好心理準備。」
他怕宋甜誤會，忙又補充了一句。「等我一回來，我就派人去接妳。」
宋甜想了想，道：「這樣也好，我能去做自己想做的事了。」
她看向趙臻，眼中帶著一抹深思。「琴劍和棋書你都會帶去嗎？」
趙臻笑了。「棋書留在王府，琴劍我帶走。」
假豫王身邊一定得留一個他的親信，與調皮機靈的琴劍相比，棋書更穩重，思慮更周全，更適合留在豫王府。
宋甜又問道：「秦嶂、秦峻兩兄弟是怎麼回事？」
趙臻笑容狡黠。「反正他們會好好保護妳的，妳就放心用吧！」

他叮囑過秦嶂、秦峻，將來若是他出事，須得繼續保護宋甜，一直到宋甜不需要他們，讓他們離開為止。

宋甜心中狐疑，卻不再多問，又伸手揀了一枚櫻桃，送入口中，挪動舌頭慢慢品嚐著。

趙臻看著她，眼神溫柔中帶著一絲傷感。

他也和假豫王說了，若是他出事，便讓假豫王以豫王身分稟明永泰帝，另選王妃，還給宋甜自由。

宋甜見時間不早，便起身告辭。

趙臻立在廊下，目送宋甜身影消失在庭院裡的樹枝花影之後，心裡湧起薄薄的淒涼。

明日一早他就要出發了，再相見不知是何時，遼東邊疆隨時都有戰事，刀光劍影，也許他和宋甜永遠也不會再相見……他即使離開，也得為她安排好一切。

宋甜這樣好的姑娘，應該有更光明璀璨的未來。

宋甜坐在馬車裡，思索著前世之事。前世許多想不通的事，如今漸漸都接上了。

為何趙臻明明對她有好感，卻眼睜睜看著她嫁給黃子文？

也許那時他已經易容改裝去了遼東。

為何兩年後她重回宛州，會在碼頭遇到琴劍，而趙臻為何得到消息會去客棧見她？

也許那時趙臻已經從遼東回來。

前世真是陰差陽錯，一旦錯過，就再難聚首……

這一世，宋甜想要好好把握。

你去遼東，我可以去遼東尋你。你到哪裡，我就去哪裡。

我不信，這一世我們還會彼此錯過。

回到家中，得知張蘭溪已經搬到了上房居住，這會兒宋志遠也在上房，宋甜便帶了禮物往上房去了。

宋志遠正在上房吃酒，張蘭溪在旁陪他。

見宋甜進來，張蘭溪忙笑著起身相迎。「大姐兒，上好的甜薄荷酒，給妳斟一盞吧！」

今日喝過酒，宋甜笑著拒絕了，道：「父親，太太，我去逛街，也給你們帶了禮物！」

看到宋甜送他的獨玉貔貅及送張蘭溪的獨玉觀音，宋志遠心中歡喜，在心裡估了估價錢，開口問宋甜。「這貔貅和觀音多少銀子？」

宋甜說了價錢，又歡歡喜喜道：「爹爹，貔貅以四面八方之財為食，招財聚寶，只進不出，放在你書房裡正好辟邪招財！」

宋志遠聽了，歡喜中又摻雜了許多心疼——這也太貴了吧？甜姐兒被玉器鋪子給坑了！

他心中滴血，面上卻不動聲色，道：「甜姐兒，爹爹多謝妳的禮物，正好擺在書房裡聚財。」

張蘭溪忙也笑著道：「大姐兒，我也謝謝妳，恰好東廂房空著，我把這尊獨玉觀音請到東廂房，早晚上香，四時果品供奉，求觀音菩薩保佑咱家，福運昌隆財源滾滾。」

宋甜想起自己讓綢絹鋪送回家的貨物，忙和宋志遠說道：「爹爹，我想給你做件月白杭州絹直綴，就在宋記綢絹鋪選了幾疋綢絹，記在了你的帳上。」

宋志遠聽到宋甜前面那句「爹爹，我想給你做件月白杭州絹直綴」，只顧著高興，全然沒認真聽後面的「選了幾疋綢絹，記在了你的帳上」，眉開眼笑。

他笑道：「嗯，我的女兒很孝順嘛！」

張蘭溪卻在一邊聽出來了，對著宋甜只是笑，心道：老爺精明了一輩子，他的便宜，也就大姐兒能占一占了。

宋甜見張蘭溪對著她笑，湊近張蘭溪，低聲道：「太太，我特地為妳選了一疋大紅織金緞子，待會兒我讓人送來。」

張蘭溪也有些驚喜，忙道：「甜姐兒，妳太客氣——」

宋甜豎起食指擱在唇前，眼波流轉看了她爹一眼。

張蘭溪笑了起來，不再提這件事。

夜深了，宋甜起身要回東偏院。

宋志遠只顧坐定喝酒，張蘭溪便起身相送。

一直送到了影壁那裡，張蘭溪低聲對宋甜說道：「今日妳出去後，妳三娘的娘家妹子讓她女兒過來捎信，說妳三娘的娘病了。妳三娘鬧著要去伺候她娘，好說歹說非要回去，後來妳爹就讓她回去了。」

宋甜看向張蘭溪。「她說沒說什麼時候回來？」

張蘭溪搖了搖頭。「只說待她娘好些了再回來。」

宋甜又問：「二娘，妳知道三娘娘家在哪裡嗎？」

張蘭溪想了想，道：「聽說是在觀音橋那片，具體在哪兒，我也不是很清楚。」

宋甜一回到東偏院，就叫了刀筆過來，叮囑道：「你回外書房，和秦嶂、秦峻說一聲，讓他們去觀音橋三娘娘家那邊看看，弄清三娘的娘魏婆子到底生病沒有，三娘有沒有在娘家照顧她娘，家中有沒有二十七、八歲長得甚是英俊壯碩的男子出入。」

刀筆記在心裡，又跟宋甜說了一遍，確定無誤了，這才一溜煙往前面去了。

又過了兩日，正是李玉琅出嫁的日子，宋甜陪著張蘭溪到李家賀喜。

除了宋家官中送李玉琅的壓箱禮物，宋甜自己私下裡又送了一對金鑲紅寶石玫瑰釵給李玉琅做壓箱禮物。

李玉琅依依不捨，挽著宋甜的手眼睛濕潤了。「甜妹妹，我這次去了陝州，陝州那麼遠，咱們再見面不知道什麼時候了……」

宋甜心裡也有些難受，轉移話題道：「我剛剛在堂上瞧見妳未來夫婿王公子了，他生得可夠俊的呀！」

李玉琅有些羞澀。「他哪裡俊了？生得大手大腳、長胳膊長腿的，我十分看不慣。」

宋甜驀地想起趙臻。

趙臻也是長胳膊長腿的纖細高䠷身材，偏偏寬肩細腰大長腿，倒是比李玉琅的夫婿身材更好看。不過這個時候，趙臻行到哪裡了？他夜間是在客棧投宿，還是宿在荒野？他一路北去，身邊跟的人都有誰？

雖然知道前世趙臻應是安全到達遼東的，可是宋甜依舊控制不住地牽腸掛肚。

傍晚從李玉琅家回來，宋甜剛在儀門外下車，就看到秦峻做小廝打扮，在一邊給她使了個眼色。

宋甜便道：「秦峻，你來幫我把衣箱送到東偏院去。」

大戶人家女眷出門赴席，中間要換衣服，因此出門都要帶著衣箱。

秦峻答應了一聲，抱著衣箱先去了東偏院。

宋甜把張蘭溪送回了正房，這才回了東偏院，秦峻正在廊下候著。

宋甜進了明間坐下，吩咐紫荊在外面廊下做針線，然後把秦峻叫了進來。「三娘那邊怎麼樣了？」

秦峻行了個禮，一五一十稟報道：「大姑娘，小的在觀音橋那邊盤桓了兩天，那魏婆子說是生病了，請了個遊方郎中進去，到天黑才送了出來。那郎中甚是英俊壯碩，只是肌膚黑得很，臉頰上還有一道刀疤。郎中離開之後，魏家未曾出去抓藥，小的也未曾聞到她家傳出熬藥的氣味。」

秦峻又接著道：「小的一直在她家宅外晃悠，子時三刻，那郎中卻又進了魏家，一直待了一夜，第二天上午才換了件青色道袍，戴著眼紗出去了。小的便一直跟著，卻見那人去了書院街專賣西洋貨的賴家商棧，待了半日，再出來又是遊方郎中打扮，又去了觀音橋魏家。」

宋甜回憶著爹爹說的蔡大郎的模樣，細細問了秦峻，最後斷定，這位身材高壯的「遊方郎中」，應該就是從閩州返回的蔡大郎了。

蔡大郎和魏霜兒，到底要做什麼？

宋甜正在思索，繡姐兒的聲音自外面傳來。「姑娘，三娘來瞧您了！」

宋甜略一思索，吩咐繡姐兒。「妳且等片刻再去傳話。」

她看向秦峻。「你先去金姥姥房裡待一會兒，待三娘離開了再過來這屋。」

待秦峻離開，宋甜叫了紫荊進來，低聲吩咐道：「等會兒三娘進來，妳按照我的吩咐去泡兩盞果仁泡茶，就用那套四季花卉瓷器中繪著冬梅和繪著迎春的那兩個茶盞，加入蜂蜜，泡得甜甜的。往繪著冬梅的那盞茶裡放入藥物，送進來時擺在我的面前。」

紫荊有些詫異，卻知宋甜做事心中自有溝壑，也不多問，接過宋甜遞過來的小瓷瓶，裝入袖中，自去外面茶閣備好了茶盞。

一切佈置妥當，宋甜這才吩咐繡姐兒。「妳去請三娘進來吧！」

雖然錢興娘子給她搬了張杌子，請她在門房明間坐等回話，可魏霜兒寧願立在東偏院大門外看牆上攀爬的常春藤，也不願進門房坐下。

進宋府這幾年，她一直很受宋志遠寵愛，即使繼室吳氏在時，她也敢和吳氏分庭抗禮。那時的宋甜，不過是個沈默寡言不受親爹重視繼母待見的小姑娘罷了。不知何時，宋甜在宋府越來越重要，越來越得宋志遠重視，而她魏霜兒來到東偏院，居然還要立在門口等待小丫鬟通傳……

所有這一切，不過是因為她沒有為宋志遠生下兒子，若是她生下兒子，宋府這偌大的家業，就都是她的了，還有宋甜這小賤人什麼事？到如今陰差陽錯，只有放手做一場，洗劫宋家，殺宋家滿門，然後帶著大批金銀隨蔡大郎投奔閩州那邊的海盜這一條路了。

正在魏霜兒沈思之際，大門口傳來繡姐兒清脆的聲音。「三娘，大姑娘請您進去！」

魏霜兒抬手理了理鬢角，輕移蓮步，登上臺階，進了東偏院。

在她的印象中，東偏院是個極僻靜的地方，院中長滿了花樹，角落裡還有金姥姥開闢的菜園子。

如今再來，東偏院還是老樣子，只是多了許多人氣，不像先前那樣荒涼冷寂了。

「三娘來了！」宋甜那少女特有的清甜聲音傳了過來。

魏霜兒一抬頭，見宋甜出來迎接自己了，她穿了件月白綾窄袖衫，繫了條繡蓮瓣纏枝紋的水紅裙子，烏黑髮髻上只戴了一朵金累絲嵌紅寶石花，越發顯得一張小臉晶瑩潔白，眉目濃秀，櫻唇嫣紅。

年輕可真是好啊！

魏霜兒微微一笑，道：「勞動大姐兒出來迎接，我可不敢當！」

宋甜含笑把魏霜兒迎了進來，在明間坐下，又吩咐紫荊。「去泡兩盞果仁泡茶。」

魏霜兒打量著房內擺設，見依舊是昔日模樣，乾乾淨淨，簡簡單單，渾不像一般閨秀的屋子花團錦簇香氣襲人，便道：「大姐兒這屋子還是這麼素雅，看起來像不把這裡當自己的家，隨時都可以離開似的。」

宋甜沒想到魏霜兒看得這麼透——不管是前世，還是今生，她都沒有把這東偏院當做自己的家。

這裡只是她暫時的棲身之處，她早晚會有屬於自己的宅子，自己的家。

魏霜兒見宋甜只是笑，便悠悠道：「到底是沒了親娘的孩子，有後爹便有後娘，連獨生女的閨房都不肯好好拾掇。」

她這是連帶前面的繼室吳氏，還有即將被扶正的張蘭溪，都說全了。

宋甜含笑轉移了話題。「三娘，我聽說魏姥姥病了，三娘去侍疾，如今魏姥姥怎樣了？」

魏霜兒心中一驚，一雙桃花眼只顧覷宋甜，想看看她是不是知道些什麼了。

宋甜杏眼清澈，迎上了魏霜兒的視線。

魏霜兒沒看出什麼來，便嘆了口氣，道：「她不過是人老了，病痛都來了，也請郎中瞧了，方子也開了，她卻捨不得銀子，不肯讓人去抓藥，如今我妹子還和她耗著呢，說不定什麼時候就又把我給叫去了。」

宋甜順著她說道：「老人家固執些也是有的，慢慢勸解就是。」

魏霜兒見明間內沒有別人，忽然盯著宋甜開口問道：「我說大姐兒，妳去京城前，讓我吃的到底是什麼藥？」

解藥她只吃了一次，上個月她並沒有吃，卻也沒事。

宋甜迎著魏霜兒的視線，輕輕道：「三娘，都是些補藥罷了。」

魏霜兒還想要說話，外面傳來一陣腳步聲——紫荊用托盤端著兩盞茶進來了。

她看著紫荊，待紫荊在自己面前和宋甜面前各放了一盞茶，自己面前的白瓷盞上繪著一枝嫩黃的迎春，而宋甜面前的卻繪著幾朵雪中紅梅，心念急轉，笑盈盈道：「妳知道，我最喜歡冬梅，這盞上面繪著冬梅……我吃這盞吧！」

魏霜兒輕巧地把宋甜面前的茶盞挪到了自己面前，又把自己的那盞挪給了宋甜，然後故意看著宋甜道：「大姐兒，咱們吃茶吧！」

宋甜做出一副無奈的神情。「三娘，妳的疑心可真重。」

她端起魏霜兒換過來的繪著迎春花的白瓷茶盞，飲了一口，只覺甜香滿口，拿起銀湯匙攪了攪，又吃了一口，這一口倒是吃到了不少果仁。

魏霜兒見宋甜吃了，也不好不吃，便也吃了兩口，覺得茶味過甜，蓋過了果香，茶湯有些黏稠甜膩，也就一般罷了。她放下茶盞，不甚在意似地開口問宋甜。

「過兩日家中就要擺酒，為太太賀喜，到時候大姐兒預備如何擺酒？」

張蘭溪被扶正，宋甜出了大力，如今宋甜還要主持張蘭溪扶正擺酒慶賀一事，張蘭溪到底給宋甜灌了什麼迷魂湯……

宋甜思索著道：「到時候男客在前廳，女客在後花園搭棚，請了四個院中唱的並四個小優過來，一直吃到晚間再散。」

魏霜兒笑了起來。「這樣倒是熱鬧得很！」

她又試探道：「到時候酒席上用什麼酒呢？金華酒太貴了，家中的菊花酒又太香了。」

宋甜笑了。「客人太多，金華酒怕我爹捨不得，菊花酒也著實太香了……這樣吧，庫房裡倒是有幾罈崔同知送的竹葉青和薄荷酒，到時候男客飲竹葉青，女客飲薄荷酒。」

魏霜兒記在心裡，又閒扯了幾句，這才告辭而去。

宋甜送了魏霜兒離開，轉身回了屋子。

紫荊緊跟著她。「姑娘，方才果真被妳料到了！」

宋甜微微一笑，吩咐道：「把這兩盞茶都倒了，茶盞用鹼麵好好洗洗。」

紫荊答應了一聲，自去洗茶盞。

第三十七章

待秦峻從金姥姥那裡過來，宋甜便鄭重交代他。「這兩日你們兄弟倆，一個守著書院街的賴家客棧，一個守著觀音橋魏家，看有沒有面目黝黑、身材精壯的男子出入。」

常在海上，那些海盜的手臉要比宛州本地人黑得多，其實好認。

秦峻見宋甜神情凝重，答應了一聲退了下去。

宋甜又叫了繡姐兒過來，吩咐她。「妳這兩日得空就去門房附近玩耍，若是看見三娘或者冬梅去找宋榆，就回來告訴我。」

繡姐兒年紀不大，卻懂事得早，不多問，只點了點頭，道：「姑娘，您就放心吧，到時候我就和廚房高大嬸的女兒一起在門房那邊玩耍。」

宋甜見她聰明可愛，甚是伶俐，很是喜歡，便讓繡姐兒拿出帕子來，親自抓了好多炒好的松仁、榛子、核桃仁和瓜仁放在上面，把帕子綁好。「給妳一點果仁吃。」

繡姐兒捧著包著果仁的手帕，謝了宋甜，開開心心跑出去了。

忙完這一切，宋甜緩步出了明間，在月季花叢前立定，一邊賞玩著盛開的月季花，一邊想著心事。

今日魏霜兒那一番做作，倒是提醒了她，蔡大郎和魏霜兒如今會合，怕是要裡應外合，在張蘭溪扶正那日晚間動手。

到時候家裡眾人連帶小廝都飲得酩酊大醉，定然是蔡大郎他們動手之時……

傍晚時分，宋甜被宋志遠叫到了外書房。

宋志遠拿著一封信給宋甜看。「這是京中鏡坊的書信，隨著提刑所文書送到宛州來的，妳看看吧！」

宋甜接過書信，先瞅了她爹一眼，見她爹滿面春風，瞧著甚是歡喜，便取出信紙看了起來。

看罷書信，宋甜也笑了，道：「爹爹，鏡坊做了這幾樁大生意，今年的進益想必不錯，您可是說過，鏡坊賺的錢都是我的。」

原來劉尚服把富貴鏡坊送去的六十套西洋鏡，全都送到了宮中有寵的嬪妃那裡，宮中很快流行起西洋鏡來，尚服局一次就向富貴鏡坊訂了一千套西洋鏡。

宮中的流行很快蔓延到了京城權貴圈子，如今富貴鏡坊接到了上萬套訂單，都排到了明年春天。

宋志遠擺了擺手。「除了分給徐太師府的那一份，其餘全都給妳！」

對生兒子這件事，他如今已經死了心，開始專心致志培養宋甜接管家業。

而宋甜心裡明白，只要她爹沒有兒子出生，她就是宋家唯一的繼承人。前世她爹變臉，不再提家產給她，正是從吳氏有孕開始的。

這遲來的父愛，到底是有前提的……前提便是她爹這輩子都沒兒子。

所以宋甜還是得自己強大起來，到時候她接管了家中產業，她爹即使老樹開花生出兒子來，也礙不著她什麼事了。

宋甜心中計議已定，和她爹商議起在宛州和杭州開鏡坊的事。

京中流行西洋鏡，風尚很快就會傳到江南，得早些在杭州開一家鏡坊。

宛州是宋家的大本營，自然也得開一家。

宋志遠想了想，道：「單只咱們一家出錢，到底有些風險……」

宋甜微笑。「爹，您不是和黃太尉合夥入股林七的海運生意？繼續把黃太尉也拉入鏡坊生意，他不會像徐太師那樣，只出一點點錢，卻要分去那麼多紅利。」

前世黃蓮被抄家，可是抄出了幾十萬兩的家產，拉他入夥，本錢定然充足。

再說了，黃蓮這人一向是君子愛財取之有道，自有一套道德準則在，合夥做生意不會仗勢欺人。另外就是在大安朝做生意，還是得有靠山的，至少就她所知，這兩、三年裡，黃蓮依然是安全的，可以做宋家的靠山。

至於趙臻，宋甜想要他一心一意去做他想做的事，不願這些瑣碎之事打擾到他。

宋志遠心中也有此意，當下拍手道：「我的甜姐兒可真聰明，不愧是爹爹嫡親的閨女兒，和爹爹一樣精明能幹！」

宋志遠父女倆又叫來葛二叔等親信掌櫃，和王晗、付子春等親信大夥計，一起商量這樁生意。

這些掌櫃和大夥計，都是在宋家生意中有分紅的，自是用心出力。

待這些掌櫃和大夥計到了，宋志遠便正式宣佈以後生意要逐步交給宋甜之事。

葛二叔、王晗他們，早就知道宋志遠這個決定，都沒有意見。

家主就這一個獨生女，眼見是不可能再有後代了，家業可不就是宋大姐兒的？

再說了，這宋大姐兒也的確聰明能幹，有眼光、善決斷，是個能接宋家生意的人。

送走葛二叔、王晗等人，宋甜想起王晗和付子春八月要去青州跟著林七船隊出海，便湊近她爹，低聲道：「爹爹，有一個大人物，想借用咱們的人，買一批鐵火槍和火藥彈回來，您看——」

宋志遠也是聰明人，聞言馬上猜到是豫王，也不說破，沈吟了一下，道：「他想要多少？」

宋甜想了想。「能裝備二百人就可以了。」

畢竟是林七的船隊，要再多數量，怕是不好帶回來。

宋志遠點了點頭，道：「這銀子到時候我先替妳出了，待鏡坊妳的分紅到了，再還給我就是。」

宋甜正有此意，聞言大喜。「爹爹，您可真善解人意！」

宋志遠笑了起來。

這時候外面傳來宋竹的聲音。「啟稟老爺，雲參將來拜！」

宋甜挑眉看宋志遠。

宋志遠解釋道：「雲參將，就是雲千戶，他哥雲總兵在冀州邊境被遼人害死，又沒有兒子，如今雲千戶襲了職，做了參將。」

宋甜想起前世她爹去世後，這位昔日的雲千戶接替了她爹，擔任了提刑一職，因先前曾在宋宅見過冬梅，一眼看中，就把冬梅要了過去。

冬梅過去沒多久就有了身孕，後來誕下一子，極受寵愛。

雲提刑嫡妻病故後，冬梅母憑子貴，被雲提刑扶正做了太太。而那時的宋甜卻落魄到了極點，曾經的主子與丫鬟，地位有了翻天覆地的變化。

這一世，雲提刑變成了雲參將，他和冬梅還會在一起嗎？

宋甜想看看，這一世，冬梅是否會像前世一樣，抓住機會，飛上枝頭，另有一番際遇。

宋甜帶著心事離開。而宋志遠冠帶齊整，出去迎接雲參將。

宋志遠出去迎接，只見雲參將穿著大紅麒麟補服走了過來，身後簇擁著許多軍牢，顯赫之極。

他笑容燦爛，請了雲參將進了前門廳堂，分賓主坐下。

宋志遠先吩咐小廝上茶，然後才祝賀雲參將。「雲大人擢升參將，恭喜恭喜！」

雲參將倒是謙遜得很，忙起身一揖。「宋大人，不敢不敢！」

與宋志遠聊了幾句之後，雲參將便要告辭。

他這幾日就要上任，離開宛州前要一一去拜別宛州城的官紳好友。

可宋志遠哪裡肯簡單放過拉關係的機會，一把挽住了雲參將的手，吩咐小廝到後面傳話，要在花園玩花樓擺酒請雲參將。

雲參將卻之不恭，只得留了下來。

魏霜兒今日又回觀音橋魏家探望生病的魏姥姥了。

冬梅一個人在房裡沒意思，想起廚房院子的角落裡一叢鳳仙花開得正好，便過來掐鳳仙花，預備拿回去搗碎了加白礬染紅指甲。

她正彎腰掐鳳仙花，卻見小廝宋梧急急往廚房這邊跑了過來。

冬梅豎著耳朵，聽到宋梧在廚房裡交代廚娘。「老爺要在花園玩花廳宴請雲參將，妳們快些準備菜餚！」

說罷，他急匆匆往外趕。

冬梅心裡一動，掐好的鳳仙花也不要了，全灑在了地上，急急上前攔住了正往外走的宋梧，笑問：「宋梧，雲參將是誰呀？」

宋梧見是冬梅，笑著解釋道：「就是以前和咱們老爺來往的雲千戶，他哥雲參將死了，他襲職做了參將，不日就要去冀州上任了，今日來向咱們老爺告別。」

聽罷，冬梅回到西偏院，重新洗臉梳頭，梳妝打扮，換上了件白綾扣身衫子，繫了條絳紅緞裙，在梳得烏溜溜的髮髻上插戴了幾樣簪釵，又戴上了一對珍珠耳環，這才往花園去了。

天已經黑透了，宋家花園內處處點著燈籠，亮堂堂的。

玩花廳位於宋家花園高處。

雲參將正與宋志遠在玩花廳交杯換盞、吃酒說話，隨意向外看去，卻見水池對面遊廊燈火通明，一個滿頭珠翠、白衣紅裙的女孩子正抱了琵琶慢慢在遊廊裡走，身材窈窕風姿甚美，凝神一看，正是自己曾見過的那個宋家丫鬟，似乎是叫冬梅。

宋志遠正在跟雲參將談將來到冀州開鋪子做生意的事，發現雲參將心不在焉，只顧往窗子外看，便順著雲參將的視線看了過去。

都掌燈了，冬梅為何抱著琵琶走在對面遊廊裡？

見雲參將心不在焉，一直往對面看，宋志遠不動聲色觀察著。

眼見冬梅越走越遠，很快便要消失在遊廊的盡頭，雲參將當下開口道：「宋大人，有一年小弟來貴府，也是在這玩花廳，貴府家樂曾上前奏唱了一套〈霽景融和〉，其中那位彈奏琵琶的，技藝十分高妙，小弟至今還記得。」

宋志遠聞弦歌而知雅意，知道雲參將這是看上了冬梅。他有心在冀州開鋪子做生意，自然要巴結即將到冀州去做地頭蛇的雲參將，也不會捨不得冬梅。

宋志遠只是擔心冬梅是他收用過的人，經了他的手，不知道冬梅還能不能看上雲參將。

宋志遠藉口更衣，叫來宋桐吩咐道：「冬梅在對面，你去問她，雲參將在這裡飲酒，問她願不願意來彈唱佐酒。她若是不願意就算了；若是願意，你引著她過來。」

冬梅這妮子一向心氣高，宋志遠打算讓冬梅自己抉擇。

約莫一盞茶工夫，宋志遠便見對面遊廊中冬梅抱著琵琶隨著宋桐走了過來。

他知道了冬梅的選擇，心中一聲嘆息，面上卻含笑和雲參將說道：「冬梅待會兒便來彈唱，只是她一向在房裡侍候，彈唱技藝頗為生疏，雲大人可不要嫌棄呀！」

聽到宋志遠「她一向在房裡侍候」這句話，雲參將知道宋志遠這是在提醒自己，他收用過冬梅，希望自己不要嫌棄。

他笑容燦爛道：「各花入各眼，宋大人多慮了！」

宋甜正在西暗間藥房裡配藥，紫荊來傳話，說冬梅來了。

宋甜看向紫荊。「她要隨雲參將離開了？」

紫荊納悶。「姑娘，妳怎麼知道？」

宋甜微笑，心道：冬梅這丫頭，果真是善於抓住機會。

雲參將一年到頭才來宋家幾次？就這寥寥幾次，冬梅卻都抓住了，成功脫離了魏霜兒，逃離了宋府這泥沼深潭——在宋府，有魏霜兒在，冬梅永無出頭之日，不如到外面世界去闖一闖。

冬梅是來向宋甜辭行的。

她行罷禮起身，看向端坐在八仙桌邊的宋甜，心道：大姐兒沈默寡言、不愛說話，心性聰明勁兒卻最似老爺，又入選為豫王府女官，將來前程必不可限量，臨行前還是得來行禮告別，順便賣大姐兒一個人情。

宋甜打量著冬梅，心道：如此資質，在魏霜兒手底下做丫鬟也的確屈才了。

想到前世，她也有心籠絡冬梅，便上前扶了冬梅的手，把提前準備好的一個匣子遞給了冬梅，含笑道：「妳要走了，咱們相識多年，一朝分別，從宛州到冀州山高水遠，再見不知何時……這是我送妳的臨別禮物，請不要嫌棄。」

冬梅聽到那句「咱們相識多年，一朝分別，從宛州到冀州山高水遠，再見不知何時」，一時觸動心事，眼睛濕潤了，不再推辭，接了過來。「多謝大姑娘。」

她看了一眼在一邊眼淚汪汪的好友紫荊，不由得笑了，看向宋甜。「大姑娘，讓紫荊送我吧，我有話要和她說。」

紫荊拉著冬梅的手一直送到了東偏院外面。

她自小和冬梅交好，如今冬梅離開，她既為冬梅高興，又捨不得冬梅，絮絮直說道：「大姑娘給的匣子裡，上面抽屜是幾樣首飾，下面抽屜全是小銀錁子，還有五十兩銀票，妳以後也用得著……以後在外面混得好也罷了，若是混得不好，不要不好意思，只管回來，反正有我在，姑娘不可能不接納妳……」

冬梅沈默地聽紫荊絮叨著。

到了分別時分，冬梅忽然湊近紫荊耳邊，低聲道：「妳去和大姑娘說，後日府中請客，晚間務必要小心門戶，最好暗中安排提刑所的軍牢看守。」

說罷，她在愣神的紫荊肩膀上拍了一下，急急往前去了。

深夜雲參將離開，隊伍裡多了一輛馬車。

冬梅孤零零端坐在馬車中，腿上放著一個小小的包袱，包袱裡只有幾件換洗衣物和宋甜送她的那個匣子。

她在宋府這麼多年，積攢了無數簪環花翠四季衣裙。如今要開始新的人生了，「好男不吃分時飯，好女不穿嫁時衣」，那些舊物要它做甚？還不如乾乾淨淨簡簡單單離開。

宋甜正在浴間洗澡，聽了紫荊的話，低低道：「我知道了，這話不要往外傳。」

第二天上午，魏霜兒從外面回來了，到上房去見張蘭溪。

她似乎與宋甜犯沖，不過在宋甜那裡吃了兩口茶，回去後就覺得腹中隱隱作痛，回了娘家，也不得安生。

張蘭溪如今是主母了，待魏霜兒與先前自是不同，不再親親熱熱，面上笑歸笑，說歸說，卻始終端著架子，不似從前那樣親近。

魏霜兒心中暗恨張蘭溪拿架子，僅餘的一點點不忍煙消雲散，與張蘭溪說了一陣子話，套問了些明晚擺酒的細節，這才告辭回去了。

回到西偏院，魏霜兒只覺滿院清冷，似無人煙，忙大聲叫道：「冬梅？冬梅呢？我回來了！」

小丫鬟春蘭從西耳房裡跑了出來，急急道：「三娘，冬梅姊走了！」

魏霜兒吃了一驚。「走了？冬梅走哪兒了？」

春蘭是西偏院的小丫鬟，魏霜兒心情不好時捨不得欺負冬梅，便拿春蘭出氣，最愛摳她、掐她、打她、折磨她，因此春蘭深恨魏霜兒，滿懷快意道：「三娘，妳還不知道吧？冬梅姊被雲參將看中了，老爺就把冬梅姊給了雲參將做姨娘。冬梅姊昨晚就跟著雲參將走了，如今怕是已經擺過酒，點過紅燭，成了雲參將的姨娘了！」

魏霜兒聽到那句「老爺就把冬梅姊給了雲參將做姨娘」，整個人呆住了，心中五味雜陳，頗為複雜，半日方恨恨道：「妳這小妮子可惡，我回來也不出來迎接，給老娘跪在地上！」

春蘭噘著嘴跪在了鋪著青磚地上。

魏霜兒拿起竹棍，劈頭蓋臉開始打春蘭，打得春蘭蒙頭蓋臉哭叫求饒，最後魏霜兒猶不解恨，又拿了一塊搓衣板讓春蘭捧著跪在地上，這才回房去了。

屋子裡沒了冬梅，空蕩蕩的，滿室冷寂。

魏霜兒坐在榻上，險些落下淚來。

罷了！冬梅走了也好，她可是要滅宋家滿門的，冬梅一向心軟，到時候看見了，心裡怕是難受……

到了深夜，魏霜兒叫春蘭進來，賞了她一碗甜酒喝。

春蘭喝了甜酒，很快就筋酥腿軟，眼皮沈重，倒在了地上。
魏霜兒見蔡大郎準備的蒙汗藥藥效甚好，心中歡喜，便起身悄悄出了西偏院，一直往廚房院子那邊去了。她先前曾和看廚房院子庫房的小廝宋椿勾搭過，早把庫房的鑰匙偷偷拿去讓外面匠人配了一把。
廚房院子空蕩蕩的，只有廊下掛的燈籠散發著昏黃的光。
魏霜兒用鑰匙打開鎖，輕手輕腳進了廚房院子裡的庫房，用火摺子照亮，找到了擺在庫房最外面架子上的幾罈竹葉青和薄荷酒——因明晚請客要用這些酒，小廝便提前把酒放到了外面。
解開纏在油紙封蓋上的草繩，魏霜兒一邊往罈子裡倒蒙汗藥，一邊恨恨道：「張蘭溪，把妳扶正，宋甜卻安排晚間辦酒席。妳也沒多受尊重嘛！」
宛州風俗，妾室扶正辦酒席，都是掌燈以後才開始，正適宜蔡大郎夜間殺人放火。
魏霜兒做事頗有條理，先一罈一罈往那幾個酒罈子裡放蒙汗藥，然後又一罈一罈抱起來搖勻，又一罈一罈蓋回油紙封蓋，用草繩綁好。
待全都忙活完，魏霜兒累得氣喘咻咻，胳膊都痠了，她原處又歇了會兒，這才弄熄火摺子，鎖上門離開了。
廚房院子角落裡有一座專門用來引火的麥秸垛。

魏霜兒離開了好一陣子，一個瘦小的黑影這才躡手躡腳從麥秸垛後閃了出來，出了廚房院子，一溜煙往東偏院去了。

東偏院正房明間內點著兩盞燭臺，宋甜正趴在方桌上研究她從外書房要來的大安輿圖。

紫荊在一邊侍候，見宋甜在輿圖上不知道畫什麼，便問道：「姑娘，您這是做什麼？」

宋甜原本是在研究在哪些州城開鏡坊最適宜，後來不知不覺就開始在輿圖上畫趙臻前往遼東的路線，推斷他此時走到了那裡。

被紫荊一問，她這才察覺到自己在做什麼，心中悵然，過了一會兒方道：「隨便畫著玩罷了。」

這時候一陣急促的腳步聲由遠而近，很快外面便傳來繡姐兒的聲音。「姑娘，我回來了！」

「繡姐兒這麼晚才回來？」宋甜吃了一驚。她安排繡姐兒在廚房院子那邊守著，說好的看到三娘進去就回來回話的，誰知繡姐兒一直到如今才回來。

紫荊笑了。「繡姐兒年紀雖小，人卻是膽大得很。」

她走到門前，掀開了門上的細竹絲門簾，等繡姐兒過來。

繡姐兒氣喘吁吁跑了進來，還不忘行禮，福了福，待氣息穩了，這才道：「姑娘，我在廚房院子守了半日，終於守到了三娘。三娘進庫房後，我從窗子裡看到她往擺在外面的那幾個罈子裡撒了藥末子，還一個個抱起來搖晃了好些下！」

宋甜見她乖巧機靈，很是喜歡，便吩咐紫荊。「把妝匣裡那對白銀梅花釵拿過來。」

紫荊很快把那對白銀梅花釵拿了出來。

宋甜接了過來，扶著繡姐兒的腦袋，一邊一個，小心翼翼插戴在了繡姐兒的丫髻上，溫聲道：「以後再遇到今晚這樣的情形，妳一定要小心，保護自己最重要。」

繡姐兒連連點頭。「嗯嗯，姑娘，我知道了。」

見她甚是可愛，宋甜摸了摸繡姐兒的腦袋，又把一碟松子糖全給了她，讓她回去歇下。

第三十八章

天剛矇矇亮，太陽還未出來，書院街卻已經開始熱鬧起來，送貨的接貨的人來車往，就連路邊的飯鋪也都坐滿了人。

書院街賴家商棧斜對面的牛肉湯館因為客人太多，只得在門外梧桐樹下加了一張桌子。

錦衣衛指揮使葉襄的兒子葉飛正帶了兩個屬下坐在這張桌子上，假做喝牛肉湯，眼睛卻一直注視著斜對面的賴家商棧。

其中一個屬下低聲道：「大人，這幾日出入賴家商棧的人，除了閩州那邊來的海盜，還有兩個是東洋來的倭人，說話間看不出來，不過動作舉止細看的話，與咱們大安人明顯不同。」

葉飛掀了掀眼皮，沒有說話。

另一個屬下道：「大人，除了咱們，還有一批人盯著賴家商棧。」

葉飛輕輕道：「派人盯著這批人。」

屬下答了聲「是」，起身會帳。

早上宋甜起來，正在梳妝，錢興娘子過來說秦峻來了。

宋甜也不梳頭了，把長髮隨意一綰，用根玉簪固定，到明間坐下，等秦峻過來回話。

秦峻行了個禮，開始回稟。

「這兩日包括蔡大郎在內，共有十一個男子進入賴家客棧，直到今日早上還未出來。」

宋甜看向秦峻。「這些人有何特徵？」

秦峻思忖片刻，道：「除了蔡大郎，其餘個子都不甚高大，瞧著也是黑瘦慓悍，其中有幾個凶相畢露，眼睛渾濁發黃，看著像是手上有不少條人命的亡命之徒。還有兩個人上身長、腿短，而且有些羅圈腿，大熱的天，一直戴著方巾，瞧著像是倭寇，因為倭寇腦袋前面沒有頭髮，須得用方巾遮蓋……」

宋甜沒想到秦峻能觀察得這麼仔細，抬眼打量他，發現秦峻臉上略有些稚氣，可是雙目清湛，分明是極聰明的人物，便暗自記在心裡，道：「我知道了。今晚家裡要辦酒，招待親朋好友，他們今晚必要行動，你先去歇息，到時間去換了你哥回來，繼續守著賴家商棧。」

秦峻答應了一聲，自去歇息。

到了中午，宋甜看著時辰，眼看著到了她爹從衙門回來的時間，便直接去了外書房。

宋志遠剛脫下官袍，換上了家常道袍，正在用香胰子洗手淨臉。

宋甜一進去就道：「爹爹，我有極要緊的事情要和你說。」

在旁侍候的宋竹和宋桐聞言，忙退了下去。

宋志遠用手巾擦拭著臉，聽宋甜說著事情的來龍去脈。聽著聽著，他握著濕漉漉的手巾忘記擦臉了，神情越發肅穆起來。

待宋甜說罷，宋志遠看向宋甜。「甜姐兒，依妳之見呢？」

他想藉此看看宋甜應對事情的能力。

宋甜早就胸有成竹了，當即道：「爹爹，我打算先將計就計，然後來個甕中捉鱉。」

宋志遠眼睛亮了起來，一把將手巾扔進盛著水的銅盆裡。「來！細細說給爹爹聽。」

到了傍晚時分，男客女客陸續來到。

宋志遠帶了兩個幫閒在前面迎接男客，張蘭溪則帶著魏霜兒迎接女客。而宋甜帶著紫荊和月仙去了廚房院子，徑直進入庫房，吩咐紫荊和月仙把那幾罈竹葉青和薄荷酒都從後窗扔到後面去。

紫荊有些可惜。「哎呀，可惜這些好酒了！」

宋甜見月仙抿著嘴笑，自己也跟著笑了。「傻紫荊，這是幾罈加了蒙汗藥和水的便宜燒酒，妳若是喜歡，都送給妳好了。」

她早就讓人換過了，罈子是真罈子，酒卻是假酒。

待幾罈酒都在後窗外面砸碎，宋甜吩咐紫荊叫了兩個媳婦進來，讓她們把放在角落櫃子裡的竹葉青和薄荷酒搬到前面去，溫了送到席上。

掌燈時分，宋府前院後院燈火通明，熱鬧非凡。

張蘭溪粉妝玉琢，滿頭珠翠，做五品武官夫人裝扮，身上穿著大紅通袖五彩妝花四獸麒麟袍，繫了條藍裙，外面則是金鑲碧玉帶，環珮叮咚，香氣撲鼻，由丫鬟扶了出來。

宋志遠與張蘭溪一起上前，給祖宗並先頭太太金氏的牌位上了香，然後在正堂上坐定。先是宋甜上前行禮。接著是三娘魏霜兒上前行禮。

待禮節齊備，宋志遠便去了前面，圍觀女眷這才各自散了，隨著接引媳婦去了宋家花園。

到了戌時，男客在外面大廳上坐席，由四個小優彈唱，兩個唱的唱曲；女客在後花園捲棚內坐定，由院中兩個唱的在旁彈唱曲詞。

捲棚四周掛著紗簾，涼風習習，香氣馥郁，樂聲悠揚，極為舒適。

女眷們多時未見宋甜，想起她中選豫王府女官，自然有許多話要問，誰知宋甜打了個照面，人便不見了，有人就問張蘭溪。「宋太太，妳家大姐兒怎麼不見了？」

隨著張蘭溪招呼客人的魏霜兒，聽到女客稱呼張蘭溪「宋太太」，不由銀牙暗咬，心中恨極，在臆想中一刀一個，砍瓜切菜般把在座眾人一一砍翻。

張蘭溪含笑道：「今日筵席都是大姐兒備辦的，她這會兒應該去廚房看菜去了。」

宋甜這會兒卻沒有在廚房。

她留下紫荊在捲棚外看著魏霜兒，自己則帶著月仙到外面，把安排的人手一一看了一遍，確定沒有遺漏了，這才又去了花園捲棚，卻沒有進去，而是躲在一處隱蔽角落等著魏霜兒出來。

飲酒至酣處，有幾位女客已經聲稱頭暈了，魏霜兒心中得意，眼看著快到約定時辰，便聲稱淨手，悄悄溜了出去，徑直往門房那邊去了。

按照今晚的安排，家中下人也都賞了酒菜，接下來都該暈暈乎乎了。

看門的小廝宋榆坐在板凳上，正百無聊賴看對面蔡家宅子的大門——夜深了，蔡家大門早關上了，只餘兩盞燈籠還未熄滅，他忽然聞到一陣香風，扭頭一看，卻是三娘魏霜兒到了，不禁嚇了一跳，當即站了起來。「三……三娘，您老人家……怎麼來了？」

魏霜兒笑容嫵媚，走上前道：「快到子時了，家裡上下都在吃酒，單是你可憐，到現在還空著肚子，水米未進吧？」她從袖子裡掏出一個油紙包和一小瓶酒遞上。「這是一個滷豬蹄和一瓶薄荷酒，你先吃了墊墊肚子。」

宋榆欲待不接，可是肚子卻咕咕叫了起來，他紅著臉接了過來。「多謝三娘……」

唉，這闔府的人，也就三娘能想著他了。

魏霜兒眼看著宋楡開始啃豬蹄，有些急躁，便道：「你快嚐嚐這薄荷酒，香甜清涼，酒味倒是不濃，不用擔心喝醉。」

宋楡拔開瓶塞，嚐了一口，果真很甜，便一仰首，咕嘟咕嘟全喝了。

魏霜兒笑盈盈看著他——比起席上飲的薄荷酒，她給宋楡送來的可是加了數倍藥量的蒙汗藥酒。

宋楡喝完這瓶酒，正要再啃一口滷豬蹄，忽然覺得頭暈眼花，整個人軟倒在了地上。

魏霜兒上前踢了他一腳，確定他睡得死死的了，這才跑出大門，叫了聲。「進來吧！」路邊停著許多輛馬車，瞬間有十幾條黑衣漢子從馬車裡躍出，提刀衝入宋府大門。

魏霜兒笑得得意，留在最後，親手關上大門，拴上了門閂。

她剛要離開，卻聽到外面也傳出一聲拴門閂聲，不由得一愣，忙拔出門閂要打開大門，卻發現大門已經被人從外面拴上了。

魏霜兒心念急轉，意識到事情不對勁，忙拎著裙裾向裡面跑去。她猛地停下了腳步——大門和儀門之間，火把熊熊，無數穿著甲冑拿著武器的軍士，已經把蔡大郎及其夥伴團團圍住！

魏霜兒大腦一片空白，身子不由自主向後退去，然後轉身飛快地跑到大門後面，用力搖撼著大門，可大門晃動著卻始終打不開，她滿臉是淚，到底捨不得蔡大郎，想著死也要和蔡大郎死在一起，又提著裙子跑了回去。

蔡大郎武功高強，在江湖上也是一條好漢，跟他來的人也都是在海上做刀頭舔血生意的，拚死一搏，這些官兵，也許不是他們的對手。

蔡大郎也是如此想法，與眾夥伴背靠背，手舉鋒利的彎刀，覷著合適的時機殺出。

正在這時，大門上方臨街二樓忽然傳來一聲鑼響，官兵齊齊向東西兩端退去，蔡大郎等人被留在大門與儀門之間。

一股股火油從二樓傾倒了下來，澆在了蔡大郎頭上，瞬時把他們澆成了油氣撲鼻的落湯雞。

宋志遠和宋甜父女倆各舉著兩個火把，從二樓窗口探出身來。

宋甜高聲道：「把刀扔出來投降，不然我這就將火把扔下去，把你們燒成焦炭！」

蔡大郎慓悍異常，哪裡肯降，舉刀就要躍出。

誰知魏霜兒奔了過去，一把抱住了他的手。「大郎，宋家妮子心狠手辣說到做到，咱們留得青山在不愁沒柴燒——」

蔡大郎原本還要搏一搏命，誰知妻子撲了過來，一番話說得他豪氣全無，不禁嘆息了一聲，左手攬著魏霜兒，右手把手中彎刀扔了出去。

眾海盜見狀，也都跟著他把彎刀扔了出去。

新任宛州守備賀天成做了個手勢，士兵閃電般衝出，把彎刀齊齊撿回。

蔡大郎、魏霜兒及眾海盜束手就擒，被賀守備命人五花大綁，押解出了宋府。

宋甜這幾日都提著勁兒，到了此時，才發現腿都軟了，整個人都倚在了紫荊身上。紫荊力氣大，索性揹著宋甜回東偏院去了。

待宋志遠和張蘭溪送走忐忑不安的客人，子時已過。

而宋甜一直睡到了接近午時，這才醒了過來。

宋志遠正和張蘭溪在外面說話，得知宋甜醒了，忙進來看她。

宋志遠道：「甜姐兒，蔡大郎等人犯被錦衣衛接管了，宋榆也被帶走了，賴家商棧也被錦衣衛查封了，他們到了錦衣衛手中，要想囫圇出來，可是難了！」

宋甜披散著頭髮坐在那裡，瞧著有些呆呆的。

張蘭溪笑著在宋志遠手臂上敲了一下，道：「老爺，大姐兒還沒醒透呢，咱們先回去，在上房先用飯。」

見爹爹被張蘭溪一陣風似的給弄走了，宋甜便又躺了回去，很快就又睡著了。

接下來的日子，宋甜過得悠閒極了，得空就準備在宛州開鏡坊的事。

眼看著距離宋甜及笄只剩下三日了，張蘭溪備辦好一切，命人請了宋甜過來，要和她商議及笄禮的各項事宜。

前世，宋甜十五歲生辰是在京城太尉府過的。

黃太尉送了她一套寶石頭面和四箱四季衣物做生辰禮物。

至今宋甜還記得那套紅寶石頭面上鑲嵌的紅寶石粒粒火紅，成色極好，最大的有指肚那麼大，最小的也有黃豆粒大小。後來，這套寶石頭面莫名其妙失蹤了，宋甜一直懷疑是被黃子文偷走給他的相好鄭銀翹了，不過一直未曾得到驗證。

宋甜憶及前世之事，怔了片刻，看向張蘭溪。「太太費心了，謝謝太太。」

張蘭溪看著宋甜此刻明媚的笑顏，想起她方才發呆的瞬間，不由得有些心疼。

宋甜還不到十五歲，就經歷了那麼多可怕的事……

好在都過去了，以後日子會越過越好的。

張蘭溪吩咐錦兒。「去把妝檯上那個錦匣拿過來。」

錦兒答了聲「是」，掀開紗簾，進了東暗間臥室，很快就捧著一個錦匣出來了。

張蘭溪打開錦匣。「大姐兒，這是我給妳準備的及笄禮物。來，看看喜不喜歡。」

宋甜走過去挨著張蘭溪在羅漢床上坐下，見匣子裡是一套嶄新的赤金頭面，十分華美，忙笑盈盈起身道謝。「太好看了，謝謝太太！」

張蘭溪如今心情愉快，越發大方起來。「妳是我的女兒，我不對妳好對誰好？」

她跟前夫、跟宋志遠都沒有生育，以後怕也不會生育了。

而宋志遠膝下也只有宋甜一個獨生女。即使宋甜尖酸刻薄為人討厭，她也得好好維持與宋甜的關係，以免老無所依，更何況宋甜聰明善良，是個頂好的孩子。

宋甜又與張蘭溪聊了一會兒，這才告辭回去了。

晚間宋志遠回來，張蘭溪說起自己給宋甜準備及笄禮，以及準備生辰禮物的事。

宋志遠聞言心中一陣心虛——他把宋甜的及笄禮忘得一乾二淨！面上卻是一絲不顯，點了點頭道：「不知不覺，甜姐兒也十五歲了，我怎麼不老啊！」

張蘭溪微笑道：「老爺，您給甜姐兒準備了什麼生辰禮？」

「這我得好好想想……」宋志遠沈吟，他轉移話題道：「插笄、司者和贊者可有人選？」

張蘭溪道：「司者和贊者，我跟甜姐兒都商量好了，是親戚家兩個和甜姐兒玩得好的女孩子；倒是插笄，因為重要，我還沒定，想著等你回來一起商議。」

宋志遠心中有了一個人選，眼波流轉瞟了張蘭溪一眼，道：「聽說賀娘子從京城回來了，她給妳下帖子沒有？」

張蘭溪聽他提到他的情人賀蘭芯，心裡微微有些作酸，含笑道：「沒聽說幽蘭街賀宅有帖子送來。」她瞅了宋志遠一眼，道：「及笄禮是甜姐兒一生的大事，插笄的人選很重要，最好是有福氣的夫人。」

賀蘭芯畢竟是和離在家的女子，雖然她爹爹賀大人剛剛榮升為吏部侍郎，她也不適合擔任宋甜及笄禮的插笄。

宋志遠立時又有了一個人選。「新任兗州守備賀天成是賀蘭芯的堂兄，他的夫人倒是極有福氣，夫妻恩愛，膝下共有三子兩女，都是賀夫人生的。」

張蘭溪奉了一盞茶給宋志遠。「我都聽老爺的。」

及笄前一日，宋甜被宋志遠叫到了外書房。

宋甜一進去，卻見一個穿著玄色直綴的青年坐在那裡，凝神一看，認出是錦衣衛指揮使葉襄的兒子、錦衣衛百戶葉飛，立時打起精神來。

如今趙臻應該趕到遼東了，假豫王代替趙臻在王府裡待著，而葉飛正是留在豫王府監視豫王的錦衣衛，她得非常小心謹慎。

葉飛與宋甜相互見了禮，便又坐了回去，一雙細長的眼睛打量著宋甜。聽說眼前這個美貌少女，是豫王的未婚妻子，瞧著嬌怯怯的，誰知面對海盜和內賊時，居然臨危不懼，反將他們甕中捉鱉。

宋志遠道：「蔡大郎的案子如今由錦衣衛接手了，葉百戶是來提宋橋的。」

葉飛挑眉一笑。「除了提魏氏招認的宋椿，在下這次過來還有一件事。」他拿出一枚鑰匙，放在了手邊的小几上，道：「據魏氏招認，這是貴府銀庫的鑰匙。」

宋志遠饒是臉皮再厚，也不由得透出些紅意來——銀庫的鑰匙，一直是他親自攜帶，連前頭吳氏和如今的張蘭溪，都未能掌管，竟然不知不覺被魏霜兒偷走配了一把。

若不是宋甜發現得早，他宋府滿門，怕是都死在那一夜了，而宋府的銀庫，也要被海盜洗劫一空了。

宋甜默不作聲站在那裡。

這個教訓已足夠她爹印象深刻了，她自然不會當著外人的面再說什麼給他下面子。

葉飛見宋甜如此鎮定，心中納罕，忍不住問道：「宋大姑娘身為豫王府的女官，為何至今不回豫王府蒞任？」

宋甜端端正正福了福。「王爺仁善，考慮到下官想家，讓下官回家住些時日，七月初一再回王府銷假。」

葉飛笑了笑，似是無意地問道：「宋女官，豫王如今一天到晚待在松風堂讀書，他是不是很喜歡讀書？」

宋甜凝視著葉飛的眼睛，迷惑道：「葉百戶，這我現下哪裡知道？」

依趙臻的性格，他既然要離開，就一定會安排好替身的行為舉止，這葉飛怕是在詐她。

宋甜低頭微笑，接著道：「不過據我所知，王爺不是很愛讀書，除了一些兵書和曲譜、畫譜，別的書都是擺在那裡白白落灰的。」

葉飛輕聲道：「宋女官倒是很了解豫王。」

宋甜笑容驀地燦爛起來。「葉百戶，下官在豫王府負責的正是藏書樓！」

葉飛一愣，他還真不知道，宋甜在豫王府管的居然是藏書樓。

他總覺得豫王似乎與先前不是很一樣，卻說不出哪裡不一樣，原本想詐一詐宋甜，看能不能問出些什麼來，誰知竟被這宋甜給將了一軍。

這個小美人可真不簡單！

葉飛哈哈笑了起來，不再廢話，告辭而去。

宋志遠送葉飛回來，見宋甜立在窗前，似乎在看葉飛的背影，便道：「此人甚是狡詐，與他說話得字斟句酌，以免被他抓住把柄，糾纏個沒完沒了。」

宋甜和她爹商議製鏡師傅的事。「爹爹，咱們在宛州的鏡坊六月底就要開張了，製鏡師傅如今怎麼樣了？」

宋志遠端起茶盞飲了一口。「按照妳說的，我讓京城的製鏡師傅分四組傳授技術，每組負責的製鏡環節都不同，四組已經有一組可以出師了，黃太尉來宛州時，會帶著他們一起過來。」

宋甜道：「這次及笄禮，我預備了幾箱靶鏡要送給女客做禮物。對了，爹爹，你讓人送一套西洋鏡放到太太房裡，這樣女客們見了，也好見識見識。」

宋志遠滿口答應了下來。

宋甜本來要走，忽然想起來了，轉身問宋志遠。「爹爹，你給我準備的及笄禮物呢？」

不待宋志遠開口，宋甜又笑咪咪道：「爹爹，以後咱家開的所有鏡坊，都歸我好嗎？」

宋志遠一時有些捨不得，眨了眨眼睛。

宋甜走過去把她爹摁在圈椅中，自己立在後面開始給她爹按摩脖頸肩膀，口中道：「爹爹，你就我一個女兒，這些你早晚也得給我，不如早些給我，讓我也多學著經營，免得等將來你一下子全給我，我手忙腳亂，被人坑陷了去。」

宋志遠想了又想，無言以對，只得道：「那……好吧！」

宋甜想起賀蘭芯又到宛州了，看她爹這情形，怕是前緣又續上了，便道：「爹爹，賀娘子的父親吏部賀侍郎，是文閣老的親信，你若是與賀娘子相交，須得好好經營這條線，說不定將來能幫到王爺。」

反正她爹是一定會與賀蘭芯來往的，她越管她爹就越頑逆，還不如交給她爹一個任務，她爹要是煩了，說不定就冷下來了。

誰知宋志遠聽了宋甜的話，反倒是得意地笑了起來。「我的閨女呀，妳爹早早就為妳考慮了！」

他把三根指頭伸到宋甜眼前。「前些時候賀侍郎生辰，我送了一千兩銀子並一幅『溪山歸隱圖』做壽禮。賀侍郎明知我是豫王的未來岳父，還接受了我的禮物，這說明賀侍郎及其背後的文閣老，對豫王還是有些心思的。」

宋甜看著她爹，眼中滿是笑意。「爹爹，你做得很好，繼續保持！」

這些正是她爹擅長的。

「放心吧！」宋志遠得意洋洋，心裡卻道：我如此賣力地幫豫王籠絡賀侍郎，甜姐兒該不會還阻止我納蘭芯做妾吧？

宋甜悄悄觀察她爹，總覺得他有什麼事瞞著自己，而且這件事應該與賀蘭芯有關。

第三十九章

及笄禮這日，宋府熱鬧非常，豫王府的陳尚宮親自趕來觀禮，還送來了豫王的賀禮。

陳尚宮到底身分不同，略坐了坐，與宋甜說了會兒話，便起身告辭離開了。

賀禮是一對嶄新的樟木雕花箱子，擺在上房明間，眾女客在賀蘭芯的帶領下，都攛掇著張蘭溪當眾打開，讓大家見識見識。

張蘭溪看向宋甜。

宋甜微笑道：「王府賞賜女官，按規矩都是些筆墨紙硯之類。」

她吩咐紫荊。「叫四個媳婦抬到後面吧！」

賀蘭芯知道宋甜如今是豫王的未婚妻，打算藉著開箱讓眾人見識一下豫王對宋甜的重視，如今見宋甜不願意當眾打開，心知馬屁拍到了馬腿上，忙轉移話題。

「那四個唱的怎麼去前面獻唱了？讓她們回來，讓兩套詞給咱們聽！」

眾女客都知賀蘭芯是吏部賀侍郎的女兒，有心巴結，紛紛附和，一時房中又熱鬧起來。

到了晚間，客人全都散了，張蘭溪把宋甜留了下來。

她看向宋甜。「甜姐兒，妳爹又跟賀蘭芯續上了。」

宋甜沒有作聲。

她爹實在是太風流太多情了。

宋甜正要開口安慰張蘭溪，張蘭溪卻道：「甜姐兒，我的意思是與其讓賀蘭芯勾著妳爹在外面胡混，不如讓妳爹把她抬進來做小老婆，咱們娘倆也放心些。」

宋甜思忖片刻，道：「我都聽太太的。只是也不知賀蘭芯是什麼打算？」

前世賀蘭芯和離後與她爹來往，非要給她爹做小妾，以至於跟娘家鬧翻，最後不明不白死了，家裡也沒有人為她出頭。

這一世，賀蘭芯能順利進宋家嗎？

張蘭溪神情複雜。「妳沒見她今日的模樣，不知道的人還當她早就進了咱們府呢！」

反正宋志遠一向風流，家裡總得有人籠絡住他，賀蘭芯活潑熱情直爽，深愛宋志遠，又不是奸詐作惡之人，倒還合適些。

宋甜又陪張蘭溪說了一會兒話，這才告辭離開了。

出了正房，宋甜心中一陣雀躍：趙臻送我的到底是什麼禮物呀？

想到趙臻，她又有些擔心：不知如今他在遼東怎樣了……

夜深了，起了風，風從南邊來，颳得樹枝咔嚓作響。

繡姐兒在前面打著燈籠。

紫荊扶著宋甜，三人逆著風竭力前行，剛進了東偏院正房明間，雨滴子就噼哩啪啦落了下來，空氣中瀰漫著被雨水激起的塵土的氣息。

月仙留守在東偏院，見狀忙打了水過來服侍宋甜脫衣淨手。

宋甜用香胰子淨罷手，這才吩咐道：「把豫王府送來的樟木箱打開吧！」

紫荊和月仙把兩個樟木箱抬起放在了八仙桌上。

紫荊擎著燭臺，月仙扯下封條，把兩個箱子都打開，請宋甜過來看。

宋甜湊過來看，卻發現一箱齊齊整整擺著六樣上好貢品綢絹，一箱卻放了許多匣子。

她拿出一個匣子，揌開泛子，發現是一對翡翠鐲子。

宋甜拿起翡翠鐲子試著戴上，對著燭光看，滿眼碧色，成色極好。

她又拿出一個匣子打開，裡面是十五粒明珠，在燭光中散發著瑩瑩燭光。

宋甜不由屏住了呼吸——這些明珠可真美！

紫荊在一邊數了數，道：「姑娘，夠穿起來做珠串了。」

月仙輕輕道：「可以再尋些玉珠，串成項鏈戴出去。」

宋甜又打開了一個匣子，裡面是一件金鑲玉觀音滿池嬌分心。接著一連打開好幾個匣子之後，宋甜終於把放在最下面的大匣子拿了出來，她揌了一下泛子，匣子的蓋彈開。

紫荊和月仙都「啊」了一聲，原來裡面是一套寶光燦爛的赤金鑲嵌紅寶石頭面！

宋甜輕輕撫摸著頭面上鑲嵌的紅寶石，鼻子一陣酸澀——趙臻是怎麼知道她喜歡紅寶石的？

他真的很好，特別好。

宋甜閉上眼睛，聽著外面的雨聲，思念著趙臻。

聽說遼東九月就會開始飛雪，趙臻在遼東會怎樣呢？

趙臻永遠生機勃勃，似乎從來不怕前進路上的艱難險阻，他就像一片被白雪覆壓的松林，春天到來，陽光燦爛，厚厚的雪在陽光下漸漸消融，水滴落下，化為淙淙流淌的溪流，萬物復甦，綠意漸漸瀰漫整片雪原……

宋甜睜開眼睛，下定決心，要為趙臻做一件貂鼠大氅，再做一件厚實的清水綿袍子，在遼東飛雪前送到趙臻手中。

雨下了一夜，到了早上還在淅淅瀝瀝。

宋甜忙活了一日，一直到傍晚時分，終於給趙臻做好了一套白綾中衣。

她正要裁剪布料做清水綿靴子，卻聽到外面一陣踩水聲，抬頭一看，原來是繡姐兒從外面回來了，正在廊下放手裡打的傘。

月仙迎了出去。「傘濕漉漉的，先別合起來，放在一邊晾著就是。」

繡姐兒答應了一聲，便直接把傘放在廊下，進來稟報道：「姑娘，老爺從衙門回來了。」

宋甜聞言，忙換了木屐，帶著紫荊打著傘出去了。

下著雨，天色晦暗，整座宋府都在雨中靜默著。

剛走到書房院子的角門外，宋甜便聽到裡面傳來隱隱的笛聲，聽著像是「腸斷江南」的調子，她靜聽了片刻，只覺淒愴傷感，一顆心酸酸的。

宋甜走到庭院裡，才發現廊下掛著幾個燈籠，散發著昏黃的光暈，一個青衣少年正坐在廊下吹笛，卻不知是秦嶂還是秦峻，旁邊立著的卻是宋竹。

宋竹見宋甜過來了，忙上前接過油紙傘，行了個禮。

宋甜輕輕問道：「我爹今日怎麼了？」

自從有了刀筆在書房，宋竹就開始跟著她爹出門伺候了。

宋竹低聲道：「老爺今日下了衙門，先去了幽蘭街賀宅，誰知賀娘子的堂兄賀守備也在賀宅，正與賀娘子吵架。原來賀娘子鬧著要嫁老爺做妾，賀守備不同意。見老爺去了，賀守備便當著老爺的面大發雷霆，說賀娘子若是嫁給老爺做妾，以後賀家就當沒她這個人。」

宋竹又道：「老爺灰頭土臉回到家，就讓秦峻揀〈腸斷江南〉、〈朱樓嘆〉、〈春色闌〉這些曲子吹奏。老爺自己在房裡喝悶酒。」

宋甜聽說她爹又「為賦新詞強說愁」了，心中暗笑，徑直掀開細竹絲門簾走了進去，嬌聲喚道：「爹爹！」

宋志遠坐在羅漢床上，左手支頤，右手執盞，聽著笛聲，用美酒澆著哀愁，誰知更添傷感，撲簌簌落下淚來。我與蘭芯想要在一起，為何就這麼難？

正在他無限傷心無人問的時候，卻聽一聲嬌喝，正是宋甜的聲音，忙用衣袖拭去眼淚，抬頭看了過去。「甜姐兒，妳來爹爹這裡做什麼？」

宋甜就著燭光打量著她爹，見她爹眼睛濕漉漉的，眼皮略有些紅，眼尾尚有淚痕，當下詫異道：「爹爹，你哭了？」

宋志遠忙道：「胡說什麼呢？爹爹哪裡哭了！剛才有一隻小蠓蟲飛到我眼裡了。」

宋甜在她爹對面坐下，直接道：「爹爹，你裝什麼多情少年？自己數數自己到底有多少情人！單這次我的及笄禮，就有你的三、四個相好來到，她們和太太說話時含沙射影，話裡有話：這個故意用手去扶髮髻上的銀鑲翡翠步搖，說是咱家珠寶樓的；那個手裡拿著個大紅縐紗汗巾兒，上拴著一副揀金挑牙兒，說是咱家貨船從杭州運回來的；還有一個說她前些日子咳嗽，多虧了咱家生藥鋪裡從蘇州運回的話梅，含一顆口舌生津咳嗽都好了——你還有臉傷心？不知道當時太太多難堪，就是賀娘子，當時也有些下不來臺！」

她又訓斥道：「你想把賀娘子迎進門，難道想讓賀娘子與賀侍郎、賀守備等人斷絕來往？我不是讓你好好維持與賀侍郎的關係？你難道把我的話給忘了？爹爹，你若是想對賀娘子好，多送她些禮物、多陪陪她，相處時多說些甜言蜜語就是，別讓她為了你與父母兄長斷絕關係，你這不是愛她，是害她！」

宋志遠呆若木雞坐在那裡，乖乖聽女兒教訓，覺得女兒說的甚是有理——若是賀蘭芯背後沒了賀侍郎和賀守備，她的魅力可是要大打折扣的。

待宋甜呵斥完，宋志遠臊眉耷眼道：「爹爹都知道了，別說了。」

宋甜見此計甚是有效，便見好就收，道：「爹爹，我還沒用晚飯，你陪我用吧！」

她記得小時候，她娘金氏就是這樣，而她爹那時候對她娘也是又愛又怕。

宋志遠「嗯」了一聲。

宋甜吩咐秦嶂下去歇著，叫了刀筆進來，吩咐道：「讓廚房做幾樣我和我爹愛吃的菜餚送來。」

待刀筆出去傳話，宋甜又讓宋竹送了熱水、手巾和香胰子過來，親自服侍她爹洗了手擦了臉，然後又奉上了一盞熱呼呼的金橘蜂蜜茶。「爹爹，喝點熱茶暖暖心。」

根據她娘與她爹相處的方式，宋甜覺得對她爹不能一味溫柔體貼又柔順，得打她爹兩巴掌，再給他一顆蜜棗哄著，她爹就稱心滿意了。

他的那些妻妾、情人素日待他都太好了，才讓他這麼沒心沒肺的。

宋志遠接過茶盞飲了一口，甜蜜芬芳，橘香濃郁，十分可口，心道：還是親生女兒貼心，知道這會兒該讓她老子喝口甜茶。

轉念他又想到亡故多年的原配金氏，心中越發難過：若是金氏活著，能得甜姐兒如此孝順，不知該多開心……

想到金氏未能看到宋甜長大嫁人，死了都合不上眼，宋志遠心中一陣酸楚，開口問宋甜。「甜姐兒，妳來尋爹爹做什麼？」

宋甜見她爹情緒正常了，便道：「爹爹，我想給豫王做一件貂鼠斗篷。」

宋志遠聞言當即道：「這個法子很好，豫王冬日寒冷之時披著妳送的斗篷，心裡自會想到妳——前些時候皮子鋪從毛子國商人那裡進了不少貂鼠，其中有些極好的貂鼠，我讓人送了過來，就在書房後罩房庫房裡放著，妳拿去用吧！」

宋甜聞言大喜。「爹爹，讓宋竹拿來我瞧瞧！」

宋竹很快就抱著一個極大的包袱過來了。

宋甜細細揀了揀，在榻上分成了兩堆。「爹爹，夠做兩件貂鼠斗篷了，我做一件給你，做一件給豫王。剩餘再給太太和賀娘子一人做一個貂鼠圍脖。」

宋志遠沒想到閨女還記掛著自己，感動極了。「甜姐兒，明日爹爹就讓皮子鋪的女裁縫過來幫妳縫製。」

宋甜連連點頭。「嗯，這樣快一些。」

待女裁縫把兩件貂鼠斗篷和兩個貂鼠圍脖做好，宋甜和黃太尉合夥開的富貴鏡坊也在宛州城書院街開業了。

開業當天，黃太尉微服從京城趕了過來。他雖擔任殿前太尉一職，管的卻是幫皇帝從江南運送太湖石這個差使，一向來去自由。

開業當晚，宋府大擺宴席，招待賓客。

待賓客散去，宋志遠特地在書房擺上精緻席面，單獨與黃太尉吃酒。

席間黃太尉想到宋甜才剛及笄，宋志遠就讓她管理鏡坊生意，而宋甜也做得極好，心中頗為羨慕，稱呼宋志遠的字。「凌雲，你家大姐兒甚好，不像我那姪兒，簡直是爛泥扶不上牆，鎮日嫖宿在妓院中，前些時候鬧著要娶妓女回家，被我狠狠打了一頓，如今還趴在床上養傷。」

宋志遠聞言，想起自己差點就把女兒許配給了黃太尉的姪子黃子文，心道：好險！幸虧陰差陽錯甜姐兒去選了女官，這才沒嫁給那黃子文。

他雖說勢利，卻也希望女兒嫁得好，便仗著自己與黃蓮關係親近，直言道：「那兄弟你可夠不地道的，明知你姪兒如此，還想讓他娶我家大姐兒！」

黃蓮有些訕訕的，道：「我這不是喜歡你家大姐兒嗎？想讓她嫁入太尉府，我也能庇護她……」他很快就轉移了話題。「對了，大姐兒及笄，我給她備了些禮物，這趟來此都帶了過來，你派人送到大姐兒那裡去吧！」

兩人吃著酒，又說起了繼續開鏡坊的事，黃蓮問宋志遠。「接下來咱們去哪裡開鏡坊？」

宋志遠思索著道：「大姐兒的意思是，如今朝廷在遼東張家口堡與遼國人進行互市，天下女人哪有不愛照鏡子的？想那遼國女人也不例外，若是咱們在張家口堡那裡開一個鏡坊，西洋鏡必將盛行於遼國富貴人家，這可是長長久久的大生意。」

他們的西洋鏡極為清晰，卻妙在容易摔碎，鏡坊的生意總會長長久久做下去。

黃蓮反應很快。「如今的薊遼總督，正是豫王的三舅沈介，也與我相熟。」

宋志遠與黃蓮在一起，簡直是心有靈犀一點通，說話做事十分省力，當即笑著道：「正是，另外甜姐兒的舅舅金雲澤和表兄金海洋，如今都在沈介麾下效力，正管著張家口堡的防務。」

黃蓮與宋志遠四目相對，都笑了起來。「如此甚好！」

黃蓮沈吟了一下，道：「咱們得去張家口堡實地看一看，不過來回怕是得一年半載了，我自是走不開，你能走開這麼久嗎？還是乾脆派個掌櫃或者大夥計過去？」

到了早上，宋志遠要去提刑所衙門升廳畫卯問理公事，宋甜要去書院街的富貴鏡坊看一看經營情況。

宋甜準備妥當，留紫荊看家，帶了月仙一起去書房等宋志遠。

宋志遠正在小廝的服侍下套上官服，見宋甜過來，忙問道：「甜姐兒，咱們若是要在遼東張家口堡那邊開鏡坊，須得去實地看看，我有官職在身，一時走不開，妳看派妳葛二叔過去怎麼樣？」

宋甜原本提出要去張家口堡開鏡坊，除了張家口堡是大安朝與遼國互市之地外，還有一個原因就是想要去見趙臻。

她爹的話正中她下懷，宋甜當即笑盈盈道：「爹爹，葛二叔膽子小，我陪他一起去吧！」

宋志遠有些擔憂。「妳過幾日不是要去豫王府銷假……」

宋甜心中主意已定。「爹爹，七月初一我去豫王府銷假時，預備跟陳尚宮說一說，再請個一、兩年的假。」

宋志遠聽了，一時有些猶豫。「妳這次出門去遼東的話，怕是要好久見不到豫王了，萬一豫王有了——」

「萬一豫王有了新歡嗎？」宋甜笑容燦爛道：「爹爹，不管豫王有多少新歡，我都是陛下欽定的豫王妃，我擔心什麼？」

宋志遠垂下眼簾，看著小廝給他圍上犀角帶，半晌方道：「到時候別說咱們是去張家口堡做生意，就說是去探望妳舅舅、舅母。」

宋甜也是這個打算，未來豫王妃出遠門做生意，說起來總是不妥，還是探親訪友這個名目好。

父女倆計議已定，宋志遠騎馬，宋甜坐車，一起出門往東去了。

六月三十日下午，豫王府派了一輛馬車過來接宋甜。

宋甜帶了月仙和紫荊，辭別繼母張蘭溪，登車去了豫王府。

陳尚宮在和風苑書房裡等著宋甜，見宋甜進來要行禮，忙起身攙扶住道：「以後不必行禮了！」

宋甜還是堅持屈膝行下禮去，笑盈盈道：「您是下官上司，行禮乃理所應當！」

寒暄一番之後，宋甜在一旁的圈椅上坐了下來。

陳尚宮問起了宋甜的打算。「宋女官，接下來妳有什麼打算？若是不願去藏書樓，倒是可以換個地方的，如今空餘的職位比較多，到八月分王府才會開始遴選新女官。」

宋甜聽了，忙起身道：「陳尚宮，下官有一個不情之請。」

陳尚宮聞言，好奇地看著她。「宋女官但說無妨。」

宋甜便把提前準備好的一套說辭搬了出來，大意便是她既與豫王有了婚約，婚前見面到底不妥，因此打算請兩年的假，在家苦學《女誡》、《女則》，習練禮儀，以期成為配得上豫王的女子。

陳尚宮是知道豫王真實行蹤的，聽了宋甜的話，也覺得有理——如今豫王府內是假豫王，假豫王與作為未來豫王妃的宋甜常常相見，到底不妥，便道：「宋女官言之有理，這樣吧，我就斗膽作主一回，準了妳的假，妳收拾一下行李就可以回去了，明日我再稟明王爺。」

如今錦衣衛的葉飛還在豫王府，跟隻狗一樣四處亂嗅，到處打聽，還是早些讓宋甜離開為好。

宋甜心中歡喜，雙目晶瑩，眼中滿是笑意地看向陳尚宮。「多謝尚宮作主。」

她生怕事情有變，帶著月仙和紫荊回到摘星樓，略收拾了一番，又去向陳尚宮和辛女官辭行，然後便急急離開了豫王府。

第四十章

這天宋志遠歇在外面了，宋甜又去了豫王府，張蘭溪閒來無事，請了母親張老太太並兩個娘家姪女來家作伴，又命人請了一位說書的女先生王宜姐過來，在上房明間內吃酒聽書。

張老太太年紀大，熬不得夜，早早睡下了。

張蘭溪則帶著兩個姪女在上房聽書。

王宜姐說唱《火焚繡樓》，正說到要緊處，小丫鬟進來通稟。「太太，大姑娘帶著行李回來了！」

張蘭溪吃了一驚，忙起身問道：「到底怎麼回事？大姑娘如今在哪裡？」

不是下午才送宋甜離開嗎？如何這麼快又回來了？

宋甜的聲音自外面傳來。「太太，我在這裡呢！」

話音未落，丫鬟掀開門簾，宋甜腳步輕盈走了進來，笑吟吟福了福。「我怕太太擔心，讓月仙、紫荊她們去收拾行李，自己先來上房見太太。」

這時張蘭溪的兩個姪女張青雲和張綠意也都起身來與宋甜見禮。

宋甜很喜歡繼母的這兩個姪女，親熱地拉著手說話。「既然來了，就在家裡多住幾日，好好陪陪我們太太。」

張青雲今年十四歲，張綠意今年十二歲，小姊妹倆也很喜歡美貌活潑的宋甜，拉著宋甜在榻上坐下，唧唧咕咕說個不停。

但張蘭溪知道這會兒不是問話時候，便笑著道：「都別說話了，都來陪我聽王宜姐說唱《火焚繡樓》！」

宋甜和青雲綠意姐倆相視一笑，不再說話，安安靜靜陪張蘭溪聽書。

王宜姐一邊彈撥琵琶，一邊說唱《火焚繡樓》。

「……俺藉著月亮光仔細觀看，見一個門樓面前停，門上邊掛著一塊朱紅匾，明朗朗大字寫得清，上寫著三個大字總兵府，蘭總兵，哎嗨嗨，不用說就是俺的老公公，走上前去直把門來叩……」

《火焚繡樓》是宛州楚州等地民間傳唱的歌謠，劇情唱詞實在是有趣，宋甜也聽得入了迷，一直陪著把正本給聽完了。

這時夜已深。張蘭溪命錦兒帶著張青雲和張綠意去東廂房歇下，又安置王宜姐去了西廂房。待房裡只剩下自己和宋甜，張蘭溪這才問宋甜到底是怎麼回事。

因張蘭溪還不知宋甜與趙臻的婚約，宋甜便只把話說了一半，說是為了回家跟著爹爹學做生意。

張蘭溪聽了覺得合適，便道：「女官服役期滿，妳都二十多歲了，韶華都過去了，再尋人家，哪裡有配得上妳的？如今這樣也好，跟著妳爹爹學做生意，慢慢接管家業，我和妳爹也好好相看，為妳尋一個相宜的姑爺招贅進門，咱們一家一計好好度日。」

聽了這番話，宋甜心知繼母是真心為自己考慮，心中感激，又陪著張蘭溪多說了幾句體己話，這才告辭離去了。

早晨起來，月仙和紫荊在房裡收拾行李。

宋甜叫了刀筆過來，吩咐他。「你去幽蘭街賀宅一趟，當著賀娘子的面就說我明日要出門，請我爹早些回來。到了外面，再和我爹說家裡來客的事。」

繼母的娘和姪女都來做客，爹爹也得給繼母些面子，總不能連著兩天不歸家。

吩咐罷刀筆，宋甜來到上房，陪著張老太太說了會兒話，就帶青雲、綠意兩個表妹到花園裡逛去了。

三人在花園逛了半日，摘了許多鮮花，眼見日近正午，漸漸有些熱了，這才一起回了上房。

她們剛走到角門外，就見小廝宋梧和宋桐在外面立著，原來宋志遠已經回來了。

今日休沐，宋志遠正打算在賀宅宴請幾個官場上的朋友，得了消息，忙離了賀宅，急急騎馬回家，這會兒正在上房陪張老太太說話湊趣。

宋甜帶了兩個表妹去給她爹請安。

宋志遠雖多情，可待親戚家的女眷還是很正經的，點了點頭，吩咐宋甜好好陪兩個妹妹，便繼續陪張老太太說話。

午飯擺了兩個席面，宋甜陪著兩個表妹在東廂房吃，宋志遠和張蘭溪陪著張老太太在上房吃。

用罷午飯，女眷要歇午覺，宋志遠便帶著宋甜去了書房。

宋志遠一向最煩拖延，得知宋甜明日就要出發，很是贊同，讓宋梧去和葛二叔說了一聲，看葛二叔行李收拾得怎麼樣了，又和宋甜說道：「從宛州到遼東，足足兩千里路，單是秦嶂、秦峻跟著還不行，我再派提刑所的一名節級和十二個排軍跟隨，拿了提刑所的通關文牒，護送妳去遼東。」

宋甜也覺得她爹說的有理，想了想，道：「爹爹，這名節級是你的人嗎？」

宋志遠志得意滿地點頭。「自然是我的人。他名喚王慶，善使一對雪花刀，刀法精妙，出招凶狠，我救了他的寡母，又幫他娶妻安家，他心懷感激，投奔我在提刑所做了一名節級。」

宋甜聽了，這才放下心來。「爹爹，月仙、紫荊、繡姐兒和刀筆我都帶上，金姥姥和錢興娘子我都拜託給太太照顧了。」

宋志遠看著女兒說起明日的行程，雙目晶亮神采飛揚，心裡忽然空落落的，良久方道：「妳路上小心些，寧可慢些，不要急著趕路。」

宋甜笑著答應了下來。

七月初二一大早，秦峻等人騎著馬護著宋甜的馬車及八車杭州綢緞出了宛州城北門，一路往北去了。

十月的張家口堡，北風呼嘯，雪花飛舞，整座小城被大雪籠罩，到處都是白茫茫一片。

幾個騎兵簇擁著一個少年將軍縱馬在雪中疾馳，在城中金守備的宅子前勒住了馬。

那少年將軍下了馬，把韁繩扔給親隨，長腿一邁，親自上前敲門。

開門的是一個穿著青色棉襖的小丫鬟，她好奇地打量著門外的少年將軍，見他身材高䠷，一雙鳳眼甚是有神，好看得很，不由得有些害羞。「請問您找誰？」

那少年微微一笑，道：「我是百戶長宋越，是金守備捎信讓我來的。」

小丫鬟忙道：「請稍等，我這就去通稟。」

這位名叫宋越的少年將軍正在門口等著，卻聽得一陣急促的腳步聲傳來，緊接著便是熟悉的嗓音。「果真是宋百戶？妳沒聽錯？」

他一下子愣在那裡，胸臆之間滿溢著歡喜，卻又不敢相信，試探著上前一步，邁進了金家門檻。「甜姐兒？」

聽到這聲「甜姐兒」，宋甜心中一喜，拎著裙裾就跑向大門。

在看到趙臻的那一瞬間，她停下了腳步，立在那裡，眼巴巴看著趙臻，想要叫他「臻哥」，又怕暴露他的身分——她已經從舅舅那裡知道趙臻如今的化名是宋越了。

趙臻見狀，扭頭交代親隨。「你們先去鄭家酒肆吃酒，戌時過來尋我。」

軍營在城外，他得趕在城門關閉前離開。

親隨答了聲「是」，轉身一揮手，帶著眾騎兵認鐙上馬，驅馬往前去了。

待眾人離開，趙臻這才走上前，眼睛盯著宋甜，抿了抿嘴，神情略有些靦覥。「妳怎麼來了？」

張家口堡距離宛州足足有兩千里之遙，宋甜一個嬌滴滴的小姑娘是怎麼過來的？

半年沒見，宋甜比先前長高了一些，似乎瘦了一些，完完全全是大姑娘的模樣了……

宋甜扭頭看了身側那個小丫鬟一眼。

這個小丫鬟名叫彩霞，是金家來張家口堡後收留的小孤女，最是機靈活潑。

她看看宋甜，再看看對面這位極清俊的少年將軍，眼珠子一轉，飛快地屈了屈膝，道：

「表姑娘，我先去稟報太太！」

說罷，彩霞一溜煙往裡去了。

宋甜這才走上前，仰首笑盈盈看著趙臻，笑著笑著，眼睛就溢滿了淚水。「臻哥，你好像又長高了。」

不過幾個月沒見，趙臻長高了，臉上輪廓更加明顯了——只有抿嘴的時候，臉頰上的嬰兒肥才會出現。也許是經歷的風雪多了，他的肌膚不復先前的白皙細嫩，卻更像個男子漢了。

趙臻抿了抿嘴，伸手拭去順著宋甜鼻翼和眼尾流下來的淚水，一顆心甚是酸澀，啞聲道：「妳也長高了。」

宋甜含著淚笑了起來。「我也沒想到一路從宛州過來，居然會長高，還會長胖！」

她用了三個多月時間，輾轉兩千多里地，從地處大安朝腹地的宛州來到東北邊境的張家口堡，一路增長了不少見識，領略了許多風景人情，還順路考察了不少州縣開鏡坊做生意的前景，真是太有意思了。

宋甜正要開口，門外一陣寒風挾帶著雪花飛入，捲在她身上，她冷得打了個哆嗦。

趙臻見狀，迅疾轉身闔上大門，閂上門栓，然後解下身上的斗篷裹在宋甜身上。

因擔心斗篷滑下來，他攬著宋甜往裡走。「這裡太冷了，咱們到裡面說話。」

宋甜被帶著暖意的斗篷裹住，整個人都暖和起來。

她把臉頰往斗篷裡隱了隱，聞到了趙臻身上特有的氣息，清澈又好聞，是少年才有的體香。

宋甜是第一次被身材高䠷的男子攬著往前走，一時忘了反抗，眼看走到影壁前了，她忙試圖掙脫，輕輕道：「臻哥，別讓人看到了！」

趙臻也是第一次這樣把一個女孩子攬在懷中，置於自己的保護之下，俊臉微紅，鳳眼水汪汪的，耳朵也熱熱的，他低聲道：「這裡房門上都掛著厚棉簾，能看到什麼？」

宋甜不再掙扎，任憑趙臻攬著一直往前走，只是一顆心在胸腔中怦怦直跳，都快要跳出來了，臉也熱辣辣的。

走到庭院中間時，宋甜忙壓低聲音道：「舅舅方才帶著人去城牆巡視了，如今就舅母和表嫂在家，她們都不知道你的真實身分。我告訴她們你是我家的遠房親戚。」

趙臻瞅了她一眼，「嗯」了一聲。

原來把宋甜攬在懷裡是這種感覺……她的身高在女孩子裡明明算得上高䠷了，可是攬在懷中，感覺卻是那樣的嬌小玲瓏，弱不禁風。他想保護她，想把她置於自己羽翼之下懷抱之中……

這種想法先前一直朦朦朧朧，時至今日，把宋甜攬在懷裡，這種感覺變得清晰可感，他才第一次明確自己的心意。

宋甜走到了上房明間棉簾前，這才側首瞟了趙臻一眼，從他懷中掙開，又脫下斗篷還給了他。

趙臻接過斗篷，搭在左臂上，沈眉斂目，正要開口，誰知宋甜上前半步，伸手掀開門簾，回頭看著趙臻似笑非笑道：「宋百戶，請進！」

她特地把重音放在「宋」字上。

趙臻當時報假名的時候，鬼使神差般說了句「小姓宋，單字越」，當時沒想那麼多，如今才發現自己下意識用了宋甜的姓氏。

這下被調笑，他耳朵紅得快要滴血，低頭彎腰進了明間。

金太太端坐在羅漢床上，等著傳說中那位宋百戶進來。

她還不知道趙臻的真實身分，只是聽丈夫提過是薊遼總督沈介的晚輩，又聽宋甜說是宋家那邊的遠房親戚，因此心中好奇得很，只是她生得嚴肅，又面無表情，瞧著像是不高興似的。

小丫鬟彩霞立在一邊，手舞足蹈、眉飛色舞地講話。「……身材有這麼高，肩膀寬寬的，長得好俊啊，我還沒見過這麼好看的哥哥，眼睛長長的，好像湖水一樣，鼻子好高，又高又直，嘴唇紅紅的、軟軟的——」

正在這時，門簾被人從外面掀起，宋甜的聲音傳了進來。

彩霞的聲音戛然而止，抬手捂住了嘴巴，一雙眼睛看看宋甜，再看看宋百戶，滴溜溜直轉。

金太太雙目炯炯看了過去，想看看彩霞口中這位天仙般好看的宋百戶，到底長得怎麼樣。

趙臻行罷禮直起身子時，發現金太太一言不發還在看他，他略一思忖，便知是怎麼回事了——他自幼生得好看，女子一般都愛看他，他早就習慣了，只得看了宋甜一眼。

宋甜一看她舅母那樣子，就知道她舅母這是看呆了，當下笑了，叫了聲「舅母」。

金太太這才回過神來，心道：這位宋百戶瞧著不超過十八歲，為何會好看到如此地步？竟是平生未見……

她再看了過去，見宋百戶與宋甜並肩而立，少年高大清俊，少女苗條美貌，恰是一對璧人。只是他和宋甜同姓，也不知是不是同宗……若是同宗，那就不好了。

想到這裡，金太太恢復儀態，臉上浮現出慈愛的笑來。「快請坐吧！」

她又吩咐彩霞。「還不去泡茶。」

待宋甜和宋百戶在西側圈椅上坐下，金太太這才試探著問道：「不知宋百戶與我家甜姐兒是否同宗？」

趙臻一聽便知其意，當即含笑道：「啟稟太太，我與甜姐兒並非同宗。」他驀地想起同姓不婚的風俗，怕金太太誤會，沈吟了一下，道：「我家原不姓宋，為了投軍，假做姓宋。」

得知這位宋百戶原不姓宋，金太太懸著的一顆心放了下來，臉上笑容越發慈愛起來。「宋百戶今年多大了？可曾婚配？家中雙親可否康健——」

宋甜在一邊咳嗽了一聲。

金太太也發現自己有些唐突了，正要轉移話題，誰知這位宋百戶正正經經道：「標下今年十七歲，家母早逝，家父健在。家中已為標下定下未婚妻子。」

聽到趙臻說「家中已為標下定下未婚妻子」，宋甜的心似被春風拂過，微微有些麻酥酥。

金太太卻似被一盆冷水澆中——這位宋百戶已有未婚妻子了？

她待趙臻依舊禮貌熱情，卻沒有了方才的熱切。

趙臻自然察覺到了，含笑看向宋甜。

宋甜會意，起身道：「舅母，我帶宋百戶去看看我給他帶來的那些物件。」

她這次過來，可是給趙臻帶了不少禮物。

金太太笑著點頭，道：「去吧，早些過來，妳嫂嫂也快回來了，到時候咱們一起用午飯。」

她故意沒有提留宋百戶用午飯之事。

宋甜答應了一聲，引著趙臻出了上房，往東跨院去了。

雪花漫天飛舞，即使走在走廊裡，也時有調皮的雪花飛了過來。

宋甜伸手接住一片絨絨的雪花，用手指捏著，感受雪花融化的感覺，簡明扼要地把自己來遼東的目的說了。「我家鏡坊生意如今是我在管著，我這次過來，主要是想著朝廷要在張家口堡這裡推進與遼國的互市，我便來看能不能在這邊做鏡坊生意，把西洋鏡賣給遼國的富貴人家。」

趙臻負手慢行，專心聽宋甜說話。

宋甜繼續道：「不過我一路行來，倒是發現鏡坊生意大有可為，只是我們的製鏡師傅太少了，得再加快些速度，教授出更多的製鏡師傅來——只是既得保證忠誠，又得保證手藝精湛，沒法快起來，只能慢慢籌劃了。」

趙臻看了宋甜一眼，忽然道：「我倒是可以給妳提供一大批保證忠誠的學徒。」

宋甜停下腳步，大眼睛眨了眨。「是你豢養的家奴嗎？」

前世她無意中發現，別人在趙臻這裡安插密探，趙臻也在別人那裡安插密探，而他的密探似乎都來自同一地方。

宋甜隱約察覺到，即使那些來自同一個地方的密探，等級也有挺大的差別。譬如她身邊的月仙，先前姚素馨身邊的月華，就是普通的丫鬟，頂多傳遞一些消息，負責人就是陳尚宮。

再譬如這次護送她來張家口堡的秦嶂和秦峻這對雙胞胎，她觀察了好一陣子，確認是趙臻手下等級極高的密探，而趙臻居然就這樣把秦氏兄弟輕易地放在她的身邊保護她……

想到這裡，宋甜忽然意識到，上輩子在趙致身邊會見到雙胞胎，不一定是她所想的那樣，而現如今，其實也不是她在守護趙臻，而是趙臻在守護她！

趙臻沒看宋甜。

他注視著前方被白雪覆蓋的屋頂，低低「嗯」了一聲，道：「月仙、秦嶂和秦峻都是。」

宋甜看向趙臻。

此時天寒地凍，冷風如刀割，呼出的氣息瞬間變成白茫茫的霧氣。

可在這樣的寒冷中，她的胸臆之間似有一股春風在鼓盪吹拂，一顆心在這溫暖春風的包圍吹拂下，酥酥麻麻難以言表，良久方道：「臻哥，你待我真好。」

她從來不知道，原來被一個頂天立地的男子漢妥妥當當保護著是這樣的滋味。

前世的她，有爹爹、有丈夫、有叔公，可是沒有一個人真正保護她。

所以重生之後，她只能讓自己堅強起來，以面對這冷酷的人世間，並試圖用自己單薄的雙肩擔負起保護趙臻的責任。

誰知，原來前世今生，都是趙臻一直在保護她。

宋甜隔著飛舞的雪花，凝望著眼前的趙臻。

趙臻身材高䠷肩寬腿長，卻畢竟是少年，骨骼纖長，略顯單薄。可就是這樣的趙臻，不管是前世，還是今生，都會默不作聲站出來，擋在她的前方，幫助她面對那骯髒的一切。

他是有擔當的男子漢，是真男人。

趙臻沒有發現宋甜的異常，兀自道：「……本城互市的市場，在北城門外，是一個四四方方的市場，四周圍著高牆，這邊的人都稱這互市為市圈，每月逢五、逢十開閘放人，進行貿易，大安和遼國各派軍隊充當守市人員，維持市場秩序。」

又接著道：「如今進行的交易大部分是大安商人用物衣雜貨交換遼人的馬匹皮毛，很少進行別的交易……」

他的聲音有些低，卻帶著泠泠的語音，好聽極了。

宋甜原本躁動的心漸漸平靜了下來，待趙臻說完，這才開口道：「我要賣的和別人都不一樣，我要賣珠寶首飾、胭脂水粉、綾羅綢緞和西洋鏡，用這些換回他們的馬匹和鐵礦石。」

她看向趙臻。「我知道他們有鐵礦石，你也知道，對不對？」

前世黃蓮曾經和張家口堡的監軍韓文昭勾結，用絲綢換回大量純度極高的鐵礦石，在滄州冶煉後再運抵京城，利潤極高。

甜姐兒怎麼知道這麼多？

趙臻眨了眨眼睛。

宋甜笑咪咪道：「換回的馬匹，你先挑選，剩餘的歸我；鐵礦石全給你。」

即使沒那麼優良的馬，到了宛州等地，也是達官貴人爭相購買的極上等的馬。

趙臻心情複雜。「那妳遠涉千里辛辛苦苦做生意是為了什麼？」

宋甜笑咪咪道：「為了幫你呀！」

她的笑容在飛舞的雪花中燦爛極了。「不過——我也有一個條件！」

趙臻認真地看著她。「什麼條件？」

——未完，待續，請看文創風984《小女官大主意》3（完）

馭夫有術，福運齊家／灩灩清泉

2021年7月出版

旺夫續弦妻

「喵～～一頓能吃十顆雞蛋？我對妳嫁進馬家充滿了期待哪！」

開玩笑，她穿越後要是連隻貓都養不活，那也輸得太淒慘了吧……

文創風 973 1

意外穿越又被下凡修行的精靈驚著，還在宴會上撲倒賓客當眾失儀 ?!
這種出場嚇死謝嫻兒了，身邊雖因此多了隻被精靈附身的貓咪太極，
卻為保全侯府顏面被迫嫁人，塞給育有一子的二爺馬嘉輝當續弦。
反正她這庶女也不受寵，嫁出去自謀生路或許還好點呢！孰料——
這親事只是暫時的，待一年後風平浪靜，便要把她丟進家廟當尼姑去。
天啊她不要！她得設法和太極留在馬家，後宅求生可是難不倒她的～～

文創風 974 2

利用高超廚藝與討人喜歡的太極，謝嫻兒逐漸收服繼子和馬家人的心，
還做起鐵器生意，又以地利之便設計遊樂園，陪家人邊玩邊賺銀子。
但出門巡鋪時，竟有不長眼的拐子想騙走繼子，氣得她捲起衣袖開打，
孰料挨揍成豬頭的拐子是來探望兒子的丈夫，她被當成潑婦該怎麼辦？
幸好他對兵器情有獨鍾，還對煉鐵術大感興趣，就用這些培養感情吧，
依她看，懂兵器的他絕非傳聞中的呆漢，加以調教定成人中龍鳳啊！

文創風 975 3

丈夫馬嘉輝分明是兵器天才，卻因笨嘴拙舌和傲嬌脾氣被譏為呆漢，
她心疼了，既然他將妻兒牢牢放在心上，定要陪他把日子過起來！
鄉間的事業順利進軍京城不說，連玩遍莊子的太極也領客人來了——
竟是愛美不下於她的母熊熊大姊，爾後因狼群咬傷，被她和丈夫救走。
為報答救命之恩，熊大姊不僅在家裡住下，還帶丈夫找到石炭礦源，
驚喜歸驚喜，但她沒想過養熊當寵物啊，家有兩隻靈獸，可有得忙了！

文創風 976 4 完

她上山為老國公摘藥引子，卻被射下懸崖，還遭誣說她和順王長子有染，
幸虧老國公夫妻與丈夫合力為她雪冤，且肚裡有了與丈夫期待的寶貝，
加上可愛繼子和毛孩陪著，終彌補前世因丈夫外遇而家庭破碎的遺憾。
孰料薄待她的娘家竟因眼饞她幸福，想逼她替其他堂妹說門好親事，
三番兩次廝纏不說，又當眾譏諷她的庶出身分，臉皮簡直堪比城牆。
往昔她受盡冷落無人聞問，這會兒想來沾光？她定不會讓他們如願的！

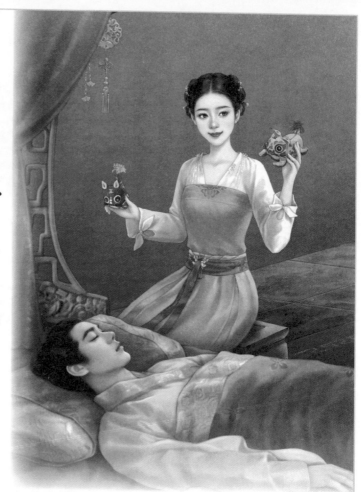

2021年7月出版

長媳開外掛

文創風 968~969

他一心想跟前女友復合，卻沒想到會發生這種詭異情況——
跳河想救溺水的她，怎知兩人竟一起穿越了?!
同生共死倒無妨，偏偏情況這麼尷尬，
同樣是穿越，他怎就穿成了一隻貓？這要如何守護心愛的她？

小媳婦撐起半邊天，
大女主瀟灑開步走！／霍炎炎

為了救人而溺水昏迷，田莓醒來後發現自己竟穿越到陌生的古代，
新身分是將門子弟秦淼的媳婦兒，且已生了一兒一女……
這越級挑戰的關卡有點難呀！穿越前她剛在療情傷，穿越後轉身就當了娘 ?!
原來一切起因於秦淼戰場失蹤的噩耗，媳婦兒悲慟欲絕昏死導致人生錯位，
田莓就此成了悲催的秦家長媳，得苦惱如何當新手媽媽並撐起一家生計。
但既來之則安之，夫君失蹤她還樂得自在，正好順勢搬回老家植樹栽果去，
透過「管道」引進種植桃蘋梨莓等珍稀水果，誓要賣水果闖出一片天！
所幸這番辛苦也非全無幫手，兒女全力支持外，還有隻貓不請自來黏著她，
小橘貓忒有靈性又萌力十足，有難先示警、遇險搶護主，妥妥得比誰都可靠，
只不過越來越像一家之主的派頭是不是有點過分了？
時時跟著她、夜夜跟她睡，還不滿她癡望著古代探花郎的俊俏風采，
小爪子關上窗不准她偷看，控訴的喵叫聲像在指責她花心不忠 ?!
呿！區區小貓如此雞婆擋她桃花，莫非是跟那姓秦的男人有啥淵源？

文創風
983

小女官大主意 2

國家圖書館出版品預行編目資料

小女官大主意 / 林漠著. --
初版. -- 臺北市 : 狗屋出版社有限公司, 2021.08
冊 ; 公分. --（文創風 ; 982-984）
ISBN 978-986-509-240-5（第2冊 : 平裝）. --

857.7　　110011125

著作者	林漠
編輯	林俐君
校對	吳帛奕
發行所	狗屋出版社有限公司
地址	台北市104中山區龍江路71巷15號1樓
電話	02-2776-5889～0
發行字號	局版台業字845號
法律顧問	蕭雄淋律師
總經銷	知遠文化事業有限公司
電話	02-2664-8800
初版	2021年8月
國際書碼	ISBN-13　978-986-509-240-5

本著作物由北京晉江原創網絡科技有限公司授權出版

定價260元

狗屋劃撥帳號：19001626

網址：love.doghouse.com.tw　E-mail：love@doghouse.com.tw